U0004099

Trans+

Trans+

Trans+

Trans+

Silent Macabre

SM 12

斯德哥爾摩復活人

Hanteringen av odöda

作 者：約翰・傑維德・倫德維斯特（John Ajvide Lindqvist）
譯 者：郭寶蓮
責任編輯：江怡瑩
美術編輯：蔡怡欣
校對：呂佳真
法律顧問 ：全理法律事務所董安丹律師
出版：小異出版
台北市105南京東路四段25號11樓
TEL：(02)87123898 FAX：(02)87123897
e-mail:locus@locuspublishing.com
www.locuspublishing.com
發行：大塊文化出版股份有限公司
台北市105南京東路四段25號11樓
讀者服務專線：0800-006689
TEL：(02) 87123898 FAX：(02)87123897
郵撥帳號：18955675
戶名：大塊文化出版股份有限公司

Hanteringen av odöda © 2005 by John Ajvide Lindqvist
Published by agreement with Ordfronts Förlag AB,
Stockholm and Leonhardt & Høier Literary Agency A/S, Copenhagen
Chinese language edition arranged with
HERCULES Business & Culture GmbH, Germany
Complex Chinese translation copyright © 2010 by
trans+/ an imprint of Locus Publishing Company
All Rights Reserved.

總經銷：大和書報圖書股份有限公司
地址：台北縣五股工業區五工五路2號
TEL：(02) 89902588 FAX：(02) 22901658
初版一刷：2010年4月
定價：新台幣300元
ISBN：978-986-85847-1-6
版權所有·翻印必究 Printed in Taiwan

# 斯德哥爾摩復活人

Hanteringen av odöda

約翰・傑維德・倫德維斯特（John Ajvide Lindqvist）著

郭寶蓮 譯

團結通常指涉的是「我們當中一分子」，
既是「我們」就不能是任何人……
「我們」之所以成立，乃假定某人被排除於外，
某人隸屬於他者，
此他者並非動物，
並非機械，而是人類。

——瑞典歷史學家斯凡-艾瑞克・雷德曼（Sven-Eric Liedman），
《在他人眼中見自己》

我們至盼的不過是如此：當我們離去
我們的肌膚、血液和骨頭
不會礙到你，讓你苦
像我們活著時那樣折磨你

——英國歌手莫里西（Morrissey），
《地獄裡有個地方給我和我朋友》

# 序幕
# 當電流逆轉方向

**斯德哥爾摩，斯韋亞路，八月十三日，晚間十點四十九分**

「Salud，comandante（敬你，指揮官）。」

漢寧拿起一罐智利黑貓酒，以西班牙語向路邊一塊鐵匾致意。一朵枯萎的玫瑰躺在瑞典前總理奧洛夫・帕爾梅十六年前被槍殺倒地的現場。漢寧蹲下，手指撫過浮刻銘文。

「該死，」他說，「這國家要毀了呀，奧洛夫。愈來愈慘，一落千丈了啊。」

頭痛欲裂，不是酒精造成的，因為來往於斯韋亞路的行人也一樣低垂著頭，有人還手壓太陽穴。稍早前只覺得暴雨欲來。空氣中的電壓漸強，但如秋毫之末，難以察覺，直至積累，難以承受。夜空無雲，沒聽見遠處雷聲轟隆，也不見滂沱之勢。電場無形，不可觸得，然，就在那兒，眾人皆得感受。與供電中斷的現象截然相反，自晚上九點後，沒盞燈可以熄，所有家電用品的電源也切不掉，若硬拔插頭，除聞驚人的細碎爆裂聲，還可見插座和插頭之間火花四射，迴路斷不了。

電場力道持續增強。

漢寧感覺有股電籬籠罩他的頭，折磨他，電得他痛苦難當。

救護車警笛大響，呼嘯而過，若非真的出任務，就是警笛不受控制。路邊停著兩輛車，怠速空轉。

Salud，comandante（敬你，指揮官）。

漢寧將酒瓶舉到面前，仰頭打開瓶塞。還沒來得及湊到嘴邊，一道酒液流至下巴，灑濺喉頸。他閉上眼，只管暢口大飲，不理會濺出的酒滴淌胸口，摻混汗水，直往下流。

*熱啊，全能的上帝，熱啊。*

全國各地的氣象預報圖數週來盡是笑臉烈陽。白天累積的熱氣從人行道和建築物冉冉蒸騰，就連現在，夜晚十一點，溫度仍杵在三十度不降。漢寧趨前，向前總理點頭道別，循著殺手的步伐走向圖奈爾街。從敞開車窗拿出酒時撞壞了酒瓶把手，現在只得用腋下夾著。頭發脹，感覺兩個大。手指搓揉額頭。從外表來看那顆頭顱或許沒異狀，但手指可就因熱氣和酒精而明顯腫脹。

*該死的天氣，太不正常。*

漢寧靠在欄杆，穩住身子，徐徐步上切入陡峭小徑的那道階梯。每個踉蹌的步伐，都震得他抽痛的頭顱轟隆作響。兩旁窗戶敞開，燈火通明，還有音樂從幾扇窗流瀉而出。漢寧渴望黑暗：黑暗與闃寂。他想灌酒，灌到一醉不起。

走到階梯最上頭，稍歇幾秒鐘。情況愈趨惡化，但他辨別不出惡化的是愈加痛苦的他，或更加強烈的電場。現在頭不抽痛，轉為一股持續灼痛，殘酷地糾纏不休。

不止是他。

就在離他不遠處有輛車歪斜停在人行道旁。引擎空轉，駕駛座的車門開著，音響火力全開，放送著歌曲《活娃娃》。就在不遠處，駕駛蹲伏街道中央，雙手緊壓住耳。

漢寧緊瞇著眼，又睜開。是幻覺嗎？或者四周人家的燈光真的更加熾亮？

有事‧就要‧發生了。

小心翼翼，一次一步，他越過多貝恩斯街，走到約漢斯墓園栗樹的影子下，癱倒在地。前進不了。世界嗡嗡作響，頭頂樹梢彷彿有群蜜蜂飛繞。電場愈來愈強，整個人如同置身水底，頭顱被壓擠。一戶戶敞開的窗戶傳出哀號聲。

沒命了，我快死了。

腦袋裡的痛楚超乎想像，真難相信一個小顱腔竟能裝載這麼多痛苦。再來一秒，頭顱就要凹陷。窗戶透出的光線更加刺眼，樹葉陰影在他身體投射出迷幻光影。漢寧面向天空，雙眼圓睜，等著那霹靂，那爆炸。

砰。

沒了。

就像電器開關，啪地一彈，就沒了。

頭痛消失。蜂群戛然靜止。一切恢復正常。漢寧張嘴欲發聲，或許想謝天謝地，但下巴閉鎖，卡得緊緊。肌肉也因緊繃過久而發疼。

闃寂。黑暗。天空掉下東西來。漢寧一路凝視，直到它落在他頭邊。一隻小昆蟲。漢寧吸鼻，聞到乾土味。後腦靠在某種硬冷物體上。他轉頭，想冷卻一下臉頰。

他躺在一塊大理石上。臉頰感覺到某種不規則的東西。字。抬頭看著那些字。

卡爾

一九一八年十二月四日至一九八七年七月十八日

葛瑞塔

一九二五年九月十六日至二〇〇二年六月十六日

更往上還有其他名字。是座家族墓園。葛瑞塔嫁給卡爾，守了十五年的寡。嗯，嗯。漢寧想像她是個灰髮的嬌小女人，靠著助行器費力走出偌大公寓的大門。想像幾星期前，她家族爆發遺產爭奪戰。

大理石上有東西移動。漢寧瞇眼細瞧。一隻毛蟲。潔白的毛蟲，如一截香菸濾嘴般粗長。這小東西看來很焦慮，在黑色大理石上蠕動不停。漢寧替牠難過，想用手指將牠撥下草叢。但怎樣也動不了牠。

什麼鬼東西啊……

漢寧整張臉湊近毛蟲，又撥一次。簡直像以水泥黏牢在大理石上。漢寧從口袋掏出打火機，點火照明以便看個仔細。毛蟲正在縮小，漢寧更湊近，鼻子幾乎碰觸到毛蟲，火焰還燒焦了幾根髮絲。不。牠沒縮小，而是能看見的部分愈來愈少，因為牠正往大理石裡鑽。

不會吧……

漢寧用指關節敲著大理石，扎扎實實的一大塊石頭。光滑、價值不菲。他大笑，高喊著：「不會吧。拜託，來嘛，小毛蟲……」

幾乎徹底消失了，只剩下一個小白點。牠向漢寧扭擺告別。就在他的注視下，毛蟲往大理石裡鑽得更進，鑽到杳然無蹤。漢寧撫摸著牠剛剛所在之處。沒洞隙，沒有能讓毛蟲鑽過的鬆軟成分。但牠的確這麼鑽進去，無蹤無影。

漢寧猛拍著大理石，「很厲害嘛，小傢伙，真有本事啊。」然後抓起酒瓶，走往小教堂，想坐在階梯上好好喝幾口。

他是唯一見到牠的人。

# 八月十三日

# 我做了什麼而落得這種下場？

**思瓦瓦街，下午四點三分**

死亡……

大衛從書桌抬起眼，看著那幅裱框圖片，「超市的女人」。這是美國寫實藝術家杜恩・韓森以塑膠為媒材的雕塑作品。

一個胖女人，穿著粉紅色上衣和寶藍色裙子，推著一輛堆滿物品的購物推車。頭髮上著髮捲，嘴角叼著香菸，破爛的鞋子幾乎蓋不住那雙腫脹發疼的腳。眼神空洞，上臂赤裸的肌膚上有紫色傷痕，是瘀青。或許被老公家暴。

推車裝得滿滿，滿到要爆出來。

一罐罐、一盒盒、一袋袋，全是微波爐食品。她的皮膚覆蓋著一身肥肉，而臃腫鬆垮的皮膚則塞在緥緊的衣裙裡。目光呆滯。香菸四周的嘴唇乾硬，微咧露齒。雙手握著推車把。

推車裝得滿滿，滿到要爆出來。

大衛以鼻吸氣，幾乎聞得到廉價香水和超市汗水混合的氣味。

死亡……

每次腸枯思竭，每次猶疑不定，他就凝視這幅圖。死亡，凡人奮力對抗的東西。社會中任何趨近於這幅圖片的東西，全是邪惡。任何與這圖片無關的東西……都稍微好一些。

麥格納思的房門開了，手裡拿著神奇寶貝的卡片走出來。他房裡傳出卡通青蛙「蛙球球」激動的聲音：「不～～，來～～嘛！」

麥格納思遞出卡片。

「爸拔，黑哥達鴨是超能力系還是水系？」

「是水系，小寶貝，我們晚點再來討論……」

「可是他有念力欸。」

「對，不過……麥格納思，現在不行，待會兒我有空就去找你，好不好？」

麥格納思瞥了一眼大衛面前的報紙。

「他們在做什麼？」

「拜託，麥格納思，我在工作，等一下再去找你。」

「絕……對……下……流，這是什麼意思？」

大衛收起報紙，抓著兒子的肩膀。麥格納思掙扎，想再攤開報紙。

「麥格納思！我是說真的，如果你現在不讓我工作，待會兒我就沒時間陪你玩。現在回你房間，把門關起來，我很快就去找你。」

「你為什麼要一直工作？」

大衛嘆口氣，「兒子，我真希望你知道，和別人的爸媽相比，我的工作時間已經算很少了。求求你，現在別吵我，讓爸爸好好工作。」

「好嘛，好嘛，好嘛。」

麥格納思從爸爸的掌心掙脫，回自己房間。砰的一聲用力甩上門。大衛在房裡走一圈，拿毛巾擦擦腋下，坐回書桌前。面對「國王島」水岸的那扇窗敞得大開，卻不見一絲微風。即使打赤膊，大衛仍揮汗如雨。

他又打開報紙，得從裡頭找點好笑的東西。

**絕對下流！**

一則以色情雜誌和酒為賣點的宣傳廣告。畫面上兩個瑞典中央黨的女孩正將伏特加酒倒在成人寫真雜誌《好色客》上，以抗議對手推出這種廣告。標題這麼寫著：賤賣。大衛端詳她們的臉，那神情真挑釁，彷彿想以眼神摧毀攝影師。《好色客》的封面裸女身上涎流著烈酒。

整個畫面詭異到讓人難以發現什麼趣味。大衛的視線搜尋畫面，想找出靈感的切入點。

**攝影：普特・莫克特。**

就是這個。

攝影師。大衛往後靠著椅背，抬頭凝望天花板，開始構思。幾分鐘後寫下腳本大綱。再看看那兩個女人，現在他被她們指責的目光直盯著。

「幹嘛，打算取笑我們，譏諷我們的信念啊？」她們說：「那你自己是什麼德性呢？」

「對，沒錯，」大衛大聲對報紙說：「但至少我知道自己是小丑，不像妳們兩個。」

他繼續寫，將嗡嗡糾纏的頭痛歸咎於良心不安。二十分鐘後他想出一節還算過得去的橋段，若在臺上好好發揮，應該可以帶出趣味效果。他瞄了眼「超市女人」，沒得到半點靈感。或許他正循著她的足跡，坐在她的購物推車籃裡。

四點半了。再過四個半小時他就要上臺演出了，現在已經緊張到胃揪成一團。

他煮咖啡，抽根菸，然後踱到麥格納思的房間，跟他聊了半小時的神奇寶貝，還幫他整理卡片，解釋卡片上的文字。

「爸爸，」麥格納思說：「你的工作到底是什麼？」

「你不是早就知道了嗎？而且你還去過『諾拉・布魯恩』俱樂部。我在那裡說笑話，讓大家哈哈大笑……靠這樣賺錢。」

「那些人為什麼要笑？」

大衛凝視麥格納思那雙認真的八歲雙眸，忍不住爆笑出聲。他摸摸麥格納思的頭，回答他：「我不知道，真的不知道。好啦，我要去喝咖啡了。」

「喔，你怎麼一天到晚都要喝咖啡。」

大衛從卡片散落的地面站起來，走到房門口，轉身看著兒子，他正念念有詞地讀著神奇寶貝卡片上的文字。

「我想，」大衛說：「他們會笑是因為他們想笑。他們付錢，打算到那裡笑，所以他們自然就會笑。」

麥格納思搖搖頭，「我不懂。」

「的確，」大衛說：「我自己也不懂。」

五點半老婆依娃下班回家，大衛在玄關迎接她。

「嗨，老公，」她說：「還好嗎？」

「死，死，緊張得半死。」大衛回答，手壓住自己的胃。他親吻她，她的上唇有鹹汗味。「那妳呢？」

「還好，有點頭痛，其他還好。寫得出來嗎？」

「沒辦法……」大衛若有似無地望書桌一眼，「是有寫一些，但我覺得不夠好。」

依娃點點頭。「不會的，我知道。待會兒念給我聽聽看吧？」

「妳如果想聽，我就念。」

依娃去找麥格納思，大衛走進浴室，想釋放掉一些緊張。他在馬桶上坐了一會兒，研究浴簾上那些白魚的形狀。他想念腳本給依娃聽，事實上他也需要這麼做。其實他的腳本挺好笑的，但他覺得丟臉，也怕依娃會問些關於……笑話背後的想法。然而他什麼想法也沒有。沖了馬桶後，捧冰水沖臉。

**我是藝人，平庸簡單沒大腦。**

沒錯，就是這樣。

他在廚房做蘑菇蛋捲，以輕食當晚餐，這時依娃在客廳和麥格納思玩大富翁。大衛站在爐子前炒蘑菇，腋下因汗濕答答。

**這種天氣，真不正常。**

腦海驀然浮現一個畫面：溫室效應。沒錯，地球成了巨大的溫室。幾百萬年前，外星人把我們種植在地球上，現在，他們就快回來採收我們了。

他將蛋捲盛到盤子，喊著晚餐好了。這種畫面不錯，不過，有笑點嗎？沒笑點。若把名人扯進來呢？譬如，報紙專欄作家史塔分・海莫森，就說他是偽裝成人類的外星人首腦，這樣一來，地球溫室效應這筆帳就可以全算在史塔分・海莫森的頭上……

「你在想什麼？」

「喔，沒什麼。天氣這麼熱都是史塔分・海莫森的錯。」

「好吧……」

依娃等著他繼續說，不過大衛聳聳肩，「沒了，基本上就這樣。」

「媽媽？」麥格納思將沙拉裡的番茄切片全挑出來，問媽媽：「羅賓說，地球如果愈來愈熱，恐龍就會回來，這是真的嗎？」

玩大富翁時，大衛頭痛得更厲害。人就是這樣，一輸錢就會擺臭臉，雖然沒這個必要。半小時後，父子倆休息看兒童節目《波里朋巴》，依娃到廚房煮咖啡。大衛坐在沙發上打呵欠，每次一緊張就會覺得昏沉，好想大睡一場。

麥格納思窩在他身邊，兩人一起看馬戲團的紀錄片。咖啡煮好，大衛不理會麥格納思的抗議，逕自起身取用。依娃站在電爐前，不斷轉動鈕把。

「真怪，」她說：「怎麼關不掉？」

電源燈就是不滅。大衛東轉西轉，依然沒反應，咖啡壺底下的爐口還是紅通通的。這會兒兩人想不出該怎麼辦，大衛索性趁著喝加糖的濃咖啡並抽菸之際，念晚上的腳本給老婆聽。依娃覺得很有趣。

「就這麼說好不好？」

「當然好。」

「妳不會覺得這很……」

「很什麼？」

「嗯，很過分。不過這麼說當然也沒錯。」

「嗯，有什麼關係呢？」

「當然沒關係。謝謝妳。」

兩人結婚十年了，大衛每每看著依娃就會想著：「我真是天殺的好福氣，能娶到這個女人。」當然婚姻生活也有灰暗的時候，有時甚至長達數週。在那樣的日子裡，沒有歡樂，連一絲都沒有，不過就算如此，就算深陷陰鬱氛圍，他也知道有個牌子如常寫著：我真是天殺的好福氣啊。或許當下見不到那牌子，但它隨時都會浮上來。

她在一家小型出版社「駿鷹」擔任童書編輯兼插畫師，還曾親自撰寫並繪圖了兩本以布魯諾為主角的童書。布魯諾是一隻海狸，喜歡築屋，深具哲學氣質。書賣得不怎麼好，不過正如依娃有次邊扮鬼臉邊說的：「中產階級好像很喜歡，譬如一些建築師，至於他們的孩子喜不喜歡那就不知道嘍。」大衛心想，這些童書遠比他在舞臺上那些自言自語有趣多了。

「媽媽！爸爸！怎麼都關不掉！」

麥格納思站在電視機前，猛揮著遙控器。大衛按下遙控器的按鈕，螢幕怎樣都不消失。新聞播報員正宣布晚間政論節目即將開始。跟電爐一樣，不過電視應該容易些。他打算直接拔下插頭，不料插頭被牆上的插座緊緊吸附著，就像硬拔起被磁鐵吸附的鐵片。劈哩啪啦，手指還會癢麻。終於，螢幕上的新聞播報員消失了。

大衛握著插頭，「看見了嗎？應該是……短路吧。看來所有的保險絲都燒斷了。」他彈彈電燈開關，頭頂燈光照常大亮，就是關不掉。

麥格納思跳回沙發上自己剛坐的位子。

「來！我們繼續玩。」

兩夫妻和兒子玩大富翁時都會放水讓他贏。兒子忙著數錢，大衛打包上臺表演要穿的鞋子和衣服，這次連報紙也一併帶去。他走進廚房，見到依娃正打算將電爐拉出牆邊。

「不要，」大衛說：「別這麼做。」

依娃夾痛了手指，咒罵地說：「該死……不能讓爐子這樣開著。我待會兒要去找我爸。可惡……」依娃想拖出電爐，卻讓爐子卡在櫥櫃之間。

「依娃，」大衛說：「我們很多次都忘了關爐子就上床睡覺，還不是沒事。」

「對，我知道，不過這樣出門……」她氣沖沖地踹電爐下方的烤箱門。「況且我們好幾年沒清爐子後面了，該死的東西。可惡，我頭好痛。」

「妳真的想現在清理嗎？」

「不是，我只是剛好想到。算了，改天再說吧。」

她嘗試最後一次，死命拖出電爐。徒勞無功，氣得甩手放棄。兒子麥格納思手中拿著大富翁贏來的錢走進廚房。

「九萬七千四百元。」他揉揉眼睛說：「真討厭，我的頭好痛。」

一家三口各自拿起止痛藥和一杯水，一口服下前還先乾杯。互敬道別。

麥格納思晚上會去大衛母親家，依娃去賈發拉市找父親，半夜才會回來。夫妻倆抱起夾在中間的麥格納思，一家三口親吻道別。

「在奶奶家別一直看卡通頻道喔。」大衛說。

「不會，」麥格納思說：「我現在已經不看那個頻道了。」

「很好，」依娃說：「這樣的話……」

「我現在改看迪士尼頻道，這比卡通頻道好看多了。」

大衛和依娃又親吻，兩人眼神交流著待會兒分別後將感受到的某種東西。然後依娃抓起麥格納思的手，母子往前走，最後一次轉身和大衛揮手。大衛繼續站在人行道上，看著他們的背影。

如果再也見不到他們……

這慣有的恐懼蒙上心頭。上帝對他太好了，肯定會出差錯，像他這樣的人哪配得到這麼多的幸福。他有種感覺：上帝就快要將這些取走了。看著依娃和麥格納思消失在街角，他湧起一股衝動想要追上前，攔阻他們，跟他們說：「來吧，我們回家，我們一起看影片《史瑞克》，一起玩大富翁。我們一家三口……別分開。」

這種恐懼經常會有，但這次較之前為甚。他克制自己，轉身走向聖艾瑞克街。邊走邊默念新的橋段以穩定心情：

這張照片是怎麼來的？兩個女人心情不好，該怎麼辦呢？她們決定去商店買一箱伏特加酒和一疊成人雜誌。然後兩人站在那裡，不斷將酒倒在雜誌上，倒了整整兩個小時，這時《瑞典晚報》的攝影師普特・莫克特剛好見到那畫面。

「嗨，兩位！」普特・莫克特說：「妳們在做什麼？」

「我們將酒倒在成人雜誌上。」女人說。

「啊哈。」攝影師心想，真是搶獨家的好機會。

不是，這畫面從頭到尾就不是「攝影師」普特・莫克特的功勞。

「啊哈。」攝影師心想，真是搶獨家的好機會……

走到橋中央，大衛發現不尋常的景象，頓時停住腳步。

最近報紙說斯德哥爾摩出現成千上萬的老鼠，但他沒親眼見過一隻，直到當下，三隻在眼前，在艾瑞克橋的正中間，一隻大鼠和兩隻小鼠，在人行步道上繞圈追逐。

牠們咧嘴嘶鳴，一隻小的咬住大鼠的背。大衛後退一步，仰頭不想看。有個老先生站在老鼠另一側幾步遠的地方，瞠目結舌地看著這場搏鬥。

兩隻小的體積如幼貓，大的約有雛兔那般大。牠們光禿禿的尾巴拍擊柏油路面，大的那隻尖聲哀號，因為另一隻小的正撲上前抓住牠的背。鼠毛瞬間滲出一片深污的血痕。

牠們是牠的孩子，牠的幼鼠？

大衛舉手摀嘴，忽然反胃。抽搐的大鼠將自己從一側拋到另一側，想甩開那兩隻小的。大衛從未聽見老鼠哀叫，從不知牠們的叫聲竟如此淒厲。大鼠的哀號聲可怕至極，彷彿垂死的鳥哀啼。

另一側又駐足了幾個人，大家跟著廝殺的老鼠移動，有那麼一會兒，大衛還以為大家圍聚著是為了觀賞某種事先安排好的活動。鬥鼠。他很想掉頭走開，但走不了。一方面橋上的行進速度緩慢，二方面他就是無法將視線從老鼠身上移開。他很想留下來，看看最後會怎樣。

突然，大鼠全身僵直，尾巴高高豎起。兩隻小的扭動，鼠爪耙著大鼠腹肚，撕扯牠的肌肉時，兩顆小鼠頭前後抽動。大鼠踉蹌地爬到橋邊的欄杆下，重心不穩，翻了個跟斗滾到橋下。

大衛望向欄杆，及時見到牠落水。橋上熙攘的交通掩蓋了三隻老鼠掉落漆黑水域的聲音，濺起的水花在街燈下點點閃爍。就這樣結束了。

行人繼續上路，邊走邊談此事。

「從沒見過像這樣……這麼熱的天氣……我爸說他……頭好痛……」

大衛搓揉太陽穴，走向橋彼端。對向的行人與他目光相迎，怯怯地笑，彷彿他們也參與了什麼不可告人的事情。從一開始就站在那兒目睹一切的老先生從大衛身邊走過，大衛問他：「不好意思，請問……您也會頭痛嗎？」

「對，」老先生拳頭頂著太陽穴回答，「痛得要命。」

「我只是好奇。」

老先生指指柏油路面上沾著鼠血的灰色污跡，說：「或許牠們也是頭痛欲裂，所以才……」他打住話語，看著大衛，「你上過電視，對吧？」

他繼續往前走，空氣盤旋著無聲的驚恐。狗兒吠嗚，路人比往常更疾行，彷彿亟欲逃避某種逼近的東西。他快步走向歐登街，掏出手機撥了依娃的號碼。走到電車站時依娃接起電話。

「嗨，」大衛說：「妳在哪裡？」

「剛上車啊。大衛，媽媽家也一樣，我們到她那裡，她想關電視但關不掉。」

「這下麥格納思可高興了。依娃……我不知道，不過……妳今晚非得去找妳爸不可嗎？」

「怎麼這麼問？」

「嗯……妳的頭還痛嗎？」

「是啊，不過沒痛到無法開車，別擔心。」

「沒有，我只是覺得……很不安，妳沒這種感覺嗎？」

「不會啊，沒這種感覺。」

歐登街和斯韋亞路交叉口的電話亭裡有個人猛甩話筒。大衛正想告訴依娃老鼠的事，電話就斷線了。

「喂？喂？」

他停住腳步，重撥號碼，就是無法接通。只有靜電的爆碎聲。電話亭裡的男人掛上電話，咒罵幾聲後離開亭子。大衛想關掉手機，重新開機，但怎樣也關不掉。額頭淌下一顆汗珠，落在手機鍵盤上。電話摸起來熱得異常，彷彿電池溫度急遽竄升。他壓住關機鍵，一切如舊，螢幕仍亮著，電池顯示甚至增加了一格。九點零五分了，他小跑步前往「諾拉‧布魯恩」俱樂部。

就算人還在俱樂部外頭，也聽得見節目已經開始。班尼‧倫汀的聲音響出街道，他還是那套男女如廁習慣的老把戲。大衛不禁垮下臉。真高興結尾時觀眾沒爆出笑聲。大衛走到門口，發現裡頭一片沉默，班尼開始說起下一段笑話：每次最需要保險套的時候，保險套販賣機就故障。大衛在門口停步，眨眨眼。

裡頭燈火通明，照理說觀眾席的燈應該熄滅，以凸顯舞臺上的聚光燈，但現在一盞盞全都大亮。坐在桌位或吧臺的觀眾一臉痛苦，低頭躲避，看著地板或桌布。

「我可以刷美國運通卡嗎？」

這句是笑點。班尼說到自己最後得透過南斯拉夫的黑手黨購買黑市的保險套時，通常觀眾會尖叫笑翻天，但這次沒這種反應。所有人正痛苦難當。

「閉嘴，王八蛋。」吧臺一個醉漢抓著自己的頭，朝舞臺吶喊。大衛對他深表同情。麥克風的聲音尖銳扭曲，加上普遍共有的頭痛，簡直像一場集體折磨。

班尼緊張地擠出笑容說：「他們把你從精神病院放出來，就為了讓你喊這麼一句啊？」

大家對這笑話依然沒反應，班尼將麥克風插回架上，為表演畫下句點：「謝謝大家，你們是一群很棒的觀眾。」然後步下舞臺，走向廚房。所有聲音戛然而止，全體觀眾楞住。接著麥克風反撲作響，一道幾乎要撕裂耳膜的尖銳聲劃破沉重的空氣。

所有人都摀住耳朵，有人跟著麥克風一起尖叫。大衛牙根一咬，衝上舞臺想扯掉麥克風的電線。一陣如蟻爬般刺麻的輕微電流貫穿他肌膚，但插頭仍穩穩嵌住。幾秒鐘後，麥克風的聲音成了屠夫的鋸子，揮向他的腦門，逼得他只好放棄，掩耳逃開。

轉身準備跑進廚房之際，被一群站起來蜂擁至出口的觀眾擋著。一位不尊重俱樂部所有權的女人推開大衛，衝上舞臺，將電線在自己手腕上纏一圈然後猛力一扯，即便如此，她也只弄倒麥克風架。麥克風刺耳的嘯鳴聲繼續響著。

大衛抬頭望向混音室，里歐忙著壓下眼前所見的每個按鈕，但徒勞無功。大衛正想朝他喊，告訴他直接切掉電源，這時一陣推擠，大衛跌落下層舞臺。他躺在那裡，雙手繼續掩耳，看著剛剛那女人將麥克風甩過頭，砸向水泥地。

一陣沉默，觀眾停步，四處張望，集體發出的喘噓聲息傳遍室內。大衛費力起身，看見里歐對他揮手，食指橫過喉嚨比畫著。大衛點點頭，清清喉嚨，大聲說：「哈囉！」

所有人面向他。

「對不起，我們得中斷今晚的表演，因為……有些硬體技術的問題。」

觀眾群出現些許笑聲。儘管嘲笑吧。

「我們要感謝主要的贊助商，瓦騰福電力公司……歡迎改天再蒞臨本俱樂部。」

不滿的噓聲四起，大衛舉起手，意圖表示：他媽的很抱歉，不過這根本不是我的錯，但觀眾已經對他失去興趣，逕自走向出口。沒幾分鐘整間俱樂部空蕩蕩。

大衛走進廚房，里歐一臉不悅的模樣。

「這跟瓦騰福電力公司有什麼關係？」

「只是說個笑話嘛。」

「我懂了，還真好笑。」

大衛原本打算說些船沉了船長如何之類的笑話，不過想到里歐是這裡的老闆，還是克制住。好吧，下回他一定會先準備好臺詞，以便應付這種電力中斷不了的突發狀況。其實他現在之所以克制不說，一方面是因為不確定里歐是否會欣賞他這種笑話，二方面在於他心裡掛記著其他事情。

他走進辦公室，以市話撥依娃的手機號碼，這次接通了，但轉到語音信箱。他留言，要她盡快打回俱樂部給他。

有人帶啤酒來，幾位脫口秀諧星就在廚房裡伴著轟隆隆的電風扇喝了起來。廚師打開電風扇想緩和多口爐灶熄不掉而蒸騰的熱氣，不過現在連電風扇也關不掉。大夥兒幾乎沒法交談，但至少涼快多了。

多數人已離開，大衛決定留下來等依娃的電話。十點鐘，廣播新聞說，斯德哥爾摩某些地區出現了類似閃電雷擊的放電現象。大衛寒毛直豎。或許是因為恐懼，也或者只是靜電的緣故。

臀部傳來震動，一開始他以為連空氣中也有電荷，隨後發現原來是手機響了。他不認得來電號碼。

「喂，我是大衛。」

「大衛・札特柏先生？」

「對。」

對方的語氣讓大衛內心湧起一股焦慮，胃開始翻騰擰絞。他從桌邊站起來，跨下走廊那兩道階梯，朝向更衣室，想聽得更清楚。

「我是葛藍・達爾曼，丹德亞醫院的醫生……」

大衛靜靜聽著醫生說出該說的話，感覺一團冰冷濃霧籠罩著他。雙腿消失，毫無知覺，整個人沿著牆面滑下水泥地。他直盯著手中電話，然後將電話丟開，彷彿它是一尾毒蛇。手機沿地面滑行，卡在里歐腳底。里歐抬起頭。

「大衛！怎麼了？」

接下來半個小時大衛腦袋一片空白，世界凍結，一切意義和感覺全被吸榨殆盡。道路因電力故障而呈現原始爭奪狀態，里歐在混亂車陣中費力穿梭。大衛蜷縮在乘客座上，茫然的雙眼望著只會閃黃燈的交通號誌。

抵達丹德亞醫院他才回過神來，堅持不讓里歐跟他一起進去。他不記得里歐說了什麼，或者自己如何找到病房，總之，乍然地，他就出現在這兒。時間又開始變得漫漫無盡。

事實上他記得一件事：就在他走在通往依娃病房的走廊時，每間病房門上的燈灼灼大亮，鈴聲持續作響。這種氛圍太適合了：災難當前，一切詭異難當。

她開車撞上麋鹿。在大衛趕來醫院途中已經離世。電話上醫生說應該沒救，不過心跳還在。而此刻，不在了，停在十點三十六分。在十一點前的二十四分鐘，她的心臟不再將血液輸送到全身。

身體裡的每一塊肌肉都得不到血液，她變成時間洪流裡的一粒塵沙。世界死了。大衛站在她床邊，雙手癱垂兩側，額頭底下頭痛欲裂。

他人生的所有希望、所有美好，現在就躺在那兒。還有他過去十二年的一切。什麼都消失了。時間萎縮成這難以忍受的片刻。

他跪倒在她身邊，抓著她的手。

「依娃，」他低聲說：「不能這樣，不可以這樣。我愛妳，妳不明白嗎？我不能沒有妳。拜託，妳現在起來。沒有妳，一切都沒意義了，我好愛妳，妳不能這樣拋下我。」

他不斷地說，一遍遍地重複句子，每說一次感覺就更真實，彷彿信念會因他的念力而生根，期望會成真。每說一遍「妳不可以這樣離開」，感覺就變得更荒謬。他開始告訴自己，只要繼續喃喃自語，奇蹟就會出現。這時門開啟。

女人的聲音說道：「你還好嗎？」

「沒事，沒事。」大衛說：「請妳離開。」

他抓起依娃冰冷的手壓住自己的額頭，聽見護士蹲下時衣服的沙沙聲。感覺有隻手放在他背後。

「有什麼我能幫你的嗎？」

大衛慢慢轉頭看著護士，身子往後一縮，繼續握著依娃的手。護士看起來真像死神偽裝的。高聳顴骨，暴突眼珠，一臉痛苦。

「妳是誰？」他低聲問。

「我叫瑪麗安，」她說，嘴脣幾乎沒翕動。

兩人睜眼互視，大衛仍緊握著依娃的手，他得保護她免得被人帶走。但護士沒朝前移動，反而啜泣起來，對他說：「原諒我……」然後閉上眼睛，手壓著頭。

大衛明白了。顱內劇痛、心跳不規則的人不光是他。護士慢慢直起身子，踉蹌了一下後，蹣跚走出病房。半晌，外在世界滲入他的意識，大衛聽見醫院裡外都混雜著訊號、鈴聲和警報器等聲音。世界陷入混亂。

「回來啊，」他低聲喚，「麥格納思該怎麼辦？我要怎麼告訴他？下個禮拜就是他的九歲生日了，他要吃妳做的鬆餅呀。依娃，妳都怎麼做鬆餅的？要做鬆餅的人是妳，妳還把莓果和所有材料買回來了啊，現在全在家裡的冰箱。沒有妳，我沒辦法打開冰箱，看著那些妳買回來的莓果，我無法……」

大衛放聲尖叫，長長一聲，直到喊盡肺裡的所有空氣。然後，指關節頂住雙脣，喃喃自語，「一切都結束了，妳不存在，我也不存在，什麼都不存在了。」

頭顱裡的痛已經劇烈到他無法不理睬。心中湧起一股希望：或許自己快要死了吧。對，他也要死了。隨著頭痛加劇，腦袋還發出爆裂聲。裡頭有東西碎了。劇烈頭痛的他設法思考，現在很確定：我要死了，我現在要死了。感謝上帝啊。就在這時，停了，一切都停了，鈴聲和警報器停止，病房裡的燈光黯淡，他聽見自己急促的呼吸聲。依娃的手被他的汗弄濕，從他額頭往下滑。頭痛不再，他失神地抓住她的手上下撫摸自己的皮膚，讓她的婚戒擦掠在他皮膚上，希望找回痛楚感。頭痛消失，但胸口的痛開始泛起，漫溢而出。

他凝視地面，沒看見有隻白色毛蟲正從天花板竄出，掉落在覆蓋著依娃的黃色毯子上，往裡面鑽去。

「寶貝，」他低聲喚，捏捏她的手，「什麼都不能將我們分開，妳不記得了嗎？」

她的手抽搐一下，回捏他。

大衛沒尖叫，也沒移動，繼續凝視她的手。壓一壓，她的手回壓他。他嘴巴張得大大的，舌頭舔舔嘴脣。此刻感受到的並非喜悅，而是像噩夢驚醒後抽離恍神的感覺。他想站起來好好看著她，但一雙腿不聽使喚。

醫院裡的人已處理過她的遺體，但半邊臉仍是可怕的大傷口。他心想，是麋鹿撞的吧。牠有時間回頭，或者想與車輛進行最後一搏。牠的頭，應該是鹿角先撞破擋風玻璃吧。或許尖角戳進她的臉，然後龐重身軀才壓垮她。

「依娃！妳聽得到我的聲音嗎？」

沒反應。大衛手放在自己前面揮一揮，心跳得好快。

**是身體不自主的抽搐……她不可能活過來，看看她那樣子。**

右半邊的臉被大紗布蓋住，不過這塊紗布顯然……太小。紗布底下的骨頭、皮膚和肌肉全消失。他們說她樣子不好看，不過到現在他才明白難看到什麼程度。

「依娃？是我啊。」

這次沒抽搐，但手臂猛一縮，撞到他的腿。突然，她坐起身。大衛本能地往後退。毯子從她身上滑落，有輕微的鏗啷聲……不，他完全不懂這是怎麼一回事。

她的衣物被剪開，上半身赤裸，右胸有個敞開的傷口，旁邊肌膚模糊不整，血液凝結成塊。就從那傷口裡，傳出金屬撞擊的鏗啷聲。有那麼半晌，大衛見不到依娃，只見到怪物，嚇得他想拔腿就跑，但雙腿不聽使喚。幾秒後他回過神，往前走到床邊。

現在他看見聲音的來源：螺絲鉗。她胸口窟窿裡的斷裂血管上懸著幾根金屬螺絲鉗。每次一移動，鉗子就搖擺撞擊，發出聲響。他乾嚥了幾口氣。「依娃？」

她循著他的聲音轉頭，睜開一隻眼睛。

然後，他放聲尖叫。

## 華倫拜郊區，下午五點三十二分

馬勒徐徐走過廣場，襯衫因汗濕而黏答答，手裡提著一袋要給女兒的日用雜貨。被煤煙燻灰的鴿子離他腳邊幾公分之距，大搖大擺走著。

其實他自己看起來就像隻巨大灰鴿。身上這件破舊的西裝外套是十五年前買的，那陣子開始發胖，舊衣服沒一件穿得下。褲子也一樣。至於頭髮，只剩下耳上一圈毛，禿頂被太陽曬得紅通通，甚至出現曬斑。這模樣真會讓人以為他袋子裡全是從垃圾堆裡撿來的空瓶罐，像一隻大灰鴿在廢物堆裡翻找好東西。

其實不然，但他就是給人這種感覺：窩囊廢一個。

在「愛倫帝國」百貨公司投射的陰影下，馬勒走向安格曼納街，邊走邊以空著的那隻手摸摸雙下巴，抓抓項鍊。這項鍊是外孫伊利亞思送的。魚線上穿著六十七顆色彩繽紛的小珠珠。他掛上後就不打算拿下來了。

邊走邊搓撫一顆顆珠子，彷彿自己是個祈禱者，而這是他的念珠。

女兒家還在三個階梯之上，爬沒幾步就得歇息喘氣。抵達後，他拿出自己那副鑰匙開門。裡面黑漆漆，沒流通的熱氣讓空氣悶滯發臭。

「嗨，寶貝，是我。」

毫無回應。一如往常，他害怕女兒會發生最糟的事。

幸好安娜就在那裡，活生生的，蜷縮在伊利亞思床上，躺在馬勒買的設計款的寢具上，面向牆壁。馬勒放下袋子，走過那堆蒙塵的樂高玩具，輕手輕腳地站到床角。

「還好嗎？女兒？」

安娜鼻子吸氣，發出微弱聲音。

「爸……我可以聞到他的氣味，被子還是有味道，他的氣味還留在這裡。」

馬勒很想躺下，貼著女兒的背躺著。當個老爸摟摟她，趕走一切痛苦。但是他不敢。他的重量一壓，床板肯定會咯吱響，所以他只是坐在那兒，盯著已兩個月沒人碰的樂高積木。

當初替安娜找房子時，這棟公寓的一樓也有一間出租，不過他怕盜賊，決定不租一樓那間。

「來吃點東西吧。」

馬勒從塑膠容器裡拿出兩份烤牛肉和馬鈴薯沙拉，切了一顆番茄，在盤子邊緣擺成一圈。安娜沒回答。

廚房百葉窗關著，太陽仍從縫隙中溜進來，在餐桌畫出一道道亮光，映照著迴旋飛舞的塵埃。他該將屋子清一清的，但就是沒力氣。

兩個月前這張桌子擺滿了東西：水果、郵件、玩具、散步時摘的花朵、伊利亞思在托兒所做的東西。全是生活的痕跡。

而現在只有兩盤超市買來的食物。熱浪和塵埃的氣味。鮮紅色的番茄，可悲的嘗試。

他走進伊利亞思的房間，在門口止步。

「安娜……妳得吃點東西，來，我都弄好了。」

安娜搖頭，對著牆壁說：「我待會兒吃，謝謝。」

「妳能起來一下嗎？」

她沒回答。他又走進廚房，往餐桌坐下，無意識地將食物塞進嘴裡。想著自己咀嚼的聲音在靜謐的牆面間迴盪，最後，連番茄切片也吃下，一片接一片。

小瓢蟲落在陽臺欄杆上。

安娜忙著打包，他們就要去馬勒在洛司雷根海濱的避暑小屋住幾個禮拜。

「媽咪，小瓢蟲……快來看。」

她從客廳出來，正巧見到伊利亞思站在陽臺桌子上，伸手想抓瓢蟲，但牠迅速飛走。桌子一隻腳歪掉，她沒來得及接住他。

陽臺下方是停車場。黑漆漆的柏油路面。

「來，吃南瓜。」

馬勒遞出叉子上的食物給安娜。她從床上坐起身，接過叉子放進嘴裡。馬勒將盤子遞給她。

她的臉紅腫，棕色頭髮上有一綹綹白髮。吃了四口後，將盤子遞回給他。

「謝謝，很好吃。」

馬勒將盤子放在伊利亞思的書桌上，雙手擱往大腿。

「妳今天有出門嗎？」

「我一直和他在一起。」

馬勒點點頭，想不出該說些什麼。他站起來，頭撞到吊在床上方的木頭小鴨。鴨子揮翅數次，振動安娜臉龐前的氣流。然後停止。

回到天井另一側自己的住處，他脫下因汗而濕涔涔的衣服，沖澡，披上浴袍，吃了兩顆止痛藥。坐在電腦前，登入路透社網站，花了一小時搜尋並編譯三則新聞。

日本有種玩意兒可以翻譯狗吠聲所代表的意義。泰國那對連體嬰分割成功。德國的呂貝克城有個男人以鐵罐蓋了間屋子。日本那玩意兒沒有照片，所以他找出了一張拉不拉多犬的照片附在上面後才寄給報社。

然後讀著以前警局線民寄來的電子郵件。對方說好久不見，問候他好不好。他回信說，日子很糟，孫子兩個月前死了，他每天想自殺。不過，寫完後刪除沒寄出。

地上的影子愈來愈長，已過七點。他從椅子上起身，按摩太陽穴。走進廚房，從冰箱拿出一罐啤酒，站著喝掉半瓶，踱入客廳，走到沙發邊停步。

這是四個月前他送給伊利亞思的六歲生日禮物。樂高積木裡最大的堡壘。祖孫兩人攜手疊造，完成後一起玩了好幾個下午，將騎士擺在不同的位置，編造故事，重新築起，讓堡壘變得更大。而現在堡壘就原封不動地立在那兒。

每次馬勒見到它，心就好痛。他覺得該丟掉，或者至少整組拆解，但就是沒行動。或許在他有生之年，就這麼擱在那兒吧，就像他絕對會把頸上這串項鍊帶進墳墓。

*伊利亞思、伊利亞思……*

內心裂開一處深淵，驚惶來臨，胸臆被壓得喘不過氣。他趕緊到電腦前，登入常去的色情網站。坐在那裡點閱一個小時，鼠蹊部完全沒動靜。只有冷漠與噁心。

九點過後沒多久他登出網站，想關掉電腦，但螢幕就是不肯暗下來。他不想管了。頭痛開始壓迫眼底，痛得快發狂。他在屋裡繞行數次，又喝了一罐啤酒，最後蹲在堡壘前。

有個騎士靠在高塔邊，彷彿對著想破門而入的敵人喊些什麼。

「別亂來，不然我就將馬桶裡的東西倒在你身上！」馬勒怪腔怪調地說，把伊利亞思逗得笑到喘不過氣，喊著要外公「再來！再來！」於是馬勒說出騎士想得出來能倒在敵人頭上的任何東西。譬如發臭的優格。

馬勒拿起一個騎士，在手指間轉動。銀亮的盔甲遮掩住騎士的堅定神情，而他手中握的小劍也閃閃發亮。伊利亞思自己家裡的那些可都褪色了呢。馬勒看著亮晃晃的劍，突然有兩件事情像黑色石頭砸入他腦袋。

*這把劍會永遠閃亮。*

*我永遠都不會碰，不會再玩了。*

他將騎士放回原位，凝視著牆壁。

*我永遠都不會碰，不會再玩了。*

伊利亞思死後，他悲傷地想著不可能再做的這些事情：在樹林裡散步、到遊樂場玩、在咖啡館喝果汁吃甜餐包，還有動物園，好多好多事情。很清楚，明明白白：他肯定不會再做這些事了，不止是樂高積木和藏鑰匙遊戲。伊利亞思一死，他失去的不止是玩伴，還包括玩的欲望。

所以他沒法動筆寫稿，色情圖片也撩撥不了，連時間都走得好漫長。他的想像力不再馳騁，編不出任何故事。照理說這是幸福的狀態，知足常樂，只看到眼前已有的，不妄想編構另一個世界。照理說應該如此，但事實不然。

馬勒撫摸著胸口的傷疤。

*生命掌握在我們手裡。*

他已經失去活力，被枷鎖捆綁在這副肥胖身軀上。他得拖著這副身軀抑鬱不歡地熬過一天天、一年年。驀然了悟這點，起了一股衝動想砸碎東西。緊握的拳頭顫抖著橫過堡壘，但終究克制住，站起來，走到陽臺，抓著欄杆猛晃。

底下一隻狗繞圈狂吠。馬勒真想學牠那麼做。

*每次遇到問題，懷疑不定，*

就繞著圈圈跑，吶喊尖叫。

他從欄杆望出去，看見自己跌落，像過熟的香瓜，摔得一片稀爛。那隻狗或許會過來，開始啃齧他。想到這景象，躍下的衝動就更強了。原來他這輩子最後的下場是淪為狗食。不過，可笑的是，那隻狗或許根本不會注意到他，也或許很快就會有人拿把槍過來，朝牠開槍，讓牠一命嗚呼。

他手壓住頭的兩側。再繼續痛下去，或許最後頭顱會爆開吧。

十點半過後沒多久，馬勒發現自己可能還想活下去。

八年前第一次心臟病發作，那時他正在訪問一位撈到屍體的漁夫。他們下了拖網漁船，走上岸，馬勒突然覺得眼前亮光瞬間黯淡，縮成一小光點，隨後不省人事，直到躺在魚網堆上醒來。若非漁夫熟練心肺復甦術，馬勒這輩子的痛苦早就一了百了。

醫生說他得的是慢性心肌炎，得裝個心律調節器來穩定心律。那時馬勒沮喪到想跟死神搏搏看，不過最後還是決定動手術。

後來伊利亞思呱呱墮地。這麼多年過去，馬勒終於找到讓心臟好好跳動的理由。心律調節器忠心耿耿地滴答跳著，讓他可以盡情扮演外公的角色。

可是現在……

髮際冒出一顆顆汗珠，馬勒將手壓住胸口。跳動頻率是平常的兩倍。他的心臟似乎躲過心律調節器的穩定控制，開始自己胡亂疾走。馬勒感覺手腕下的脈搏跳動得比平常快很多。

他將手指擱上腕，看著鬧鐘的秒針。每分鐘一百二十下，但他不確定秒針走得準不準。因為分針似乎移動得比平常快很多。

冷靜……冷靜下來……會過去的。

他知道這種心臟痙攣只要沒太厲害，就不至於有生命危險。真正折磨人的是擔憂和焦慮。馬勒試圖平靜呼吸來緩和加速的心跳。

然後他想到了。將手指放在心律調節器上，這金屬盒就在他肌膚底下守護他的生命。他不確定這東西是否跳得比平常快，不過他總覺得它也出現和時鐘相同的現象。

他像個胎兒蜷縮在沙發上。頭痛欲裂，心臟瘋狂跳動，這時他恍然驚覺自己根本不想死。不想，至少不想被拿著鞭子要求心臟衝刺到爆開的鬼機器給搞死。他抬頭，瞇眼盯著電腦螢幕。現在就連電腦的電流也增強，閃亮的白點吞沒螢幕上的圖示。

*該怎麼辦？*

無計可施。他應該什麼都別做，免得心臟收縮得更厲害。往後癱坐，手放在可顯示生命跡象的肌肉上。跳得好快，他搞不清自己與他人的脈搏是否有差異。從鬼門關前轉回來，讓他心臟跳得如戰鼓咚咚，馬勒閉上眼，等著高潮降臨。

就在他以為鼓皮要裂開，視線要消失之際，又如同上次一樣，不見了。

心悸褪去，心臟又恢復之前從容不迫的節奏。他靜靜躺著，閉上雙眼，深呼吸，摸摸自己的臉，彷彿想確認自己在不在人間。臉還在，汗水淋漓，一顆顆溫熱的汗珠涓流過腹部一圈圈的贅肉，搔得他好癢。

他睜開眼，電腦螢幕上的圖示又回來了，背景仍是平常的天藍色。接著自動關機，螢幕呈黑，而院子的狗兒也不再吠。

*發生了什麼事？*

時鐘分針以正常速度移動。萬籟俱寂。就在一切靜止後，他才首次意識到這平靜之前的混擾雜音和刺耳尖鳴。他舔舔鹹汗的嘴唇，蜷縮身子，凝望時鐘。

*秒、分……這秒生，下秒死。*

躺了二十多分鐘，電話響起。他滑下沙發，爬到書桌前。或許雙腳走得動，但他就是覺得該用爬的過去。抓住椅子把自己撐起身，拿起話筒。

「我是馬勒。」

「嗨，我是丹德亞醫院的拉德。」

「喔……嗨。」

「有消息給你。」

拉德曾是他在報社工作時無數線民的其中之一。他在丹德亞醫院當警衛，有時能聽到或見到一些可能「符合公眾利益」的事情。套句他自己的話。

馬勒說：「我不做了，你得打電話給班基……班基·強生，他現在是晚報編輯……」

「聽著，死屍活過來了。」

「你在說什麼？」

「死屍啊，屍體啊，停屍間那些啊，現在全活過來了。」

「不可能。」

「真的，你聽我說，剛剛病理科說他們那裡快瘋了，要更多人手下去幫忙。」

馬勒的手不由自主地伸過書桌想拿筆記本，但隨即抽回，搖搖頭。

「拉德，冷靜點，你知道你自己剛剛說……」

「知道，知道，我知道。是真的，現在這裡一片混亂……所有人跑來跑去。他們活過來了，所有死人都活了。」

馬勒傾聽電話那頭的背景聲音，果然一片激動焦慮，但聽不清他們在說些什麼。事情愈來愈明朗，不過……

「拉德，花點時間好好說，從頭說起。」

拉德嘆氣。馬勒聽見背景有個聲音喊道：「去看看急診室！」拉德嘴巴靠近話筒，聲音聽來有點詭異地說：

「一開始因為電力問題，這裡一片混亂，所有電器都開著，但什麼都沒作用。你知道這事嗎？電力出問題的事？」

「對……對，我知道。」

「好，然後五分鐘前……解剖室裡那些宰屍體的人打電話到櫃臺，要我們派幾個警衛下去，因為那裡有幾具屍體……跑掉了。好，警衛哈哈大笑，說這笑話很好笑，不過他們還是下去了。好，幾分鐘後警衛打電話上來，說需要增派人力，因為現在每具屍體都醒了。這笑話更好笑。又多了兩個警衛下去，或許下面在開派對吧，然後呢，有個醫師打來，說了同樣的事情……現在連急診室的外科醫生也下去了。」

「你們那裡有多少具屍體？」

「不知道，至少一百具吧，要不要來？」

馬勒看看時間，十一點二十五分。

「好，好，我去。」

「太好了，你會記得帶……」

「會，會。」

他穿上衣服，袋子裡放入錄音機、手機，以及那臺離職後一直沒繞去報社歸還的數位相機，還有要給拉德的錢。保險起見，給個兩千克朗吧。然後以自己心臟所能承受的最快速度跑下樓梯。

擠進那輛福特小車，到目前為止心跳還算正常。他發動引擎，朝東行駛。一開到布雷奇堡鎮的圓環，他打電話給班基。沒錯，他是辭職了，不過他還是告訴班基，剛剛從丹德亞醫院得到一個內幕消息，現在正趕過去。班基說，歡迎歸隊。

馬路空蕩，馬勒加速，以一百二十公里的時速駛過島嶼廣場。斯德哥爾摩西郊從車窗外飛馳而過。開到崔那伯格橋附近，他意識到自己個把月來從未如此振奮，幾乎雀躍不已。

**泰比市，晚間九點零五分**

「小乖，關掉吧。」艾薇對著電視搖搖手指，「我這顆頭受不了那種哀號。」

佛蘿拉點點頭，視線仍留在螢幕上，「好，先讓我存起來。」

艾薇將瑞典歷史學家葛林柏格的書放到一旁。自從開始頭痛後，她就沒法專心閱讀。她看著電視畫面中的主角吉兒・瓦倫坦一路退到安全室。佛蘿拉曾跟她解釋過這款電玩，所以艾薇大致懂得基本玩法。不過有兩件事她不懂：「電腦」怎麼會創造出這樣的世界，還有，外孫女佛蘿拉怎麼能夠記住所有東西。佛蘿拉的手指在按鍵上飛快移動，在內容、地圖和索引之間跳躍。一個畫面迅速被另一個畫面取代，看得艾薇眼花撩亂，一頭霧水。

主角吉兒舉著手槍，移動到一條陰暗的走廊，全身緊繃。佛蘿拉跟著緊張地抿起雙唇，瞇起濃厚塗抹的雙眼。艾薇視線撫摸著外孫女佛蘿拉那雙布滿傷痕與斑點的蒼白瘦臂。她那頭蓬鬆的紅髮讓她瘦小身軀上的頭顱顯得過大。有一陣子她將頭髮染黑，不過這一年多來倒是放任頭髮變長不補染。

「可以嗎？」艾薇問。

「嗯，剛剛找到我要的東西，我得……存起來。」

地圖出現，而後消失。有道門打開，通往黑漆的背景。吉兒站在階梯最上層，佛蘿拉緊張地吐舌沾濕雙唇，操控吉兒走下階梯。

佛蘿拉的母親，也就是艾薇的女兒瑪格莉塔若知道佛蘿拉正在玩這種電玩，肯定有異議。她認為這種遊戲對祖孫兩人來說都不適合，儘管理由不同。

三個月前，家裡終究還是出現了任天堂這款遊戲主機GameCube。這是雙方妥協的結果。半年前，佛蘿拉一天杵在電玩前四、五個小時，父母受不了，下了最後通牒：將主機賣掉，或者放在外婆家，若外婆同意的話。

外婆當然同意。艾薇很愛這外孫女，外孫女也喜歡外婆。所以現在佛蘿拉每週來這裡玩個兩、三晚，每次頂多玩兩個小時。然後祖孫一起喝茶、聊天、玩牌，有時佛蘿拉乾脆在這裡過夜。

「喔～～～」

「該死該死該死！」

艾薇抬頭，看見佛蘿拉縮著身體，全身緊繃。

角落冒出個踉蹌的殭屍，吉兒舉起槍，想趕在殭屍攻擊之前先開槍。就在她轉身之際，佛蘿拉手中的遙控器發出咯吱聲，畫面上鮮血噴湧，沒多久吉兒躺在殭屍腳邊。

妳死了。

「蠢！」佛蘿拉猛拍自己額頭，「唉唷，我忘了先把殭屍燒死，唉。」

艾薇從扶手椅上往前傾，「那現在……結束了嗎？」

「還沒……不過我知道現在進行到哪裡了。」

「喔。」

佛蘿拉有自戕傾向，她學校的輔導老師這麼說。艾薇不知道跟自己同樣年紀時被診斷的傾向相比，外孫女這種狀況是較好或較差。當年他們說她有歇斯底里的傾向。五〇年代福利國家蓬勃發展，理性的最終勝利就在眼前，所以有這種精神官能症實在不怎麼妙。在內在痛苦與外界壓力雙重逼迫下，艾薇曾拿刀劃下自己的手臂和大腿。不過那時候不存在精神或心理問題，整個社會瀰漫的氛圍是：沒人有權利讓自己不快樂。

佛蘿拉還很小時，艾薇就覺得自己跟這個想像力豐富的嚴肅外孫女之間有強烈聯繫，她感覺得到這孩子將來會有麻煩。他們家族被詛咒的敏感個性隔代遺傳到外孫女身上。或許因為有個太過情緒化的母親，所以女兒瑪格莉塔決定念法律，讓自己成為幹練光鮮、事業有成的女性，而且還嫁給了同圈子的法律人戈倫。

「妳也頭痛嗎？」艾薇發現佛蘿拉身體前傾想關掉電玩時，動手撥弄了額前的劉海。

「對，有點……」佛蘿拉按下關閉鍵，「咦，關不掉。」

「那就關電視吧。」

但電視也關不了。畫面開始出現電玩自製的情節。吉兒電死兩個殭屍，還在走廊槍殺另一個。槍聲在艾薇腦袋裡嗡嗡作響，她痛苦地皺著臉。怎麼連音量都關不掉。

佛蘿拉試圖從插座直接拔起插頭，不料爆出碎裂聲，她尖叫一聲往後退。艾薇從扶手椅上站起來，「怎麼了？」

佛蘿拉盯著剛剛握電線的那隻手。

「我被電到，不是很強，不過……」她甩甩手，彷彿想讓手冷卻下來，然後指著繼續電擊殭屍的吉兒說：「不對，應該不會這樣。」

艾薇伸出手，將孫女拉起來。

「我們去廚房吧。」

家裡電器機械之類的東西原本都歸托爾管，不過後來他得了阿茲海默症。他生病後，家裡保險絲第一次燒掉時，艾薇只能叫水電工。以前沒人會跟她講水電維修之類的事，因為大家都覺得她很柔弱；不過這水電工不認識她，就直接教她該怎麼做，因此現在她也能處理這類事務。不過，故障的電視可就非她能力所及了。看來得等到明天再處理。

祖孫倆在廚房玩紙牌，兩人都無法專心。除了頭痛，她們還感受到空氣裡有某種東西。十點十五分，艾薇將牌收起來，問外孫女：「佛蘿拉？妳有沒有感覺到……」

「有。」

「那是什麼？」

「我不知道。」

兩人凝視桌面，想……弄清楚那種感覺。艾薇偶爾會遇見一些有這種能力的人，不過對佛蘿拉來說，只有外婆艾薇才知道她有這種能力。兩年前祖孫倆首次談起這事，佛蘿拉終於能放心地鬆口氣。原來有人跟她一樣，都有第六感。

若在其他文化或者不同時空下，她們這種人或許會成為女巫，不過也可能因此被綁在木樁上燒死。但在二十一世紀的瑞典，她們則被視為有自戕傾向，歇斯底里又太過敏感。

第六感很難描述，若真要形容的話，就說是一種嗅聞預感的能力吧。就像狐狸察覺得到在漆黑的某處有隻野兔，甚至能從野兔因恐懼而散發的氣味知道野兔已發現附近有狐狸。她們祖孫倆就是能感受到環境和人四周的某種東西。

去年夏天兩人沿著麥拉倫湖濱北道散步時開始談起這事。那天還沒走到市政廳，兩人竟不約而同地轉身離開碼頭，走上自行車道。艾薇停步問佛蘿拉：「妳不想去那裡嗎？」

「不想。」

「為什麼？」

「因為……」佛蘿拉聳聳肩，羞愧地低垂著頭。「就是有不好的感覺。」

「妳知道嗎？」艾薇抬起佛蘿拉的下巴，「我也有相同感覺。」

佛蘿拉在她眼裡搜尋真假，「真的嗎？」

「真的。」艾薇說：「這裡發生過事情，不好的事情。我想……有人淹死在這裡。」

「嗯，沒錯。」佛蘿拉說：「那人想從船上跳下來……」

「……結果一頭撞上碼頭。」艾薇把話接完。

「對。」

她們沒求證第六感是否正確，但她們清楚知道的確發生過。整個下午祖孫倆交換各自的經驗。兩人都在少女時期出現第六感，佛蘿拉的痛苦來源與艾薇少女時期一致，都源於她們能把人看透。第六感能告訴她們周遭那些人的真正感覺，讓她們無法接受別人的謊言。

「我的寶貝呀，」艾薇說：「我們每個人或多或少都會說謊，這是社會得以運作的先決條件。妳可以把這視為一種體貼，雖然從某方面來看，這是一種以自我為中心的心態。」

「我知道，外婆，我懂，但我就是覺得好……噁心，有一種髒臭的氣味圍繞在那些人……妳懂我的意思嗎？」

「懂，」艾薇嘆口氣，「我懂。」

「妳不用出門跟那些人打交道，妳只需要面對外公及教會裡的老太太。可是我在學校，得面對上千個不快樂的人，就算不是全部，也幾乎占了絕大多數。有些人自己不知道，但我看得一清二楚。這種感覺讓我很難過，真的很痛苦，我一天到晚都得面對這種事情。每次老師把我叫過去，想對我訓話，告訴我我哪裡不好……我就好想吐，因為他們嘴巴說的是一套，但我一眼就看出他們心裡想的是另一套。他們自己內心充滿焦慮和憂愁，日子過得一塌糊塗，心裡怕我，卻跑來告訴我我該怎麼做。」

「佛蘿拉，」艾薇說：「我知道我現在安慰不了妳，不過，真的，妳慢慢就會習慣的。反正茅坑待久了，就聞不到臭味了。」佛蘿拉被這種比喻逗笑，艾薇繼續說：「至於妳提到教會裡那些老太太，有時跟她們在一起，我還真希望手邊有衣夾呢。」

「衣夾？」

「把鼻子夾起來啊。至於外公……唉，改天再說吧。這種能力是甩不掉的，妳應該知道。如果妳能跟我一樣，那就不需要衣夾了，因為妳遲早會習慣的。我知道，這種感覺像在地獄，不過，要活下去就得習慣這些。」

談過之後的正面效益是佛蘿拉不再自戕。她開始更常去找艾薇，甚至平日也會自己搭公車去泰比教會，在那裡住上一晚後隔天再去上學。她自願去那裡照顧外公，雖然沒什麼事好做。外婆讓她餵外公幾次粥，好讓她更有參與感。

艾薇欲言又止地跟外孫女佛蘿拉聊過兩、三次上帝，不過佛蘿拉說自己是個無神論者。而佛蘿拉則試圖放另類搖滾歌手瑪莉蓮・曼森的音樂給外婆聽，同樣沒得到令人滿意的回應。看來兩人的忘年友誼終究還是有代溝。不過外婆艾薇倒能接受恐怖電影，若別太超過的話。

兩人回到客廳，電視變得更大聲。佛蘿拉再次關機，結果沒什麼不同。

她十五歲時，艾薇送了這臺電玩機GameCube給她當生日禮物。當時外婆和媽媽瑪格莉塔之間爆發激烈爭執，媽媽認為電玩只會讓青少年脫離現實世界。艾薇心想，瑪格莉塔說得不錯，而這正是她買這款禮物的理由。她想到自己從十五歲開始喝酒，為了逃避世界，為了麻痺感覺。從這觀點來看，她倒覺得電玩比喝酒好多了。

「我們出去坐坐吧。」艾薇說。

花園裡聽不見電視聲音，不過空氣中仍有一股沉重的熱氣。左鄰右舍燈火通明，狗兒狂吠，不祥氛圍瀰漫在兩人之間。

她們走到那棵守護樹：房子起造時種下的蘋果樹。這棵樹就植在屋旁，守護屋子免受任何傷害。上百顆青綠果實從蒼翠葉隙中偷偷探出頭。外公托爾生病的那幾年，沒人修剪的幼枝現在大肆張爪向天空伸展。

**我要拿把槍，走上階梯把那些狗殺光光。**

「妳說什麼？」艾薇問。

「沒有啊。」

艾薇望向天空。藍鬱天幕的點點星光在難以想像的穹蒼外熠熠閃爍。她發現星星開始鬆落，變成一根根尖針往下墜，刺入她的腦袋，刺得她整顆頭陣陣抽痛。

「就像被關在古代刑具『鐵處女』裡，一劍劍刺得我無處可躲。」佛蘿拉說。

艾薇看著她。佛蘿拉也抬頭凝視夜空。

「佛蘿拉，」她說：「妳剛剛是不是想拿槍……那些狗？」

佛蘿拉驚訝地揚起眉，噗嗤笑了出來。

「對，」她說：「我正在盤算遊戲裡的策略，怎麼……？」

兩人互視，這是前所未有的感覺。頭痛加劇，尖針刺得更深，接著，一陣狂風驟然刮起，襲撲她們。沒一片葉被吹動，沒一株草被吹彎，但就是有陣狂風吹過花園，吹得祖孫兩人踉蹌搖晃。然而，一眨眼，周圍和內心的風暴驟然消失。

撒……瑞克……密……吉……臺思……思特……卡拉……拉姆……卡思。

彷彿電臺發射出千百道頻率，各種聲音充斥在她們腦袋，全是半音的斷句。即使如此，她們仍聽得出那是驚恐的人類聲音。艾薇雙腿一軟，跪倒在草地上，喃喃低語：「我們在天上的父，願人都尊祢的名為聖，願祢的國降臨；願祢的旨意行在地上，如同行在天上。我們日用的飲食，今日賜給我們；免我們的債，如同我們……」

「外婆？」

「……免了人的債；不叫我們遇見試探，救我們脫離凶惡……」

「外婆！」

佛蘿拉的聲音顫抖，艾薇費了一番力氣才把自己從祈禱文中拉回現實。回神後她環顧四周。佛蘿拉睜大雙眼坐在草地上，直楞楞望著外婆。一陣痛楚貫穿艾薇心頭，她真怕自己會中風。她輕聲說：「……什麼事？」

「妳怎麼了？」

艾薇擠皺著臉。怎樣都痛。轉頭會痛，張嘴也痛。她費力在腦子裡形成字句，但……就是徒勞無功。她閉上眼，喘著氣。然後，痛楚消失，世界落回原先的位置，恢復原有的色彩。她從佛蘿拉臉上看得出自己鬆了一大口氣。

深呼吸，沒錯，消失了，結束了。她伸出手，握住佛蘿拉的手。

「我好高興，」她說：「有妳在這裡，好高興我不是唯一……經歷到這件事的人。」

佛蘿拉揉揉眼睛，「到底發生什麼事了？」

「妳不知道嗎？」

「對，我不知道。」

艾薇點點頭，當然，從某方面來說這與信仰有關。

「是鬼魂，」她說：「死人的靈魂，它們全被釋放出來了。」

## 丹德亞醫院，晚間十一點零七分

她是他妻子，他怎麼能怕她？大衛往前一步靠近床邊。是眼睛，那隻眼看起來的模樣嚇到了他。人類的眼睛實難言述。眼底的所有期待到頭來都有如鬼魅。而畫作和照片之所以為人接受就在於我們知道，它們凝結了當下片刻。活生生的眼睛無法被言述或重製，但是一旦消失，我們就會清楚知道。她的眼睛死了，被一層薄如蟬翼的灰色膜物給遮蔽了，或許也可說化成一道石牆了吧。她沒被喚醒，沒……處在當下。大衛傾身，低聲喚她：「依娃？」

她直視他時，他得抓緊病床鐵欄杆才不至於往後畏縮。

**那眼睛生了某種病。**

她張大嘴，沒發出聲音，只有乾涸的喀嘎聲。大衛跑到水槽，以塑膠杯裝水，遞給她。她看著水杯，沒打算接下。

「來，老婆，」大衛說：「喝點水。」

她手一揮，翻倒他手中那杯水，濺得她滿臉。杯子掉落在她肚子上，她看著杯子，手伸過去，劈哩啪啦捏成一團。

大衛呆望著她胸口那個窟窿，裡頭的螺絲鉗活像來自地獄的聖誕飾品，在她胸腔裡叮叮噹噹響個不停。他終於回神，壓下床邊的呼叫鈕，五秒鐘後沒人回應，他衝出走廊，大喊：「喂！誰來幫幫我！」

有個護士迅速從走廊遠端的房間衝出，她還沒走近，大衛就喊道：「她醒了，她活過來了……我不知道該……」

護士一臉茫然。她從他身邊擠過，一踏入病房立刻止步。依娃全身僵硬地坐在床上，手摳著塑膠杯碎片。護士摀住嘴巴，轉身看著大衛，搖頭結巴地說：「……這……這……」

大衛抓住她的肩膀，「什麼?這是怎麼一回事?」

護士側身轉向病房，手指著裡面說：「這……不可能……」

「那就看看該怎麼辦啊！」

護士再次搖頭，沒說半句話就轉身衝回護理站。抵達護理站入口時，她轉身告訴大衛：「我會找人來……」話沒說完就消失在裡頭。

大衛待在走廊半晌，驚覺自己正喘著氣。回去找依娃前他試圖緩和呼吸。腦海思緒翻騰……奇蹟……她的眼睛……兒子麥格納思。他閉上眼，想像她深情款款凝視他的畫面。生命之光的熒燎和嬉戲。他深呼吸，緊握這個畫面，走入病房裡。

依娃對杯子沒興趣了，現在它就躺在床下方的地板上。大衛往前趨近，努力不去看她的胸口。

「依娃，我在這裡。」

她的頭轉向他。他看著她眼睛下方，那片沒受傷的光滑臉頰。他伸出手，以指背撫摸她的臉。

「沒事的……一切都會沒事的……」

突然，她的手竄出，嚇得他整個人本能地往後退，踉蹌一下隨即穩住自己，再次對她伸出手。她的手緊緊抓住他，機械僵硬地握住。痛。她的指甲戳進他的手背，他咬緊牙根，對她點點頭。

「是我啊，我是大衛。」

他凝望她的眼眸，裡面什麼都沒有。她張嘴，發出嘶嘶聲，「……搭威……」

他淚水盈眶，點點頭。

「對，我是大衛。我在這裡。」

抓住他的手握得更緊了，指甲嵌入他的肌膚，傳來一陣痛楚。

「……搭威……遮哩……」

「對，對，我在這裡，和妳在一起。」

他從她掌心中掙脫，換另一隻手給她握，還調整了一下角度，好讓她掐住自己的手指而非皮肉。剛剛被握的那隻手滲出血絲，他將血抹在床單上，往病床一坐。

「依娃？」

「依哇……」

「對，妳知道我是誰嗎？」

沉默半晌。緊握著他手指的掌心鬆開了點。她說：「……失……失……搭威……」

好多了，一定會漸入佳境的。至少她現在懂了。

他點點頭，像卡通裡的泰山指指自己胸口說：「我，大衛。妳，依娃。」

「妳……依娃。」

兩人對話到此為止，沒能更進一步。一位女醫生衝入病房，看見依娃後立刻止步。她也不敢置信，差點驚呼出聲，不過靠著專業的本能反應，很快移轉了注意力。她從口袋裡掏出聽診器，沒瞥大衛一眼，逕自走向床邊。

大衛後退一步讓路給醫生，他看見剛剛那位護士站在門邊，身旁還有另一位顯然是來看熱鬧的護士。

醫生將聽診器放在依娃沒受傷的那側胸口，專心聆聽。移動聽診器，再聽一聽。依娃突然揮出手，抓住聽診器的軟管——

「依娃！」大衛大喊：「不可以！」

她往後猛拉扯。受驚嚇的女醫生尖叫，耳朵那端的聽診器被扯開前，頭被往前一拽。大衛感同身受地皺眉體會那股痛楚。

「依娃，妳不能……這樣。」

他全身發抖，彷彿想極力保護依娃免受醫生欺凌，彷彿深怕她不乖乖配合，醫生就會以某種方式來懲罰她。

女醫生嘀咕了幾句，雙手放在耳側數秒彷彿投降，隨即恢復專業的從容鎮定，轉身對護士說：「去叫神經科的賴斯，」她說：「要不，就把她的主治醫生葛藍找來。」

護士往房內跨進半步，重複問：「要不？」

「如果賴斯不在，」女醫生不耐煩地說：「就叫葛藍來。」

護士點點頭，壓低聲音跟另一位護士說話，然後兩人低頭迅速跑向走廊。

依娃將聽診器的聽頭從軟管上拔開，砸向地面。醫生坐在那裡直盯著依娃，沒意思要去撿。大衛走過去拾起，塞回醫生手中，這時她才乍覺病房裡還有其他人。

「她現在怎樣？」大衛問。

女醫生嘴巴半張看著他，彷彿他的問題蠢到讓她不想回答。

「心臟沒在跳。」醫生說：「沒•有•心跳。」

大衛感覺自己胸口傳出一陣痛楚。

「那妳不是應該要……」他說：「要讓它……開始跳？」

醫生看著正在拉扯橡膠管的依娃，開口說：「她似乎……不需要有心跳。」

等了好久賴斯才來。但他來到時，依娃的甦醒已不再是值得大驚小怪的事了。

## 丹德亞醫院，晚間十一點四十六分

馬勒把車停在最靠近醫院的臨時停車場，手笨腳拙地將自己擠出車門。這輛車根本不適合他一百九十公分的身高，更遑論一百四十公斤的體重。先把腳移出，接著是身體的其他部分。終於下車了，他站在車邊，抓抓胸口的襯衫搧風，而腋下早已出現一片深色汗漬。

醫院矗立前方，龐大建物正等著他。沒什麼動靜，只有空調悄悄的喘息。這是大樓的呼吸器，好讓它有資格說：「雖然外表看似不然，但我可是活生生的物體。」

在旋轉門邊的淺水池反射下，夜空成了一張星空圖。拉德像個哨兵站在一旁等待，嘴裡叼著菸。一看見馬勒，他舉手打招呼，將菸屁股丟入水池，引發一陣尖銳嘶熄。

「嗨，馬勒，還好嗎？」

「還好，只是汗流浹背。」

拉德年約四十，看起來雖比實際年齡輕，卻有點病樣。若非穿著那件配有名牌（上面寫著他的正式名字「拉德維格」）的藍色制服，還真讓人以為他是裡頭的病患。他雙唇瘠薄，蒼白肌膚緊繃得很不自然，彷彿拉過皮，或者正站在風洞裡。一雙眼睛緊張兮兮。

旋轉門夜間關閉，兩人改從一般門進入。拉德一路警覺地左右張望，但此舉顯然多餘。此刻的醫院空無人跡。

離開入口大廳，進入迴廊，拉德鬆了口氣，問馬勒：「你有沒有帶……？」

馬勒手伸入口袋，不過隨即停下動作。

「拉德，別誤會，不過這一切似乎太……」

拉德停步，不悅地瞪著他。

「我誆過你嗎？有嗎？我曾隨口胡掰，結果啥個屁也沒有嗎？我曾這樣嗎？」

「有。」

「你說的是瑞典網球球王柏格那件事？對，對，不過你得承認，兩人真的很像嘛。好，好，不過這……好吧，錢你就先扣著。你真是他媽的小氣鬼。」

拉德憤怒地跺步走向迴廊另一端，馬勒幾乎跟不上。兩人沉默地搭著電梯往下，然後走過一條稍微傾斜的長長走廊，一扇鐵門就在盡頭。拉德刷卡按密碼時，還特地遮住鍵盤。門鎖喀啦一聲開啟。

馬勒拿出手帕擦擦額頭。下面這裡涼快多了，不過走了這麼一大段路還是會冒汗。他倚靠在綠色的水泥牆，舒服地讓整顆頭降溫。

拉德打開鐵門。一道或數道牆外的遠處，傳來喊叫及金屬撞擊聲。之前馬勒初次也是唯一一次來這裡時，四周死寂得像……墓穴。拉德看著他，露出「我就說嘛」的笑臉。馬勒點點頭，掏出皺巴巴的一團鈔票。拉德態度軟化，大方指著那道敞開的門。

「別客氣，請便。獨家新聞正等著你呢。」他迅速瞥了眼走廊，「其他人都走另一個出入口，所以你不必擔心。」

馬勒將手帕塞進口袋，調整掛在肩上的袋子。

「你不一起來嗎？」

拉德哼了一聲，「我若跟你去，你想，這差事我還能幹多久？」他指指門裡一處角落，「去那裡搭電梯到下面那層樓，你就會看到了。」

身後那扇門砰的一聲關上，馬勒開始不安。他走到電梯，猶豫了一會兒才壓下按鈕。到了這把年紀，人反倒變得更焦慮。下面繼續傳出喊叫及金屬鏗啷聲，他立定不動，努力讓心跳緩和。

或許看見死人在這裡閒晃反倒不會讓他這麼不安，真正教他焦慮的是自己沒權利出現在這裡。年輕時他才不管這麼多，「真相得被揭發出來。」他當時這麼想，還會義正詞嚴和人據理力爭。

可是現在……

你是誰？你在這裡做什麼？

他現在鈍了，不確定自己能否在這種狀況下虛張聲勢地擺出需要的權威感。雖然如此，他還是壓下電梯按鍵。

得去看看是怎麼一回事。

電梯隆隆啟動，他咬住下唇，遠離電梯門。還是有點怕，畢竟看過那麼多電影。電梯來了，有人……有東西在裡頭。電梯抵達，他從電梯門的窄窗望入，看得出裡頭什麼也沒有。他跨入電梯，壓住下一層的按鈕。就在電梯往下移動之際，他努力清空情緒，將心思調整成單純描述性，變成一臺可以將影像化成文字的相機。

電梯抖了一下開始移動。透過厚實的水泥牆我聽到尖叫聲。從電梯小窗望過去，太平間映入眼簾，我看見……

什麼都沒看見。

除了一節走廊，一道牆，什麼都沒有。他按鍵，打開電梯門。

寒氣襲來。所在的走廊比醫院其他地方冷上好幾度。身上的汗水凝結成一層冰膜，他直打哆嗦。身後電梯門關上。

右手邊那道敞開的門通往冰冷的停屍間。外頭站了兩個女人，低頭擁抱。

她們在幹麼呀？

左側解剖室傳出金屬撞擊聲。女人之一抬起頭，馬勒現在看出是一名滿臉驚恐的年輕護士。

她懷裡抱著一位年紀很大的老嫗，一頭白髮彷彿圍繞在頭頂的光環。身軀纖弱，細瘦的雙腿在地板上移動，想要穩住腳步以便站起身來。老太太一絲不掛，除了圍在脖子上那條白床單垂在身體一側。是某人的母親或祖母，甚至曾祖母吧。

她一臉茫然，慘黃的肌膚底下只見一根根硬骨頭，至於眼睛……她的眼睛，兩扇敞開的窗戶通往一大片空無。雙眼只是一片蒙上白色凝膠物的透明藍，呆滯無神。

失了假牙的凹陷嘴脣呢喃吐出單音字，「嘎～～嘎～～」

回家。

馬勒立刻聽懂她要什麼。她要的東西跟所有人一樣。

護士見到馬勒，以眼神懇求他，「你可以接手嗎？」頭點向老太太。見馬勒沒回答，她補上一句：「我快嚇死了……」

馬勒蹲下，摸摸老太太的腳，冷冰冰，硬邦邦，彷彿摸到冷凍庫裡的橘子皮。被他一摸，老太太呢喃的音量開始提高——

「嘎～～～！」

馬勒呻吟一聲後站起來，護士開始叫嚷：「你得幫我，拜託！」

他不能幫，現在不能。他得先去看看到底是怎麼一回事。帶著愧意，踉蹌走入解剖室。拍攝女性受害者的攝影師回到旅館房間，灌酒減輕罪惡感。

照片……相機……

他走向燈火通明的大房間，打開袋子。走廊上散布著一張張白床單。

眼前景象看得他毫無頭緒。這場景的舞臺似乎該是西班牙畫家哥雅筆下的陰暗洞穴，裡頭上演著活人與死人的戰爭。

但眼前一切卻亮晃清晰。天花板的巨大燈管散發的熾亮光芒投射在不鏽鋼的解剖臺上，也映照著滿室走動的那些人。

到處可見一具具裸軀，幾乎每個死人都想褪去身上的裹屍布。不管長椅或地面，全是布料一片片。彷彿長袍派對失控變成縱欲場面。

約有三十人，有死也有活。白袍醫生、綠服護士和藍衣的太平間工作人員試圖控制這一具具裸軀。每個活過來的死人都很老，許多人身上仍可見粗糙縫合的解剖大傷口，從下腹往上延伸到喉嚨。

死人不暴力，但各個都想逃離。皺紋遍布的臉，健康不良的身軀。老太太如鳥爪般纖瘦的手指揮舞，老先生如球棒般的拳頭在空中甩動。軀體一移動，旋即被抱住壓制。

還有喧囂，嘈雜。

啜泣或哭號景象彷彿一群新生兒被丟入同一個房間，被要求同時表達對這個世界的恐懼與驚惶。這個他們返回的世界。

醫生和護士不斷地說話，安撫——

「放輕鬆，沒事的，一切都會沒事的，放輕鬆。」

但連醫護人員自己都驚恐得雙眼圓睜，有些人還啞了聲。有個護士縮在角落，臉埋入掌心，身體不斷顫抖。有個醫生站在水槽邊，有條不紊地洗著手，彷彿身在自家浴室。洗完後還從胸前口袋掏出梳子，開始梳起頭。

*大家都跑去哪裡了？*

怎麼沒有更多……活人在這裡？救兵呢？媒體呢？雖然在二〇〇二年的瑞典，一切看似正常運作，但這裡的確發生不可思議的事了。

馬勒曾來過這裡一次，他知道多數屍體都放在下層樓的冰櫃裡。也就是說，這裡只是一小部分。他往裡頭走近一步，慌亂掏出相機。

這時，有個男人掙脫了。他肉身的分解過程還沒來得及開始進行，看得出他身材強壯魁梧。從那雙手看來，似乎經常搬石扛重，或許是個早逝的退休建築工。他朝向出口移動那雙斑痕點點的蒼白雙腿，晃抖的模樣彷彿腳踩著粗糙鋸下的白樺樹幹做成的高蹺。

被他掙脫的醫生大喊：「抓住他！」馬勒沒多想，聽從命令以身體擋住去路。男人朝他直走過來，四目相交。馬勒一汪濕潤的褐色眼睛凝向一攤毫無動靜的泥池。毫無反應。

馬勒的視線滑下男人的頸，看著他鎖骨上方被注入福馬林溶劑的小傷口。來到這裡後，馬勒第一次感覺到……害怕。害怕碰觸，害怕感染，害怕那些摸索的手指頭。他真希望自己能掏出記者證，大聲喊說：「我是記者！這些不關我的事！」

他咬緊牙根。他逃脫不了，只能認命。

男人朝他而來，他不敢抓住他，反而將他推走——

*離我遠遠的！*

男人失去平衡，踉蹌歪向一邊，倒在又開始洗手的醫生身上。醫生不悅地抬頭，彷彿正在從事什麼重要的工作被打斷，氣呼呼地說：「一次一個！」然後將復活的男死人推向牆壁。

附近出現某種熟悉的鈴聲。馬勒知道這旋律，但沒時間多想，因為救兵已經來到。三個醫生和四個穿綠服的警衛從他身邊疾步走過，旋即停下腳步，驚呼連連：「天啊，這是……」各自出現不同的驚訝神情。但他們克服恐懼，衝進房間，出手處理需要他們相助的事情。

馬勒碰了一位醫生的肩，對方轉過頭，一臉想痛毆他的神情。

「你們現在會對他們怎麼做？」馬勒問：「要把他們帶去哪裡？」

「你是誰？」醫生問，拳頭彷彿就要舉起，「你在這裡幹什麼？」

「我叫古斯塔夫‧馬勒。我是來自……」

醫生發出尖銳的歇斯底里笑聲，然後咆哮：「還跟古典音樂家馬勒同名喔。你能把貝多芬和舒伯特找來，請他們出手幫幫忙嗎？」接著他抓住被馬勒推開的男人，壓住他，往解剖室大喊：「所有人到電梯，一次兩個！把他們帶到傳染病房。」

馬勒退出去。那熟悉的鈴聲仍響個不停。

他轉身，看見有人去幫那個護士。她雙腿發抖，努力撐起身，將手上的老太太交給警衛。她發現馬勒正在看她，一臉痛苦地扭曲著。

「王八蛋。」她朝他吐口水，旋即癱坐在地上，離屍體只有兩米遠。馬勒朝她邁前一步，隨後決定算了。他可不想再聽到有人罵他孬種。

鈴聲，鈴聲。

是莫札特的「G大調弦樂小夜曲」。馬勒開始跟著旋律哼唱起來。真是混亂場面當中的美妙樂音啊。他自己的手機鈴聲就是這首……

他開始在袋子裡翻找，找到後盯著這仍播放輕快音樂的荒謬東西，忍不住大笑。拿著手機，跨出幾步到走廊，身體靠在一塊「禁止使用手機」的牌子上。接起電話出聲時還不禁竊笑。

「我是馬勒。」

「我是班基。那裡情況如何？」

馬勒回頭望向解剖室，看著裡面那些移動的軀體。綠色、藍色和白色。

「真的，是真的，死人活過來了。」

班基對著電話呼吸。馬勒以為班基會說出什麼好笑的話，心想是否要將手機拿近解剖室，好讓班基聽個仔細。不料班基說的話一點都不好笑，他緩慢地說：「顯然真的發生了……好幾個地方，整個斯德哥爾摩。」

「死人甦醒？」

「對。」

兩人沉默了幾個呼吸。馬勒想像其他地方也出現同樣的場景。多少死人甦醒？兩百個？五百個？他突然全身發冷僵硬，問班基：「那墓園呢？」

「什麼？」

「墓園啊，埋葬死人的地方。」

班基以幾乎難被察覺的音量低語：「喔，我的天哪……」隨後補了一句：「我不知道……我不知道……我們還沒有任何……」話語到此打住，然後喚他：「古斯塔夫？」

「什麼事？」

「這是玩笑，對不對？你在跟我開玩笑，你就是那個……」

馬勒對著解剖室舉高手機，想讓班基自己聽聽，他失神地發呆了幾秒，將手機放回耳旁。班基還在自言自語：「……不管怎樣都說不通，怎麼可能……在瑞典這種地方……」

他打岔，「班基，我得掛電話了。」

班基的編輯身分終究戰勝了懷疑論。他說：「你會拍幾張照片給我吧？」

「會，會。」

馬勒放開手機，心臟跳得好厲害。

孫子伊利亞思沒火化，伊利亞思被埋在地底，伊利亞思被埋在地底。伊利亞思就在瑞克斯塔墓園中，伊利亞思……

他從袋子拿出相機，快速拍了幾張照片。現在狀況已經穩定，一切都在掌握之中。總之，這裡暫時應該就是這樣。這時有個警衛抓住老人，老人的頭不斷上下晃動，彷彿在說：「對，對，我還活著！」警衛看見馬勒，大聲吆喝：「喂，你！你在這裡做什麼？」

馬勒大手一揮，表示沒時間跟你囉唆，然後退出解剖室，轉身跑向樓梯間。

員工休息室外有個瘦如竹竿的老人正在拉平自己壽衣上的皺褶，其中一條袖子被扯裂。老人嘴巴張得開開，彷彿納悶自己怎麼會穿上這麼華麗的衣服，也擔心現在把衣服弄壞了不知該怎麼辦。

醫院大門外停了幾輛巡邏車，馬勒嘟囔：「警察？警察來這裡幹麼？難不成要逮捕他們？」還沒走到自己的車子，馬勒已經汗流浹背。駕駛座那側的門鎖壞了，他必須以全身力氣猛撞，才能讓車門彈開。突然，手中緊抓的車門把翹了起來，飛出他掌心外，腳下的柏油地面旋轉了九十度，撞上他的肩膀和後腦袋。

他躺在車子旁邊，直盯著星空。腹部上下起伏，深呼吸，如雷鳴。聽見遠處有警笛聲。一般說來，在新聞人耳中，這真是美妙的樂音。但現在的他已無法一聽警笛就往前衝。

星星對他眨眼，呼吸逐漸緩歇。

他聚焦在星星之外的邈邈某處，低語說：「你在哪裡，我的愛孫？你在那裡嗎？還是回來……這裡了？」

幾分鐘後，他覺得自己能行動了，於是爬起身，上車，發動引擎，駛出停車場，朝向瑞克斯塔湖區。他的雙手抖動，是因為虛脫，或是雀躍的期盼。

**泰比市，晚間十一點二十分**

艾薇在托爾的房間幫外孫女佛蘿拉鋪床。揮之不去的醫院消毒水氣味，早在三個禮拜前就被杏仁油香皂和洗衣劑中和許多。托爾一走，什麼都沒留下。他死後隔天，艾薇就將床墊、枕頭和所有床單被套丟棄，全數添新。

佛蘿拉隔天來找她，艾薇真驚訝她竟沒拒絕睡在外公剛去世的那張床上，更何況她還有異常敏銳的特殊體質呢。佛蘿拉只是說：「我認識外公，他不會嚇到我的。」

佛蘿拉進來坐在床沿，艾薇看著她身上那件長到膝蓋、印有「瑪莉蓮・曼森」華麗妖魅造型的T恤，然後問她：「後天，妳有別的衣服可以穿嗎？」

佛蘿拉笑笑回答：「有。我自有分寸。」

艾薇拍鬆枕頭，說：「我不是在乎這種事，不過……」

「那些老太太。」佛蘿拉幫她把話接完。

「是啊，那些老太太。」艾薇皺眉，「不然，我也同意做人應該……」

佛蘿拉將手搭在外婆手上，打斷她的話。「外婆，就像我之前說過的，我知道去葬禮要穿得正式隆重一點，」她扮了個鬼臉，「還有婚禮啊，不過……」

艾薇笑著說：「總有一天妳會自己站上聖壇的，」她再補一句：「不過也許不會。」

佛蘿拉說：「也許不會。」然後整個人往後倒在床上，躺成大字型。她望著天花板，雙手張開又闔上，彷彿正在承接往下掉落的隱形球。接了約十球後，她凝視空氣，這麼問：「人死後去哪裡？死後會發生什麼事？」

艾薇不確定外孫女是否要她回答這問題，不過她還是開口，「去某個地方。」

方。」

「什麼地方？天堂嗎？」

艾薇坐在佛蘿拉身邊，拉拉已經夠平整的床單。

「我不知道，」她說：「天堂或許只是我們對某個未知地方的稱呼，其實那裡不過是……某個其他地方。」

佛蘿拉沒回話，又接了幾次球，突然坐起身，靠近外婆，問她：「那，去那裡之前呢？在等待的花園裡會發生什麼事？」

艾薇不語，靜靜坐了半晌後才開口，聲音低沉躊躇。

「我知道妳不相信我的信仰，」她說：「不過或許妳可以從這種角度來看，先不管上帝、聖經這些東西，先來看看靈魂吧：人類有靈魂。妳認為這種說法合理嗎？」

「不合理，」佛蘿拉說：「我認為人死了，燒掉就沒了。」

艾薇點點頭。

「對，當然。不過我是這麼看的：人活著，累積了各種想法和經驗，體會過各種情愛，等到八十歲，或許心思一樣清明敏銳，只不過軀體開始衰退，但肉身之下仍是同樣那個人，活生生，會思考。身體不斷退化，最後只能坐在那裡，內心哭喊：不，不，不……然後一切結束。」

「對，」佛蘿拉說：「就是這樣。」

艾薇變得激動，抓住外孫女的手，舉到自己脣邊，輕輕給個吻。

「但是對我來說，」她說：「對我來說這種觀點很荒謬，我一直這麼覺得。對我而言……」艾薇從床上站起來，揮舞著手，「人顯然有靈魂，我們一定有靈魂。想一想，我們都能夠……具有意識，能在瞬間擁抱宇宙。但若說這種意識一定要依靠……」艾薇的手往自己身體一揮，「這身……皮囊才能存在……不，不對，我不能接受這種說法。」

「外婆？外婆？」

凝視遠處發楞的艾薇回過神來，看著外孫女，然後坐回床沿，雙手交握，擱在大腿上。

「原諒我，」她說：「不過今晚我已經證實我相信的東西果然為真。」她瞥了一眼佛蘿拉，略顯畏怯地說：「我真的這麼認為。」

艾薇跟佛蘿拉道了晚安，幫她關上房門，然後在屋裡踱步。她試著在扶手椅裡安坐，拿起葛林柏格的書，但沒讀幾行就將書擱在一旁。

她曾告訴自己，只要托爾一走，她就要做幾件事。其中之一就是在撒手人寰之前讀完葛林柏格的《瑞典人的神奇冒險》。讀得很順利，已經進行到第二卷的一半。不過今晚讀不下去了，她煩亂不安。已過了午夜，應該上床的。其實這陣子不需要那麼多睡眠了。她經常凌晨四點醒來，坐在馬桶上兩小時，就為了排除尿液。

托爾啊，托爾啊，托爾……

今天她帶了托爾最好的那套西裝去葬儀社，兩天後的葬禮上就要給他穿上這套。他現在應該躺在教堂冰冷的冷凍櫃裡，準備盛裝打扮迎接人間最後的大日子吧？他們曾問她是否想親自為他更衣，不過她很樂意將這差事交由他們來處理。她已經做到自己該做的部分了。

她幫他做了十年三明治，餵食他七年，最後三年他甚至只能吃粥糊或爛糜，還得透過鼻胃管灌入營養品，只為了……對，活命。不管怎麼稱呼這種事情。

他被困在輪椅上，無法說話，或許也無法思考。只有偶爾對他說話時，他眼眸閃爍出聽懂的神情，但這眼神一眨眼就消失無蹤。

她烹煮他的食物，幫他換尿布和尿袋，清洗身體。只有每晚將他放上床，早上將他抱起時，她才找人幫忙。打從坐輪椅那天起，他就全身癱軟，毫無行動能力。

不論是好是壞，直到死亡將我們分開。她確實遵守了婚約諾言，雖然沒帶著喜悅或愛意，但也沒埋怨或猶疑，只是自然地這麼做了。

她在浴室取下整副假牙，徹底刷洗後，放在浴室的玻璃杯裡。她實在搞不懂，為什麼會有人將假牙放在床邊，讓這森森白牙提醒人歲月流逝。對，還有老花眼鏡。為了安全起見，的確該將視力放在手邊，以防萬一。不過牙齒呢？難道會有需要牙齒來咀嚼的突發狀況嗎？

她走入臥房，褪去衣裳，換上睡袍。將衣服工工整整摺疊好，放在上層可闔蓋的書桌上。停住動作，凝視書桌上的照片。結婚照，她和托爾的。

*好一對鳳凰于飛啊。*

照片原本是黑白，後來以手工染色，迄今仍色彩鮮明。她和托爾看起來就像童話書裡的插畫。王子和公主，即將「過著幸福快樂的日子」。托爾穿著燕尾服，她穿著白紗，胸前捧著五彩繽紛的捧花。兩人如幽靈的藍眼珠凝向未來（托爾不是藍眼珠，修片的人搞錯了。不過他們就是沒找時間繞過去請他們重新修改）。

艾薇唏噓，手指撫摸照片。

「到頭來不就是這樣。」她這麼說，但沒特別想到什麼。

她扭開床頭燈，心想入睡前是否再讀一段。還沒做出決定，忽然聽見大門傳來聲音。她屏神聆聽，又來了。一陣……刮磨聲。

*老天啊！到底是什麼……？*

床頭桌那只時鐘顯示十二點二十分。刮磨聲又來了，或許是動物吧，可能是狗，不過野狗抓她家大門做什麼？她等了一會兒，聲音猶存。附近很少有野狗啊。冬天或許會有鹿遊蕩到住宅區，不過牠們不曾這樣抓門造訪。

她披上袍子，走到大門邊，聆聽。她心想，不是貓，一方面是因為音量很大，二方面因為聲音來自人類胸口的高度。艾薇靠近門柱，低沉著洪亮聲音問：「誰？」

刮磨聲停止，換成抽噎低嗚。

*一定是某個受傷的人。*

她毫不猶豫，立刻打開門。

他已經穿上那件最好的西裝，不過看來不怎麼合身，畢竟臨終前最後幾年他瘦了整整二十公斤。現在，他站在門前階梯上，華達呢布料的西裝垂垮在肩頭，他兩手癱懸在身體兩側。艾薇後退數步，直到撞上門擋，差點踉蹌失衡，幸好及時抓住衣帽架，重新挺直身子。

托爾站著不動，盯望著自己的雙腳。艾薇視線往下移，見他光著腳，白皙裸足上的腳趾甲根本沒修剪。

她直盯著他的腳，心想：

*他們騙她，竟然沒修剪他的腳趾甲。*

她看著五十週年結婚紀念日之後三天去世的丈夫返回家門，既不驚惶也不恐懼。只是訝異……還有點虛脫。然後她朝他走近一步，問他：「你在這裡做什麼？」

托爾沒回答，只是抬起頭。有眼睛，但沒視焦。艾薇已經習慣了，習慣那種沒視焦的雙眼盯了她整整三年。只不過現在這雙眼睛更冰冷、更無神。

*這不是托爾，這是個玩偶。*

玩偶往前跨出幾步，進入屋子。她無法採取行動阻止它，不是因為她害怕，而是因為不知道該怎麼做。

它是托爾，沒什麼好裝的。不過這怎麼可能？她親自確定他脈搏沒跳動，還以手放在他口鼻前，確認他不再有呼吸，而且救護車司機也是這麼說。她很有把握托爾已經死了，走了，離開了。

但現在肉體甦醒……

他從她身邊掠過，進入屋裡。醫院冷凍庫的氣味撲鼻而來，消毒水、澱粉漿……底下還有某種甜甜的水果味。她迅速冷靜下來，抓住他的肩，壓低聲音說：「你在幹什麼？」

他無視於她，繼續往前走，踉蹌抖動，步步費力，走往房間。他的那間房。

她突然想到，這是過去七年來她首次見到他行走。僵硬呆板，彷彿還沒適應這副新找的身軀。儘管如此，他的確走路了，直直走向外孫女佛蘿拉正睡覺的臥房。

艾薇轉身，從背後抓住他雙肩，壓低聲音吼他：「佛蘿拉在裡面睡覺！你別吵她！」

托爾停步，他身軀的冰冷從衣服滲入她手中。兩人僵了數秒，一絲回憶湧起：瑪格莉塔還小，托爾醉醺醺地回家。女兒睡在她房裡，艾薇像個哨兵擋在走廊，不讓托爾踉蹌闖入，酒氣沖天地施捨涓滴稀薄的父愛給被嚇壞的女兒。

她在睡覺，你別吵她！

這種攔阻通常有用，但不是每次都行得通。

托爾轉身。艾薇想以目光釘住他，像四十年前那樣將他釘牢在牆上，讓他不能移動，清醒說話。但這次就像在保齡球上釘圖釘，視線溜滑，怎樣也貫穿不了他。她開始害怕。

就算他雙頰凹陷到產生陰影，嘴巴深深陷癟，連體重也掉了二十公斤，但和她一比，他仍然強壯。此刻的他，眼眸裡沒有感情，六親不認。她沒法再盯視，只好退開，承認自己挫敗。

托爾轉身，繼續走向房間。艾薇又想抓住他，但就在他雙肩從她掌心滑開之際，房門打開了，佛蘿拉走了出來。

「外婆，什麼……」

她見到托爾，開始嗚咽，退到一邊，不敢阻擋他冷酷的決心。托爾對外孫女視而不見，逕自入房，佛蘿拉嚇得踉蹌絆倒了扶手椅，爬向通往陽臺的那扇門。她坐在地上，雙眼圓睜，扯開喉嚨放聲尖叫。

艾薇衝過去摟著她，摸摸她的頭髮和臉頰。

「噓──噓──，不會危險的……噓──。」

尖叫聲停止，艾薇感覺手掌裡佛蘿拉的下巴緊繃僵硬。她顫抖的身體靠到艾薇身上，但仍繃得死緊，目光直直望向臥房。托爾已經走到書桌旁坐了下來，彷彿下班回到家，但上床前還有些工作得處理。

她們看見他的手移動，聽見紙張翻動的沙沙聲。祖孫倆抱在一起，久久無法移動，直到佛蘿拉從艾薇懷裡掙開，直挺挺地坐在地板上。

艾薇壓低聲音說：「妳過去那裡，好不好？動作輕點，別讓托爾聽到。」

佛蘿拉張嘴又閉上，隨手比向茶几和臥房。艾薇望過去，知道她在說什麼。電玩「惡靈古堡」的封面就放在茶几上。佛蘿拉嘟囔著些什麼，艾薇湊近想聽個分明。

「妳說什麼？」

佛蘿拉如蚊的微聲清楚說出：「這太……荒謬。」

艾薇點點頭，對，很荒謬，很可笑，雖然她們兩人都沒笑，但的確很好笑。她站起來，佛蘿拉匆忙抓住她的袍襬。

「噓──」艾薇悄聲說：「我只是要去看看他在做什麼。」

她爬到臥房。如果一切如此荒謬滑稽，兩人何須低語？她何須躡手躡腳？只因為這種荒謬，這種不可能，是存在於真實世界的極限外。走錯一步，惹點騷動，就會萬劫不復，或者引發激動狂喊，誰也拿不準。總之就是得小心，得步步為營。

艾薇倚著門柱，從這角度只能見到托爾的背和往內縮的一隻手肘。她往房間跨入一步，然後沿牆滑行，找到另一個角度。

*他在找什麼嗎？*

鬼魂回來處理事情吧。水果氣味愈來愈濃，她將指尖擱在牆上，彷彿這樣就能跟真實世界有所連結。

托爾蒼白僵硬的雙手滑過書桌，移向影印紙上的聖詩歌詞。這是後天葬禮將吟唱的聖歌。他的手還撫過空白信紙及佛蘿拉今天順道買來的報紙。他拿起一張歌詞到眼前，後腦杓前後移動彷彿正在閱讀——

*兵來將擋，水來土掩吧。*

他放下聖歌，又拿起另一張相同內容的紙，同樣專注閱讀。

「托爾？」

艾薇被自己的聲音嚇了一跳，她沒打算說話，但就這麼脫口而出。幸好托爾沒反應，艾薇鬆了口氣。她可不希望他轉過身，做出任何事——

*上帝，幫幫我啊。*

或說點什麼吧。

她沿牆慢慢滑出房間，關上門，聆聽裡頭動靜。仍有紙張沙沙聲。她將扶手椅堵在門上，又塞了幾張椅子在門把下方，空隙處則擠入一些書，好讓門把無法轉動。

佛蘿拉仍坐在原地。托爾的返家不可思議，艾薇根本無法理解，但最讓她害怕的是，這事對佛蘿拉可能造成的影響。對她這種敏銳的孩子來說，這種衝擊真的會難以負荷。

艾薇坐在她身邊，聽到佛蘿拉開口問「他在做什麼」而鬆了口氣。因為這代表她沒被嚇到失神，還有興趣想搞清楚狀況。對這個問題，艾薇已備妥答案。

「我想，」她說：「他假裝自己還活著。」

佛蘿拉微微點頭，彷彿這正是她所期待的答案。艾薇不知該怎麼辦。佛蘿拉不應該目睹這種事情的，不過艾薇實在想不出該怎麼讓她離開這裡。公車已停駛，她父母瑪格莉塔和戈倫又在倫敦。

況且她也認為此時不宜打電給瑪格莉塔。或許瑪格莉塔平時比佛蘿拉和艾薇更社會化，言行舉止看似更正常，但她也有歇斯底里的本領，幾次爆發時，還真難以收拾。萬一讓瑪格莉塔知道，她一定會趕過來接手所有的事。她會以尖銳聲音劈哩啪啦快速說話，焦躁急切到就算小事出錯，也會氣得往自己臉上抓。

該死的托爾。

沒錯，他就是該死。艾薇邊思忖該怎麼解決，邊對托爾起了愈來愈強的恨意。這全是他的錯。她做得還不夠嗎？她不是已經盡力做了她分內的事了嗎？

等等。

她突然想到某事，不禁笑了起來。當然，從神學觀點來看，這顯得過於吹毛求疵，但結婚誓約的確這麼說的吧？「不論是好是壞，直到死亡將我們分開。」她望向那扇被她從外反閉的房門，心想，托爾已經死了，所以現在他不再是她的責任。四十三年前她可沒承諾牧師，她連死後都會珍惜照顧對方。

佛蘿拉那處傳來聲音。艾薇問：「什麼？妳說什麼？」

佛蘿拉直視外婆雙眼，發出一聲，「啊——」

一股恐懼遍布艾薇全身。發生了。她終究沒能保護這個女孩，現在……她手摸著佛蘿拉的臉，告訴她：「對不起，對不起，我叫計程車送妳回去，好不好？我來叫車，這樣……妳和我就可以離開這裡，好不好？」

佛蘿拉徐徐搖頭，抓起艾薇的手緊緊握住。「啊——」她繼續喊，但這次露出一抹笑容。艾薇噗嗤，那短促尖銳的笑聲，真像驟咳。佛蘿拉在開玩笑，她在學電玩上那些殭屍發出的聲音。

「喔，佛蘿拉，妳把我嚇死了，我還以為……」

「對不起，外婆，」佛蘿拉的空洞眼神消失，以正常的雙眼環顧屋內。「現在我們該怎麼辦？」

「佛蘿拉，外婆也不知道。」

外孫女皺起眉，然後說：

「我們來想想吧，首先，他會不會真的沒死？只是昏過去之類的，而現在甦醒了。」

艾薇搖搖頭，「不可能，難不成我們全都被他騙了？前天我送西裝去時親眼看著他……佛蘿拉，妳還好嗎？」

「我沒事，我只是……想把事情釐清楚。」

艾薇真驚訝，這孩子的語氣怎麼如此平靜，說話時還會將手指舉到面前，一一點出各種可能性，彷彿雖經歷過數分鐘的驚嚇與疑惑，但現在已完全恢復理智。這件事讓她原本壓抑的那一面——律師女兒的理性面，全都顯露出來。

「第二，」佛蘿拉伸出中指比出二，「如果他真的死了，是什麼讓他起死回生？這東西與在花園發生的事情有關嗎？」

「呃，對……我想可能有關。」

「第三……」

艾薇開始明白了。她心想，佛蘿拉這種突來的轉變，其實不像她以為的全然正面。現在她只以理性來思考，開始將整個情況視為電玩遊戲，而非不可能發生的怪異事件。這孩子竟以為這一連串的問題可以被一一破解。

唉，艾薇思忖，**事情可能會很糟**。

「第三：這情況是只有我們兩個見得到？或者它是真實發生在……嗯，妳知道我的意思吧。」

艾薇想起她掌心感受到的托爾鬆垮肩頭滲出的寒氣。

「這是真的，而且我認為我們應該……叫救護車。」

佛蘿拉站起來，「我來……」

「妳不覺得由我來叫比較適合嗎……」

「對，不過可以讓我來嗎？拜託。」

佛蘿拉還真的雙手在胸前合掌拜託她，艾薇聳聳肩。她搞不懂小孩那種興匆匆的熱度，反正這樣也好。於是佛蘿拉去打電話，艾薇坐在地板上，思量。

**這代表某些事。**

**這些都……代表某些事。**

# 事件發展概述

23：10－23：20：大斯德哥爾摩地區每個停屍間都有死人甦醒。

23：18：在蘇克頓區的老人安養中心外頭，有個全身赤裸的老叟在街上遊蕩。老叟對別人的言語毫無反應，警方據報後趕到現場，想將老叟送返家。

23：20：距離索爾納市法醫中心一百公尺附近，有個年輕人被貨車輾過，警方趕到現場時，受害者已經離去。驚嚇的貨車司機說，那人肚子有個大傷疤，被他撞飛了十公尺遠，而且肚破腸流，不過他竟然站起來走掉了。

23：24：第一通電話打進緊急救難專線，有位老太太過去五年一起生活的姊姊突然現身來找她。問題是她姊姊兩週前過世了。

23：25：丹德亞醫院的員工開始打電話給各地的安養中心和設有停屍間的教堂，告訴他們死人甦醒的事。

23：25－23：45：各地發生二十多起往生老人在街上遊蕩的事件。

23：26：退休的自然攝影師尼爾．倫德斯壯拍到隔天肯定占據狗仔報《快捷小報》頭版的照片：泰比教堂的墓園，有七個穿壽衣的老人踉蹌走出停屍間，朝向出口移動。這張照片是躲在墓碑之間拍攝的。

23：30－23：50：巡邏警網以無線電叮嚀員警注意街上失神遊蕩的老人，此舉證實這些人都是過去幾個禮拜內過世的死人。「健康暨社會福利部」已獲知此事。

23：30之後：緊急中心湧進許多語氣驚惶，甚至歇斯底里的報案電話說，死去的家人回來了。醫護人員、心理醫生和神職人員很快被派遣到有此遭遇的家庭進行了解。

23：40：丹德亞醫院的傳染病房被指定為甦醒死人的臨時留置所。醫院也緊急召集更多醫護人員進駐。

23：50：丹德亞醫院通報，有兩名往生者並未甦醒。病歷資料顯示，其中一人死了十週，另一人十二週。兩具屍體都以福馬林溶劑反覆處理過。另外，兩人的葬禮事宜也都安排妥當。

接著傳出更多死人沒甦醒的消息。顯然只有死了不到兩個月的人才會甦醒。

23：55：透過資料庫交叉比對，整個大斯德哥爾摩地區，過去兩個月內死亡還沒下葬的人數計有一千零四十二人。

23：57：政府決定詳細調查這起令人難以置信的詭異事件，並責成一組調查人員，攜帶精良的擴大器和挖掘工具，到斯德哥爾摩的「樹林墓園」進行探測，或許會視需要撬開墳墓，了解究竟。

23：59之後：精神醫療單位的急診處開始出現許多見到死去親友返家而精神崩潰的人。

# 八月十四日
# 我的愛在哪裡啊？

**瑞克斯塔墓園，午夜十二點十二分**

安拜普蘭、艾稜史朵蓋特、布雷奇堡……

駛過一區區的馬勒繞出那個像太空時代產物的圓環，汗濕的雙手從方向盤滑落。他右轉駛入瑞克斯塔湖區的火葬場暨墓園。

手機響了。他放慢速度，在袋子裡掏摸一番後，終於拿出手機，瞥了一眼來電號碼。是編輯部。班基或許想知道他的照片照得如何，故事報導寫出來了沒有。哪來的時間啊。他將手機放回袋子任它響，駛入小停車場，然後熄火。打開車門，反射性地抓起袋子，費力將自己擠下車，然後……

停下腳步。

他站在車邊，倚著車門，拉拉褲頭。

沒半個人。

高聳圍牆內闃寂無聲。夏日的暈黃月亮灑落柔和光芒，映照著火葬區有稜有角的建築外觀。沒動靜。

他在期盼什麼？期盼見到外孫站在那裡，猛搖門閂……？

對，類似這樣。

他走到大門，往裡頭探。一個月前，他就站在禮拜堂前方的大空地上，汗水在黑色西裝裡一道道流，心被一刀刀割。而現在這塊空地任憑黑夜籠罩。月亮在墓碑投射出一毯月光，燃亮了墓園裡偶見的星星。他抬頭望向那片紀念樹林。稀微亮光從松樹下方往上投射，而旁邊一根根紀念蠟燭是死者的悲傷摯愛擱放的。他摸摸大門，鎖上了。看看門上那排尖鐵，行不通。

真的簡單嗎？

但他對墓園瞭若指掌，侵入並非難事，不過教他搞不懂的是為什麼要鎖住。他沿牆走到一片斜陡的草堤。就算其他植物奄奄一息，那兒的全年生植物也能透過人工灌溉而生長綻放。

有時候他以為自己仍是三十歲那尾活龍。對那時的他來說當然易如反掌，但現在可不同了。他環顧四周，席爾斯梅德葛藍街上廉價公寓的幾扇窗閃爍著電視螢幕的藍光。沒人在外頭遊蕩。他舔舔唇，抬頭看看草堤的最上端。

三公尺高吧，或許傾斜四十五度角。

他爬上去，抓住一簇草，開始費力將自己往上拉。脆弱草根失守了，他被迫將腳趾陷入土裡，以免往後倒栽蔥。臉幾乎貼在地面，他像隻蝸牛慢慢把自己往上拖，肥肚擋著，發揮煞車作用。他一步一步登上草坡，在這悲慘情境中他開始笑，差點失衡滾落之際，笑聲戛然而止。

我這樣子肯定很狼狽。

終於爬到最上面，他癱倒在地喘息片刻，俯瞰墓園。整齊排列的墓碑和十字架矗立在月光投射的陰影下。

躺在這裡的人多半以火化處理，但安娜決定讓伊利亞思土葬。當時馬勒想到那小小身軀躺在冰冷土裡，就覺得很可怕，但安娜認為這樣比較能讓她感到安慰。她不想離開他，這樣可以讓她離他更近些。

那時馬勒覺得這理由不好，日後很可能後悔，不過或許他錯了。安娜每天到墓園來，還說她知道伊利亞思躺在那裡，感覺就舒坦多了。整個人完完整整躺著，有手腳、有頭顱，而非只剩一罈骨灰。只是馬勒還不習慣，每次來墓園，除了悲傷，還有一種不自在的感覺。

*那些蟲，還有腐化過程。*

沒錯。他突然想到這問題麻煩了。滑下另一側草坡前躊躇半晌。

*如果……如果這真的發生……那伊利亞思會是什麼模樣？*

馬勒見過的犯罪現場不下千百樁。他親眼目睹過塑膠袋裡拿出來的肢解軀體、死在住處和愛犬獨處超過兩個禮拜的死屍，還有被運河水閘或拖網漁船的引擎絞得面目全非的。他這輩子見過的屍體，沒一具好看。

伊利亞思土葬，用不著的那副白色棺廓就在他眼前燃燒。葬禮舉行前一小時，伊利亞思跟世界做最後一次告別。那天早上馬勒買了一盒樂高玩具，他和安娜站在打開的棺柩旁，凝視著伊利亞思。他們給他穿上他最愛的睡衣，有小企鵝圖案的那件，還將泰迪熊塞在他小手臂下。雖然似乎沒必要。

安娜貼近棺柩說：「醒來，伊利亞思，拜託，小寶貝，睡夠了啊。」她摸摸他的臉頰，「醒來，小寶貝，天亮了，該去托兒所了……」

馬勒摟住女兒，什麼都沒說，此刻父女的心情如出一轍。他將伊利亞思一直想要的「哈利·波特」圖案的樂高玩具放在泰迪熊旁，有那麼半晌，以為仍然美麗完整的他會樂得跳起來。只要他起身，這場噩夢就能結束。

馬勒滑下草坡，小心翼翼地走入墓園，深怕擾動這裡的寧靜。距離伊利亞思的墳墓還有一段路，前往的途中經過一座碑文才剛刻上的墓：

戴格尼・波曼
一九一八年九月十四日至二〇〇二年五月二十日

他停步，聆聽。沒聽到聲音，繼續走。

伊利亞思的墓碑映入眼簾，右手邊最後那個。安娜帶來插在花瓶的白色百合在月光下影綽閃亮。墓園可以如此稠密，但又是地球上最孤寂的地方。

馬勒跪倒在墓邊，雙手顫抖，嘴巴乾涸。植在裸露土壤裡的草皮還沒冒出青蕪，植被接縫處的黑影特別突出。

伊利亞思・馬勒
一九九六年四月十九日至二〇〇二年六月二十五日
留在我們心中
永永遠遠

什麼都沒聽見，什麼都沒看見。一切正常沒異狀。沒有隆起的土壤——

對，是他想太多了。

沒有伸出來摸索的手。

馬勒整個人癱在地上，擁抱棺柩埋入的地方，耳朵緊貼著草地。只有瘋子才會這麼做。他聽著底下動靜，一手摀住沒貼地的那隻耳朵。

聽到了。

刮磨聲。

他咬脣過猛，滲出血珠。更緊貼住地面，感覺小草往旁邊讓位。

沒錯，底下傳出刮磨聲。

伊利亞思在動，想要……出來。

馬勒卻開始畏縮，他站起來，佇立在墳墓尾端，環抱自己，努力不讓自己崩潰。腦袋茫然空白。雖然他為此而來，但直到最後一刻，他還無法相信這是真的。沒行動計畫，沒帶工具，沒法子……

「伊利亞思！」

他膝蓋落地，抓扯一叢叢草，徒手刨開土壤。他像被惡魔附身，刨得指甲斷裂，嘴中嘗土，雙眼蒙沙。刨一刨，就將耳朵貼在地面，聽見刮磨聲音愈來愈清晰。

土壤乾燥透氣，還沒被綿密的草根抓牢。額頭淌下的汗珠是他這幾個禮拜來首次嘗到的甘潤味。二十分鐘後，他已挖到比手臂還深，仍不見棺木影子。

他趴在穴邊，低頭刨挖了好一陣子，血液衝上腦門，轟隆得腦袋像有鐘錘搖擺。眼前一片黑，他不得不歇息，免得昏厥。

努力回到原先位置，突然聽見自己的背部發疼哀叫的聲音。他趴在柔軟的土堆上，聽到刮磨聲繼續響著，敞開的洞穴更放大了聲音。他似乎聽見微弱的嗚泣，有點像哨音，趕緊屏神凝聽。哨音停止，他吸了口氣，嗚泣又出現。他哼了一聲，鼻孔噴出沙土和黏液。是他的呼吸道在嗚泣。是他讓它們喘息。

乾燥的土壤。

感謝上帝：土壤是乾燥的。

變成木乃伊。不會腐化。

他躺著喘氣，努力不思考。嘴巴乾涸，舌頭頂住上顎。不可能發生這種事，然而真的發生了。這該怎麼辦？要不，躺下來假裝沒事，要不，接受現實，繼續挖下去。

馬勒想起身，試圖站起來，但背脊就是不肯合作，他只能像隻金龜子拱背蜷縮，雙手猛捶，想鬆開那彎曲不了的關節。沒用。他翻身趴著，將自己拖到地面開口處。

他朝裡面大喊：「伊利亞思！」一脊椎的痛楚下竄到尾骨。

沒有回應，只有刮磨聲。

還要多深才能見到棺柩？他不知道，但現在沒工具，他實在無能為力。他的手指緊握住脖子上那串珠鍊，像個懺悔者祈求神的諒解。然後，朝洞口說：「我挖不動了，對不起，小兄弟，你的位置太下面了，我得去找人，我得……」

*刮磨，再刮磨。*

馬勒搖頭，開始靜靜啜泣。

「別再刮了，小兄弟，外公就來了，我這就去……找人來……」

馬勒咬緊牙根，摀住耳朵。背部的陣陣抽痛迫使他雙腿癱跪。轉身，抽噎，慢慢把自己拖回洞口。

*繼續刮磨。*

「我來了，小兄弟，外公下來了。」

但洞穴容不下他。洞壁刮磨他巨凸的腹肚，粉碎的土壤紛落，他不理會後背的哀號，彎腰繼續掘。

不過兩分鐘，手指就摸到平滑的棺蓋。

*如果棺蓋碎裂……*

馬勒將土礫撥開，露出腳邊那副如皎月明亮的白色棺蓋，但裡頭靜悄悄。他一腳站棺尾，另一腳立棺首。為了好活動，一腳移跨到棺蓋中央，但隨即聽見棺木碎裂聲，趕緊將腳移到一旁。

被汗水黏在身體上的衣服繃得好緊，彎腰時，頭顱裡的壓力不斷累積，彷彿再次低頭整個腦袋就會像過熱的鍋爐瞬間爆開。

胸口最下截的肋骨與地面同高。他傾身趴在洞口，頭靠在草皮上，喘息，眼前開始冒出金星。閉上眼，聽見身體汩汩流出猩紅血液。

上帝，這太難了。

他又開始掘，心想，沒超人能耐哪能掘得出棺材。但只要挖開，就能將棺柩抬上來，打開，然後……重逢。

然而，眼前鬆動的，只有他們當初為了降下棺柩而挖開的土，現在他得先移除這些土。至於把棺柩抬上來，則是另一回事。那些挖墓穴的人可沒想到有天要把棺柩抬上來。

他手滑到腦後，站著休息一會兒。微風吹過墓園，拂動山楊樹的樹葉，冷卻他過熱的身軀。闃寂中，他突然想到，或許這一切只是他幻想出來的。他太渴望見到外孫了，以至於出現幻聽。要不，也可能是動物，或許是隻……

老鼠。

他揉揉眼，又來一陣微風撫撫他的臉。快虛脫了，而過度施展的手腿肌肉開始痙攣，一起身站直，立刻繃緊。他心想若沒人相助，肯定無法靠自己爬出墓穴。

就是這樣，認命吧。

額頭上的皺溝坦平，油然而生一股怪異的平靜感。影像在他眼前隱約舞動，他正穿越一片蘆葦田，身處搖曳沙響的綠色蘆稈間。一前進，蘆稈斷裂。他從蘆簾縫隙瞥見裸體身軀，一群宛如印度電影重鎮寶萊塢妖豔女星的裸女正玩著躲貓貓。

也一絲不掛的他被蘆葦刮過肌膚，劃出一道道深痕。一移動就被螫，傷得全身覆滿一層血膜。挑逗裸軀的欲望和蘆葦帶來的皮肉痛楚，讓他眩暈呻吟。這裡有纖手，那兒有乳波，一綹綹棕髮隨風飄動。他伸出手，只抓到蘆葦，再抓，還是蘆葦。

腳下傳來東西碎裂與碾壓的聲音，女人笑聲淹沒窸窣蘆葦，他成了一頭公牛，一頭笨重的肉欲野獸踐踏著纖細植物，只為了強逞獸欲……

他睜眼，乍然驚覺。

刮磨聲又來了。

不止聽見，還感覺到了。那振動，在他腳下，指甲刮磨木頭的聲音。他抬起頭，朝下看著棺柩。

喀啦——

半吋厚的棺材，就在他的雙腳和手指之間。

「伊利亞思？」

沒有回應。

他努力爬出來，一次移動一節脊椎。

在紀念樹林裡找到一根粗長的樹枝帶回墓穴。研究墓穴口四周的散土，他心想，自己實在沒力氣動手。

但還是行動了。

將樹枝插入棺首和四周土牆之間，往下用力撬。棺柩微微翹起，裡頭傳出東西滑動的聲音。他突然覺得嘴裡的舌頭似乎膨脹腫大起來。

**他看起來會如何，他看起來會如何……**

不止滑動，還有滾動聲，彷彿裡頭裝有小石頭。

終於將棺柩撬到可以讓他彎腰以雙手抬起的程度。

不怎麼重，一點都不重。

他站在那裡，腳前放著那具小木箱。還沒腐爛變形，看起來就跟出現在教堂時一模一樣。不過馬勒知道，會讓屍體變形的東西不是來自外面，而是裡面。

他搓搓臉，好害怕。

他當然聽過關於屍體的各種想像；死去的孩子多年後從墳墓被挖出，模樣依舊，宛如睡著，不過這都是童話，聖徒傳說，是特殊狀況下才會有的結果。他得有心理準備會見到最可怕的景象。

裡頭突然冒出輕微一擊，棺柩因此晃動，還發出窸窣聲。打從來到墓園，他現在才升起拔腿就跑的強烈衝動。貝肯柏嘉醫院離這裡只有一公里遠。跑去那裡，雙手摀住耳朵，放聲尖叫，但是……

樂高堡壘。

樂高堡壘還在他家。一個個小人偶仍留在祖孫上次玩耍時放置的地方。馬勒的腦海裡浮現出伊利亞思的小手拿著那些騎士和刀劍的模樣。

「以前真的有龍嗎？外公？」

他彎腰俯向棺柩。

棺蓋只以兩根螺絲上鎖，一根在頭，一根在尾。他拿家裡鑰匙撬開棺首那根，深吸一口氣後，將棺蓋扭向側旁。

屏住呼吸。

*那不是伊利亞思。*

他後退一步，遠離躺在厚絨內襯裡的身軀。那是個侏儒，伊利亞思的棺柩裡躺著一個古代的侏儒。

他不由自主以嘴巴和鼻子吸了一大口氣，類似過老起司的嗆鼻臭味所引發的作嘔感覺他還算忍得住，不過費了一番力氣才沒真正嘔出來。

那不是伊利亞思。

月光皓皓皎潔，讓他得見軀體的樣貌。在半空摸索的小手脫水變黑，而那張臉……那張臉。馬勒閉上眼，雙手蒙摀，低聲啜泣。

他現在才恍悟自己竟如此堅信伊利亞思的模樣猶存，即使明知不可能。為什麼不可能？死人甦醒這種絕不可能的事情還不是發生了。

但，伊利亞思的容貌就是變了。

馬勒將抿起的脣含入嘴裡，手移開眼睛。他的工作讓他見識過太多可怕的事情，他知道如何讓自己放空出神。現在他就要利用這技巧來讓自己提腿走向棺木，抱起伊利亞思。

小企鵝的睡衣光滑如絲。他感覺到外孫睡衣底下硬化的肌膚如乾燥皮革般僵死。整個腹部因腸裡的氣體而鼓脹，蛋白質腐敗的氣味可怕得令人難以想像。

但馬勒不在這裡。他現在只是個抱著輕若棉羽的孩子的一個人。這人離去前還向棺柩裡瞥了一眼，好確認是否遺漏了什麼東西。果然有，那個樂高玩具。

就是這東西讓棺柩傳出喀啦聲。伊利亞思將放在他身旁的這盒樂高打開了，現在一片片塑膠積木和被扯開的紙盒堆在棺柩尾端。

馬勒打住動作，心裡看見伊利亞思躺在那兒，將……

他緊閉雙眼，將畫面抹去。在這瀕臨瘋狂的片刻，站在原地，猶豫著是否該放下伊利亞思，把樂高積木放進口袋裡。

不，不，我會買新的，我會將整間店的樂高都買下來……我……

邁出短距步伐，喘著似乎吸不到足以補充血液含氧量的急促呼吸，他開始走向墓園出口，一路低喃著：「伊利亞思……伊利亞思……一切都會沒事的。我們就要回家……去玩樂高堡壘。都結束了，現在我們就要……回家了……」

伊利亞思在他懷裡緩緩扭動，彷彿被吵醒的愛睏孩子。馬勒想起以前將這熟睡小身軀從車子或沙發抱到床上的情景。同樣這套睡衣。

但現在這副身軀不柔軟，不溫暖，倒像爬蟲動物冰冷僵硬。走往大門半途，他鼓起勇氣再次朝他面容瞥視。

橘褐色的皮膚，緊繃在線條分明的顴骨上。一雙眼睛瞇成兩條縫，整張臉看起來有點像……埃及人。皺縮的鼻子和嘴唇是黑色的，除了蓋住寬額那片褐色鬈髮，其他沒半點像他的伊利亞思。

然而，沒錯，運氣真好。

伊利亞思開始風乾成木乃伊了。若泥土潮濕，或許早已爛光了。

「你真幸運，我的寶貝，這個夏天如此乾熱，沒錯，你是沒機會知道，不過這種天氣真的……暖和又舒服。就像那時我們一起去釣鱸魚……你還記得嗎？那時你替那些蟲餌難過，所以我們用假的ＱＱ蟲來代替……」

馬勒一路說著走到大門。可是門鎖著，他完全忘了。

精疲力竭，一步都走不動了。懷裡抱著伊利亞思，癱坐在門邊圍牆，祖孫縮成一團。他聞不到他身上的氣味，因為現在整個世界都是這種味道。

他將伊利亞思往自己胸口緊抱，抬頭望月。月兒回望，仁慈暈黃，同意他這麼做。馬勒點點頭，讓雙眼緊闔，然後摸摸伊利亞思的頭髮。

他柔軟的髮。

## 丹德亞醫院，午夜十二點三十四分

「你現在感覺如何？」

一支麥克風湊近他下巴，大衛差點出於習慣抓起它。

「我感覺……如何？」

「對，你覺得怎樣？」

他不明白第四頻道的記者是怎麼找到他的。從依娃病房被趕出來後，他一直坐在等候室，十五分鐘後突然冒出個記者來，問說可不可以請教他一些問題。這男記者約莫他的年紀，一雙眼睛迷迷濛濛，若非睡眠不足，就是化妝造成的效果，要不，就是過於亢奮。

大衛嘴角咧出一個在鏡頭前看起來很醜的笑容，回答他：「感覺很棒，我已經開始期待準決賽了。」

「什麼？」

「和巴西隊的準決賽啊。」

記者瞥了一眼攝影師，沉默地交換個眼神：重來。記者改變聲調，彷彿第一次說出臺詞。

「大衛，你是唯一親眼目睹死人甦醒的人，可以請你描述當時的狀況嗎？」

「好，」大衛說：「第一次十二碼罰球時，我就感覺贏定了……」

記者皺起眉，放下麥克風，揮手要攝影師別拍了，然後傾身對大衛說：

「請原諒我，我知道這對你來說很難接受，不過你親身經歷了某種會讓社會大眾……我是說，我希望你能明白，很多人想了解這件事。」

「走開。」

記者雙手往旁邊大力一甩，「我懂，我當然懂，我這種舉動就像寄生蟲，想依附著痛苦的你，藉此榨取出樂趣。我知道你會有這種感覺，可是……」

大衛雙眼直盯記者，機械式地喃喃：「我想這主要是因為我們已經感動那些平常不會因足球賽事回瑞典的人，我不是說我們的隊伍不夠強，雖然這也是事實，如果之前能有我們的足球金童米亞爾比從後面掩護，而且球王茲拉坦展現出他今天的功力，那麼……」

接著他雙手抱頭，縮成一團窩在沙發上，閉眼繼續說：「嗯，你知道嗎？本來幾乎不可能贏不了，抱歉啊！我是說不贏才怪，從我們一踏上球場，我就有這種感覺……」

記者站起來，示意攝影師拍攝縮成一團在空蕩房內喃喃自語的大衛。

「我告訴我們的足球先生金巴，現在讓我們撂倒他們吧，他就這樣點點頭，然後我想到他把那記長傳丟過來，要我傳給漢季時，他是怎麼點頭的……」

他們兩人退出，鏡頭慢慢拉遠。真是個好畫面。

大衛一聽到門關起，立刻停止喃喃自語，但仍維持原姿勢好一會兒。從現在起，他不再是「人」了。原來這就是人心的黑暗面。飢荒、被凌虐的受害人、屠殺。世界另一半的好命人會良心受苦，為這些事情嘆息，但絕不會涉入。有時他自己在脫口秀表演時，也會嘲弄這種黑暗，但那時的嘲弄是憑空想像，未經體會，不夠了解。

記者活在陽光普照的世界中，和這種人說話毫無意義可言。無話可說。大衛掌心壓住眼睛，直到眼前綻放一朵朵紅花。麻煩的是他還有兒子麥格納思。此刻的他正在外婆家睡覺，毫不知情。再過幾個小時，大衛就要去那裡，把黑暗注入他心裡。

*依娃，我該怎麼辦？*

真希望他能聽聽她的意見，問她：該怎麼告訴麥格納思。

但現在一堆人圍著她問其他問題。

最初的驚惶混亂平緩後，醫生開始對依娃能「說話」產生極大的興趣。顯然她是少數能開口說話的復活人之一。或許是因為她剛死沒多久就甦醒吧，或者有其他原因。沒人知道的原因。

大衛對太平間發生的事沒特別訝異，對他來說，這事就跟其他事一樣，令人厭惡，荒謬不實但又合乎邏輯。今晚世界沉陷黑暗，既然如此，死人哪有道理不甦醒？

過了許久，他終於起身，走出走廊，拐過轉角朝向依娃病房。止步。一群人聚集在緊閉的房門外。他見到裡面有幾架電視臺攝影機和麥克風。

*我唯一的愛……*

每次見到流星，每次玩那種默默許願的遊戲，他總是這樣祈求：

*讓我永遠愛依娃，讓我對她的愛永不褪色。*

對他來說，她是他的天堂，讓他得以在這個世界活下去。但對走廊上那些人來說，她只是個東西，一件新鮮事，一樁新聞消息。現在他們占據了她。如果他靠近，他們一定會撲過來。

他在走廊盡頭找到一間等候室，進去坐下來，看著那幅根據超現實主義畫家米羅的作品所翻製的海報。盯視久久，直到畫中的人物開始爬到畫框邊。他去問醫生，但醫生一無所知，提供不了任何訊息，只會說「不行」。不准有訪客。

決定回去找米羅。畫中人物被凝視愈久，看起來就愈邪惡。於是他將目光轉向牆壁。

## 泰比市，午夜十二點五十二分

佛蘿拉掛上電話，臉上再次出現見鬼的驚恐神情。她走向臥房，貼在門上傾聽裡頭的動靜。

「如何？」艾薇問：「他們相信妳的話嗎？」

「相信，」佛蘿拉回答：「他們相信。」

「那他們會派救護車來嗎？」

「會，不過……」佛蘿拉坐在沙發上，靠近艾薇，以湯匙不斷敲著杯子，「得等一等，因為現在有很多……」

艾薇輕輕抓住她的手，不讓她繼續敲。

「為什麼？他們說什麼？」

佛蘿拉搖搖頭，湯匙在手指之間轉動。

「現在各地都發生這種事，有幾百個死人甦醒了，或許上千個。」

「不！」

「是真的，她說現在每輛救護車都出勤……去載那些人。還叫我們什麼都別做，不要……去摸到他之類的。」

「為什麼？」

「因為可能有傳染病之類的危險。他們現在還不確定。」

「什麼樣的傳染病？」

「我哪知道啊，反正她就是這麼說。」

艾薇整個人往後癱坐回沙發裡，凝視著茶几上那只水晶花瓶。這是女兒瑪格莉塔和女婿戈倫送給她和托爾的四十週年結婚紀念禮物。瑞典名牌水晶歐瑞詩。真浪費，肯定很昂貴。現在裡面插著幾枝親友贈送以表哀悼的玫瑰，但已低垂彎折了。

艾薇的反應始於嘴角抽搐，雙唇顫抖。然後她感覺到自己嘴巴往後動，不受控制地往後、往上拉，直到一抹大大的笑容牽動臉頰的肌肉。

「外婆？怎麼了？」

艾薇很想笑，不，不止想笑，還想起來跳舞，開懷暢笑。佛蘿拉的頭往後移了十公分，彷彿想遠離某種莫名其妙的現象。艾薇趕緊伸出右手，機械式地抹去臉上的笑容。兩側嘴角仍想往上翹，但她以強烈意志力將它們壓制住。她可不想讓外孫女驚慌。

「死後復活。」她克制雀躍，這麼說：「妳看不出來嗎？這就是聖經裡說的，死人復活了啊。不然怎麼會這樣？」

佛蘿拉頭側向一邊，「妳這麼認為？」

無法回答，艾薇沒辦法解釋。她的喜悅和期待實非言語所能形容，所以她只這麼說：「佛蘿拉，我現在不想談這個，我希望能不被打擾，安靜坐一會兒。」

「為什麼？怎麼了？」

「沒什麼，我只是想獨處一下，一下下就好。可以嗎？」

「好，沒問題。」

於是佛蘿拉走到窗邊，望著那個不知是窗外果樹的模糊輪廓，或者艾薇倒影的東西。艾薇沉默地品嘗她的喜悅。半晌後，佛蘿拉拍打掛在窗戶上的金屬風鈴，打開落地窗走出去。腳步聲融合風鈴叮噹聲，數秒後兩股聲音漸弱停歇。

天堂國度，最後一天你們都將……

歡欣狂喜。沒有其他辭彙可以描述艾薇胸臆沸騰的感覺。

彷彿長征旅途出發前的最後一夜。口袋裡放著票，一切都已打包好。現在只需坐著，感覺遠方國度一寸寸接近……

沒錯，就像這樣。艾薇努力想像她即將踏上的遠方國度，那兒是所有人即將前往的地方。但手邊沒有旅遊手冊可以研究，一切乍然湧現，讓人一頭霧水。那感覺瞬間溜逝，難以言喻。

她坐在這裡，感覺……就快了……就快了……

就這樣過了幾分鐘，然後幾滴罪惡水珠開始滴落她歡欣喜悅的心頭。佛蘿拉在這裡，此時此刻就在這裡。這女孩跑哪裡去了？她起身離開沙發，想探個究竟，此時瞥見一張扶手椅抵住臥房房門，納悶椅子為何在那裡？隨後想起原因：托爾在裡面，坐在書桌前，翻弄紙張，就像活著時一樣。艾薇站在客廳正中央，心裡滲進一絲黑暗的懷疑。

若真是這樣。

佛蘿拉講完電話，對她說出她想聽的話，然後艾薇就開始想像一群沉默的復活人，上百或成千，抬頭挺胸走過街道。真是美麗的徵兆啊。雖然她內心裡知道不會如此美好。走到臥房門邊，聽見紙張滑動、翻面。裸足上沒修剪的趾甲。冰冷雙手和氣味。沒有聖潔天使，只有血肉之軀闖遍各處，製造麻煩。

然而，神的作為……

神祕難解。沒錯。我們一無所知。艾薇搖搖頭，大聲說：「我們一無所知。」這樣承認就夠了。她走出露臺找佛蘿拉。

八月的夜晚漆黑無風，樹葉靜止不動。這夜晚靜止到連火焰都不搖曳。艾薇雙眼適應了漆黑，看見佛蘿拉黝黯的身形倚著蘋果樹幹。她步下階梯，朝她走去。

「妳坐在外面啊？」她說。

這不全然是問句，佛蘿拉沒回話。「我在想，」她這麼說，然後站起來，摘下樹上一顆半熟的蘋果，在兩手間來回丟擲。

「妳在想什麼？」

蘋果抛上空中，被客廳透出的光線映照著，旋即啪的一聲落入佛蘿拉的掌心中。

「他們到底要幹什麼？」佛蘿拉說，然後冷笑一聲。「現在一切都不同了，什麼都沒有意義了。妳知道嗎？所有狗屁道理……砰！沒了！生或死，全沒意義了。」

「是沒意義，」艾薇說：「的確如此。」

佛蘿拉一雙赤腳輕快地跳過草地，用力抛出蘋果。艾薇看著蘋果高高飛上天空，劃出大弧，躍過樹籬，接著聽見它撞上鄰家屋頂，滾落磚瓦的聲音。

「別這樣。」她說。

「別怎樣？要不然會怎樣？」佛蘿拉敞開雙手，彷佛想擁抱黑夜，擁抱世界。「他們會怎樣？打電話給瑞典國防部，把那些人抓起來？打電話給美國五角大廈，要他們炸毀這個地方？我真想看看……我真想看看他們要怎麼解決這個問題。」

佛蘿拉又摘下一顆蘋果，往另一個方向丟出去，這次沒擊中任何一家的屋頂。

「佛蘿拉……」

艾薇試圖將手擱在佛蘿拉臂上，但外孫女將手臂抽開。

「我不懂，」她說：「妳認為這是聖經所說的世界末日，對不對？我不知道這故事，不過我想應該就是死人復活，七封印被開啟之類的，然後一切就結束了，對不對？」

艾薇很不想接受外孫女對她的信仰如此描述，不過她還是說：「嗯……對。」

「好，但我就是不相信這一套，既然妳說妳相信世界末日到來，那麼蘋果砸到鄰居家屋頂又有什麼關係？」

「我們總得有點基本禮貌吧。拜託，佛蘿拉，冷靜點。」

佛蘿拉哈哈大笑，但沒有惡意。她上前擁抱艾薇，抱著她搖啊搖，彷彿懷裡的外婆是個笨孩子。艾薇可以接受外孫女對她這樣，任憑自己被她搖晃。

「外婆，外婆，」佛蘿拉輕聲說：「妳認為世界就要結束，卻叫我冷靜下來。」

艾薇噗嗤笑出來。的確很好笑。佛蘿拉放開她，往後退一步，雙手合十在胸前，以印度教的方式頷首行禮。

「就像妳之前說的，我還是不相信妳那套信仰，不過，外婆，現在我相信接下來肯定會很慘。妳該聽聽報案中心那女人的聲音，好像有殭屍掐住她的脖子。這世界會大亂的，一定會有事情發生的，而且，該死，我認為那不是什麼好事。」

救護車像小偷躡手躡腳來到。沒警笛，連警示燈都不亮，直接滑行到屋前停住。前門打開，兩名穿著鮮藍制服的救護人員下車，艾薇和佛蘿拉出去迎接他們。

時間是一點半，他們看起來睡眼惺忪。應該是從床上被叫起來出任務的。從駕駛座出來的人對艾薇點點頭，指著屋子說：

「他在裡面嗎？」

「對，」艾薇說：「我……我把他反鎖在臥房裡。」

「相信我，妳不是唯一碰上這種事的人。」

他們戴上塑膠手套，走上階梯。艾薇不知道現在該怎麼做。跟進去幫忙？或者閃遠點免得擋路？她站在原地，焦慮地晃動身體。救護車的後門打開，另一個男人走出來。他不像救護人員，因為外表看來較老，微胖，而且穿著黑裝。他在救護車旁站了一會兒，打量周遭狀況。或者可以說，他似乎在享受周遭的環境。或許在車裡關太久了。

他轉身面向屋子，艾薇見到他衣領上的白色長條綬帶，趕緊在睡袍上將手抹淨，準備迎接他。佛蘿拉輕輕吹了聲口哨，艾薇不予理會。這得莊重嚴肅啊。

男子迅速走向屋子，伸出手。對他這種圓滾身材的人來說，如此步伐，出奇輕快。

「晚安，或者該說早安。我是波恩特・真森。」

艾薇握住他溫暖結實的手，屈膝致意說：「我是艾薇・倫德柏格。」

波恩特也跟佛蘿拉握手，然後接著說：「是這樣的，我平常是哈定吉醫院的駐院牧師，不過今晚我跟救護車一塊兒出勤。」說到這兒，他神情更為嚴肅。「嗯，遇到這種事，妳們都還好吧？」

「沒事，」艾薇說：「我們沒事。」

波恩特點點頭，沉默不語，打算讓艾薇繼續說。見她沒開口，他主動接話，「對，這種情況很特殊，會讓許多人害怕。」

艾薇沒什麼話好接。她只有一個疑問：

「怎麼可能發生這種事？」

「嗯，」波恩特說：「大家很自然都有這種疑問，不過，很遺憾，我只能說：我們也不知道。」

「你們應該知道吧！」

艾薇的口氣有點咄咄逼人，波恩特一臉驚訝。「妳……這什麼意思？」

艾薇瞥了一眼佛蘿拉，忘記外孫女並非是那個可以支援她的人。她更加惱怒，跺步大聲說：「你這位瑞典國教的牧師站在我面前，告訴我你不知道這代表什麼？你有聖經嗎？要不要我找出來給你看？」

波恩特伸出手安撫地拍拍她，「我懂，妳的意思是……」

佛蘿拉轉身進屋，艾薇絲毫沒察覺外孫女離開。

「對，我就是這個意思，你該不會真的認為這只是偶發的不尋常現象，就像……六月下雪？末日那天，死人將從墳裡復活……」

波恩特力顯平靜，「沒錯，不過現在對這些事件下定論……或許還過早。」他望向街道兩端，搔搔自己頸後，壓低聲音說：「當然啦，這些事件確實可能深具意義。」

艾薇不放棄，「你不相信，對不對？」她問。

「我相信……」波恩特看看救護車，跨前半步靠近艾薇，然後附在她耳邊說：「相信，相信，我相信。」

「若是這樣，你就說出來啊。」

波恩特擺回原來的站姿，神色似乎輕鬆點，但仍壓低嗓門說：「我是相信，不過這麼說吧，以這種角度來解釋現在還不是那麼恰當，所以我才會在這裡。在目前這種情況下，我如果到處遊走，大肆布道，恐怕……不妥。」

艾薇懂了。她或許認為牧師這麼想太懦弱，不過多數人當然不會想在今天這樣的夜晚聽到有人以末日審判為主題來傳道吧。

「所以你的確相信這是基督再臨的時刻？」她說：「這一切，都會像聖經記載的那樣吧？」

現在波恩特不再克制，他咧出愉快的大笑臉，低聲說：「對，對，我相信的確如此。」

艾薇也對他笑笑。至少，有兩個人相信了。

兩名醫護人員中間架著托爾，從屋裡走出來，努力壓抑嫌惡的神情。他們一靠近，艾薇旋即明白兩人為何如此。托爾的衣服正面濕了，沾著黃色液體，全身散發出有機生物腐敗的臭味。他開始解凍了。

「嗯，現在，」波恩特說：「現在這位……」

「他叫托爾。」艾薇說。

「好，托爾。」

佛蘿拉跟在後頭走出來，她剛剛在臥房收拾外公的衣服和袋子。她走到波恩特面前上下打量他，波恩特也對她加以端詳。他雙眼在她胸前的「瑪莉蓮・曼森」圖案上多停留一秒，艾薇手壓住胸口，試圖透過心電感應告訴外孫女，現在不是進行神學辯論的時候。不過，其實佛蘿拉要問的問題還挺實際的。

「你們會對他怎樣？」

「我們……現在我們要把他帶到丹德亞醫院。」

「然後呢？他們會怎麼做？」

托爾已被帶上救護車。艾薇說：「佛蘿拉，他們很忙的……」

佛蘿拉轉身看著外婆艾薇，「妳沒興趣知道嗎？妳不想知道他們會怎麼處理外公嗎？」

「當然，妳……」波恩特清清喉嚨，「妳很自然會想這麼問，事實上我們也不知道。不過我可以跟妳保證，這麼說吧，沒人會對他們怎樣。」

「什麼意思？」佛蘿拉問。

「嗯……」波恩特皺眉說：「我不知道妳為何這麼問，不過我認為……」

「你怎能確定？」

波恩特投射給艾薇一個眼神，**現在的年輕人啊**，但艾薇一副不予置評的表情。一名醫護人員在救護車裡陪著托爾，另一個過來對他們說：「好了，可以走了。」波恩特扮了個鬼臉，醫護人員笑笑說：「你可以走了嗎？」

「可以了，」波恩特告訴艾薇，「或許妳想和我們一起去？」但見到艾薇搖頭，他隨即說：「對，不用去，不用去，反正會有人跟妳們聯絡，只要……只要一有最新消息。」

他跟艾薇握手道別，然後對佛蘿拉伸出手。佛蘿拉回握他的手，對他說：「我跟你們去。」

「嗯，」波恩特看看艾薇，「我不確定這樣做是否妥當。」

「只不過是進城，」佛蘿拉說：「就當順道載我一程。我已經問過他們了。」

波恩特看看救護車司機，他點頭答應。波恩特嘆了口氣，看著艾薇說：「如果妳同意的話。」

「她怎麼說就怎麼做吧。」艾薇說。

「我想也是。」波恩特說。

佛蘿拉走上前擁抱外婆，對她說：「我想去找個朋友，和他聊一聊。」

「現在？」

「對，如果妳自己一人在這裡不會有事的話。」

「我沒問題。」

艾薇留在大門邊，看著佛蘿拉和波恩特爬上救護車後座，她揮揮手，想到那氣味。車門一扇扇關閉。救護車發動引擎，閃爍紅燈瞬間亮起，隨即關熄。緩緩地，救護車倒出車道，轉向，然後……

艾薇手指箕張，雙眼圓睜，從未有過的激動感覺像火柱的高溫貫遍她全身：托爾。她微踉往前，靠在圍籬柱樁上。托爾在這裡，縈繞他房間的那個身影在她腦海以全開的馬力加速褪去。他充盈在她心頭和腦海，她聽見他的聲音：

媽媽，幫我！我被……我不想走……我想留在家裡，媽咪……

救護車駛出車道了。

媽媽……她來了，她……

托爾的聲音從她身上流瀉而出，像一層皮從她身上褪去。那聲音好大，彷彿經由擴音器傳出，而現在只能從嘈雜聲中隱約辨識出佛蘿拉微弱的聲音。

外婆……妳聽得見嗎？妳是不是他……

艾薇察覺畫面快要消融，她的身體就要變回自己，趕緊在最後一刻傳送出——

我聽見了。

之後，場景消失，她又成了艾薇，倚在圍籬柱樁上的艾薇。救護車加速駛離，她看著它變成白色小點。低下頭，上千隻蚊子在耳邊盤旋，嗡嗡巨響逼得她縮躲，頭痛如眼皮裡的紅太陽突然發威。

但是，她看見了。

她緊抓著柱樁，免得跌在柏油地面上。她垂下頭，無法睜眼看清楚，她不被允許這麼做，這是禁止的。

痛楚只持續數秒，旋即消散無蹤。她抬頭，看著剛剛救護車所在的位置。

女人不見了。

但艾薇的確見到她。就在救護車消失在視線範圍，駛出她眼角餘光的前一秒。女人高瘦，一頭黑髮，從救護車後面冒出來，朝車子伸長手。接著痛楚就逼得艾薇望向別處。

她凝睇街道。救護車正巧轉彎駛入大馬路。女人就這麼消失。

此時的她，在……救護車裡嗎？

艾薇手貼著額，費力地想著：

佛蘿拉？佛蘿拉？

沒回答，無法聯繫。

那女人到底長得如何？衣著呢？艾薇實在無法具象化她的模樣。她努力回想那張臉，瞬間瞥見的身軀，但就是沒具體的形影。那感覺就像重拾幼年回憶，或許能捕捉到某些細節，某些讓你依戀難忘的東西，但其餘一切全陰暗模糊。

她無法見到那張臉，那身衣物。它們全都消失了，她只能確定一件事：女人指間凸出個什麼東西，那東西在街燈映照下，反射出朦朧倒影。某種細薄、金屬般的東西。

艾薇衝進屋子，想以慣常的方式聯繫佛蘿拉。她撥了她的手機。

「您撥的電話沒有回應……」

**瑞克斯塔墓園，凌晨兩點三十五分**

馬勒被人聲和金屬撞擊聲喚醒。

有那麼半晌他不知身在何方。坐直身，大腿上有東西。全身痠痛，為什麼？這是哪裡？

然後他想起來了。

伊利亞思仍躺在他腿上，一動也不動。就在馬勒楞坐時，月兒已經遊移，現在約略隱藏在雲杉的梢頂。

多久了？一小時嗎？還是兩小時？

大門開啟，發出咯吱聲，數個人影溜入禮拜堂前的空地。手電筒打開，搖曳光束照著石板路。有人聲。

「……現在這階段還很難說。」

「可是萬一真是這樣，那該怎麼辦？」

「我們先聽看看，了解……這情況擴散得有多嚴重，然後……」

「那現在你打算撬開墳墓嗎？」

馬勒似乎認得那提出問題的聲音，應該是卡爾-艾瑞克・金海德，報社前同事。他沒聽見誰回答最後那個問題。伊利亞思仍在他懷裡，彷彿死去。

只要他們不將手電筒照在牆上，就不會發現他，因為他所在的地方幾乎漆黑得伸手不見五指。他輕輕搖晃伊利亞思，沒反應。恐懼蒙上心頭。

*做了這麼多，然而卻……*

他找尋伊利亞思乾癟堅硬的手，夾在自己的食指和中指中間壓一壓，試探有無反應。外孫的掌心合起，握住他那兩指。五道手電筒的光束移向墓園，影子連成一條線。

坐了這麼久，他的身體僵硬得跟木板沒兩樣，就在他昏厥時，脊椎已成了一節熾紅的細桿。為什麼不讓自己現身？卡爾-艾瑞克會幫他的。為什麼不喊住他們？

*因為……*

因為他不能。因為他們是外人。

「伊利亞思……我得把你放下。」

伊利亞思沒回話。帶著失落的感覺，馬勒將自己的手指從他的掌心抽出來，輕哄著將他放置地上。然後繃緊後背，貼著牆，只靠大腿肌肉的力量將自己撐起來。

移向墓地的搖曳光束像興奮的精靈飛舞，馬勒探查新訪客的聲音。唯一聽見的是他們遙遠的人聲，和自己車裡手機傳來的莫札特「G大調弦樂小夜曲」的鈴聲。破曉的紅暈染紅了天際。

「伊利亞思？」

沒回應。小男孩躺在石板路上，四周的黑暗濃縮成一個孩童形狀。

*他聽得見我嗎？他看得見我嗎？他知道是我嗎？*

他彎伏，雙手塞入伊利亞思的膝窩和頸後，抱起他，走向車子。

「小兄弟，我們現在要回家了。」

停車場多了三輛車：一輛救護車，一輛印有報社標誌的奧迪汽車，和一輛車牌怪怪的富豪。黑底黃色數字。馬勒想了一會兒才記起這是軍用車輛。

*連軍方都出動了？難道擴散得這麼嚴重？*

軍方車輛的出現加深了他的信念：沒暴露自己果然是正確的。軍方一介入，其他單位就沒戲唱了。

他懷裡的伊利亞思好輕。跟他變得如此……腫脹的身形相比，輕得很怪異。伊利亞思腹部隆起到甚至撐破睡衣最後的幾粒鈕扣。但馬勒知道，裡頭全是氣體，腸內細菌分解所產生的氣體，完全沒重量。

他小心翼翼將伊利亞思放在後座，然後將駕駛座椅往後放平，到他可以讓後背完全伸展，整個人幾乎躺下但仍能開出停車場的程度。然後搖下兩側車窗。

住處離這裡只有兩公里遠，他整條路上不斷地跟伊利亞思說話，但沒聽到半句回答。

他將伊利亞思放在漆黑客廳的沙發上，俯身在他額頭種下一個吻。

「我立刻回來，小寶貝，我得去……」

他在廚房放藥品的抽屜找到三顆止痛藥，灌下一大口水吞服。

*而現在……現在……*

伊利亞思額頭那觸感仍留在他唇上，冰冷、僵硬不屈的肌膚。吻的彷彿是石頭。

他不敢打開客廳的燈，伊利亞思躺在那裡一動也不動。他緞質的睡衣在晨曦第一道曙光中微微亮閃。

馬勒雙手搓臉，心裡想著：

*我在幹什麼？*

對，他到底在幹什麼？伊利亞思病得這麼厲害，你想對病成這樣的孩子做什麼？帶他回家？不對。你該叫救護車，送他到可以照顧他的醫院——

**太平間**。

問題是醫院裡有太平間。他見過那地方，死人，被綁得緊緊，掙扎著。他不想見到伊利亞思變成那樣。可是他能怎麼辦？他不可能照顧得了伊利亞思，不可能做到……該做的那些事。

但你以為醫院辦得到嗎？

背部的痛楚減緩一些。理智回來了，他當然該叫救護車。如此之外，別無他法。

**小寶貝，我的小寶貝啊**。

如果那樁意外能晚一個月發生，昨天或前天更好。如果伊利亞思沒有躺在土裡那麼久，如果他沒讓死亡將他變成這模樣：脫水風乾，成了四肢變黑的蜥蜴生物。不管馬勒多愛他，現在他眼裡的伊利亞思怎麼看都不像人類，而像玻璃罐裡的某種東西。

「小兄弟，我來幫你找醫生，找可以幫你的人。」

手機響起。

螢幕顯示的是報社的電話號碼。這次他接起電話。

「我是……」

班基打斷他話語的聲音聽來欲泣，「你在哪裡？怎麼自己起了頭，然後拋下這鳥事溜得不見人影！」

馬勒不由自主笑了出來。

「班基，『起頭』的人不是我。根本不關我的事。」

班基沉默，馬勒聽見背景的交談聲，但聽不出是哪些人。

「古斯塔夫，」班基說：「伊利亞思，他……？」

他之所以繼續握著手機，不是因為他信任班基，雖然這是事實，而是因為現在他需要與外面世界有某種聯繫。馬勒深吸口氣，說：「對，他在這裡，跟我在一起。」

背景聲音改變，馬勒知道班基拿著電話走到沒人聽見的地方。

「他……狀況很糟嗎？」

「很糟。」

現在班基那頭寂靜無聲。他應該是在一間沒人的辦公室吧。

「古斯塔夫，我真不知該說些什麼。」

「你什麼都不用說，不過我想知道現在他們打算怎麼處理這事，想知道我這樣做對不對。」

「他們準備將所有甦醒的死人集中起來，把他們送到丹德亞醫院，而且也開始撬開各地墳墓。武裝軍隊已經進駐，官員還引用了大規模傳染病的相關法令。不過事實上，誰都不知道到底發生了什麼事。我認為……」班基停頓了一下才開口：「我不知道，不過我自己也有孫子，你知道的，所以，我認為或許你做得對。現在社會……陷入一片恐慌。」

「有人知道為什麼會發生這種事嗎？」

「沒人知道。古斯塔夫……現在來談我這通電話的另一個重點。」

「班基，我辦不到，我快累死了。」

班基對著話筒吐息。馬勒感覺得到他很努力克制，才沒開口對他滔滔不絕。

「你有拍到照片嗎？」他問。

「有，不過……」

「如此一來，」班基說：「這些照片就是唯一非官方提供的內幕照片，而你就是醫院關閉前唯一去過醫院了解狀況的記者。古斯塔夫……我知道你現在的處境……雖然我也無法想像會發生這種事，但我只是想把報紙編出來。現在跟我說話的是我旗下最棒的記者，而他手中又握有沒人比得上的獨家消息。我想，你應該可以體會我的處境吧。」

「班基，你得了解……」

「我了解。不過，拜託，拜託，古斯塔夫，你能不能就……任何內容都好？照片、以現場報導的角度寫個幾行字，立刻動筆，拜託你？萬一什麼都寫不出來，那麼，照片也行？求求你，好不好？」

如果馬勒笑得出來，他還真想笑，但現在所能發出的只有哀嘆聲。兩人共事了十五年，他想不起班基何時開口求過人，但現在帶著問號的「求求你」卻成了他的新辭彙。

「我試試看。」他應允。

彷彿整通電話就是為了等這句，班基迫不及待地說：「我把中央版面空著，等你四十五分鐘。」

「天哪，班基……」

「好，謝謝你，古斯塔夫，謝謝。開始動筆吧。」

兩人掛上電話。馬勒瞥了仍一動也不動的伊利亞思，走過去將一根手指放進他握著的掌心。他想坐在他身邊，讓自己的手指被他掌心握著，好好睡個覺。

四十五分鐘……

瘋了，他怎麼會答應呢？

因為他克制不住。打從出社會以來他就是個記者，他知道班基說得沒錯，他手中握有的東西很可能是任何人所沒有的獨家新聞，可能是有史以來最了不起的大報導……無論如何，他不能不動手。

他坐在電腦前，從腦海裡取出烙印影像的底片，手指開始在鍵盤上飛躍。

電梯抖了一下開始移動。透過厚實的水泥牆我聽到尖叫聲。從電梯小窗望過去，太平間映入眼簾，我看見……

# 事件發展概述

00：22：「健康暨社會福利部」部長抵達辦公室。在他的督導下，責成「臨時指揮小組」，成員包括相關單位與警方代表，以及各科別的優秀醫生。

該小組以該部的會議室做為臨時指揮中心，這地方旋即被稱為「死亡室」。

00：25：人在南非開普敦的總理已得知此事。由於此事件格外異常，他決定取消原定明天與南非總統曼德拉的會議。總統專機準備起飛，航程約十一小時。

00：42：墓園裡甦醒人數的第一份可靠資料傳到「死亡室」，根據估計，人數約九百八十位。警方說他們沒有資源來進行挖掘任務。

00：45：要求「死亡室」發布新聞稿的輿論壓力愈來愈強。到處也充斥著令人混淆的術語辭彙。經過簡短討論後，指揮小組全體無異議通過，以「復活」來形容那些甦醒的死人。

00：50：挖掘工作轉移給軍方進行。根據法律，軍警不得合作，所以指揮小組裡並未有軍方代表，但在緊急狀況下，軍方也被授與相同權力，必須竭盡所能處理危機。

01：00：丹德亞醫院報告，有四百三十位復活人將被安置到傳染病中心。現在院方正在安排病房，以便挪出更多空間。目前每家醫院只保留兩輛救護車做為緊急運送用，其餘皆用來載運復活人。醫院也提出需要更多協助之要求。

01：03：「死亡室」正討論是否該請殯葬業者幫忙運送以前的客戶。最後決定此作法恐有不妥，小組轉而決議將現有的計程車召來，幫忙將病患從丹德亞醫院載送到其他醫院。

01：05：被任命為軍事緊急行動指揮官的約翰・斯坦柏將軍抵達「死亡室」，並發布新聞稿。「目前我們認為處理這些屍體最主要的問題在於後勤。」將軍基本上這麼說。該部會的新聞發言人同意接下任務，負責告知社會大眾這些術語的真正意思。

01：08：兩名緊急醫護人員和駐院牧師到泰瑞索市運送一名復活女性時，被人持槍威脅。警方據報趕到現場。

01：10：美國有線電視新聞網CNN是第一個進駐斯德哥爾摩，報導整起事件的外國媒體，但他們所能取得的影像，僅限於丹德亞醫院外的混亂場面。在報導中，CNN將兩名被送至丹德亞醫院的病患以「活死人」的錯誤名詞稱呼。

01：14：CNN報導之後，「死亡室」受到其他外國媒體的壓力逐漸升高。外交部新聞發言人負責應付湧進來的電話。

01：17：軍方組成第一隊挖掘小組，成員包括地雷清除專家，以及曾跟隨聯合國組織在波士尼亞執行過大規模掘墓活動的人員。他們被派遣到斯德哥爾摩的「樹林墓園」，從那裡開始挖掘，此時其他類似的小組也正進行集結，等候派遣。

01：21：泰瑞索市有名老翁拒絕交出他復活的妻子，並開槍射殺警員，所幸無人傷亡。

01：23：「健康暨社會福利部」部長徵詢過法律專家後，決定引用大規模傳染疾病相關法令，在醫學分析結果出爐前，據此授與警方臨時權力，同時請求醫學檢驗中心加速進行分析工作。

01：24：泰瑞索市警方被准許使用催淚瓦斯，不過稍後決定不這麼做，因為這名持槍男子已屆高齡，或許還身受重傷。警方談判專家在趕往現場途中，以電話跟老翁保持聯繫。

01：27：根據初步的醫學報告，復活的生理現象顯然沒發生在復活人的呼吸或循環器官上。不過從快速執行的細胞檢驗來看，某些新陳代謝的功能的確有運作的跡象。一位率先研究此現象的內科專家表示，「根本不可能發生這種事，不過我們正盡力解開謎底。」

01：30：丹德亞醫院已收容六百四十位復活人，現在正請求其他醫院支援更多人力。基於某些原因，醫療人員之間不斷爆發衝突，大家幾乎無法合作共事。

01：32：瑞典各界和國際媒體頻頻施壓，迫使「死亡室」的新聞發言人宣布早晨六點將在市政廳召開記者會。

01：33：精神醫療機構和急診室湧入眾多因家人復活而歇斯底里的病人，雖然歇斯底里程度各異。而警方內部的心理醫生也開始對心理壓力負荷過大的警員進行看診輔導。

01：35：搜尋在外遊蕩的復活人的行動將近告一段落。此時市府遊民之家需要更多支援，因為那裡的遊民拒絕警方帶走一位死了兩週而返回的遊民。

01：40：「樹林墓園」的第一個復活人被挖掘出來了，據說該人模樣「可以想見的淒慘」，因為他是從浸水地底的深處被抬上來的。

01：41：談判專家抵達泰瑞索市。持槍老翁在電話上所說的最後一句話是「我現在要去找她了」，說完後就舉槍自盡。緊急救護人員帶出他太太，而警方迅速拉起封鎖線。自盡的老翁毫無甦醒跡象。

01：41：「樹林墓園」向社會大眾徵求「胃夠壯、耐臭耐噁」的熱心民眾來幫忙，因為負責挖掘的人已承受不住了。

01：45：丹德亞醫院失控。該院現已收容七百一十五名復活人，與復活人直接接觸的工作人員開始爆發爭執與數起拳腳衝突。

01：50：軍方沒有知會「死亡室」，逕自召集軍隊，搭設臨時收容所收留還未找到地方安置的復活人。

01：55：丹德亞醫院的工作人員之所以發生衝突，是因為大家宣稱有能力讀出對方的心思。

02：30：這種具特殊意義的「復活」現象，轉由索爾納市「卡羅林司卡醫學院」的「法醫中心」接手，以便進行更深入的分析。被送來此地進行研究的復活人有能開口說話的依娃・札特柏，以及死亡與甦醒時間相隔最久的魯道夫・阿爾彬。

02：56：神經學教授湯瑪士・波葛倫對依娃・札特柏進行初步訪談。

# 訪談一

以下是我對病患依娃・札特柏進行第一次訪談的紀錄。該病患之所以受到特別關注，是因為從其生命維持系統之中斷，到無生命跡象卻甦醒而活的時間非常短。

該患者的語言能力從甦醒之後有逐漸改善的趨勢。

本訪談在索爾納市進行，時間為二〇〇二年八月十四日星期三，凌晨兩點五十六分至三點零七分。

教授湯瑪士：我叫湯瑪士，妳叫什麼名字？
病患依娃：依娃。
教授湯瑪士：妳能告訴我妳的全名嗎？
病患依娃：不能。
教授湯瑪士：那妳能告訴我妳的姓氏嗎？
病患依娃：不能。
〔停頓〕
教授湯瑪士：那妳能告訴我妳的名嗎？
病患依娃：不能。

教授湯瑪士：妳叫什麼名字？
病患依娃：依娃。
教授湯瑪士：依娃是妳的名。
病患依娃：依娃是我的名。
教授湯瑪士：那妳能告訴我妳的名嗎？
病患依娃：不能。
〔停頓〕
教授湯瑪士：妳知道妳現在在哪裡嗎？
病患依娃：不知道。
教授湯瑪士：這裡看起來如何？
病患依娃：這裡是哪裡？
教授湯瑪士：這裡是依娃所在的地方。
病患依娃：不是。
教授湯瑪士：那依娃在哪裡？
病患依娃：依娃不在這裡。
教授湯瑪士：妳是依娃。
病患依娃：我是依娃。
教授湯瑪士：妳在哪裡？
〔停頓〕
病患依娃：醫院。白色的男人。他叫湯瑪士。

教授湯瑪士：對。那依娃在哪裡？

病患依娃：依娃不在這裡。

〔湯瑪士碰碰依娃的手〕

教授湯瑪士：這是誰的手？

病患依娃：手。這是手。

教授湯瑪士：我是誰？

病患依娃：湯瑪士。

〔停頓〕

教授湯瑪士：妳是誰？

病患依娃：我是依娃。

〔湯瑪士碰碰依娃的手〕

教授湯瑪士：這是誰的手？

病患依娃：依娃……的手。

教授湯瑪士：誰是依娃？

病患依娃：依娃在這裡。

〔停頓〕

教授湯瑪士：依娃所在的地方看起來如何？

病患依娃：不知道。

〔停頓〕

教授湯瑪士：我可以跟依娃說話嗎？

病患依娃：不能。
教授湯瑪士：妳的眼睛見到什麼？
病患依娃：牆壁、房間、男人。他叫湯瑪士。
教授湯瑪士：依娃的眼睛看到什麼？
病患依娃：依娃沒有眼睛。
教授湯瑪士：依娃沒有眼睛？
病患依娃：依娃看不見東西。
〔停頓〕
教授湯瑪士：依娃聽到什麼？
病患依娃：依娃聽不見。
教授湯瑪士：依娃懂我在說什麼嗎？
〔停頓〕
病患依娃：懂。
教授湯瑪士：我可以和依娃說話嗎？
病患依娃：不能。
教授湯瑪士：為什麼我不能和依娃說話？
病患依娃：依娃……沒有嘴巴。依娃害怕。
〔停頓〕
教授湯瑪士：為什麼依娃害怕？
〔停頓〕妳能告訴我為什麼依娃害怕嗎？

病患依娃：依娃留下來。

教授湯瑪士：依娃想留在她所在的地方嗎？

病患依娃：對。

教授湯瑪士：依娃害怕什麼？

病患依娃：沒有。

〔依娃激烈地搖頭〕

之後，依娃拒絕回答任何問題。

## 西司地區，凌晨三點四十八分

佛蘿拉坐在前往坦斯塔區的夜間巴士上，低頭檢查手機的語音信箱，發現艾薇已經打過五次電話。她立刻回撥給外婆。

「喂，是我……」

電話另一頭的強烈喟嘆聲在佛蘿拉耳裡吁吁響著。

「孩子，一切都還好嗎？」

「很好，怎麼了？」

「我不知道，只是想到……我一直打妳電話。」

「救護車裡不能開手機。」

「喔，對，當然不行……」佛蘿拉可以想像外婆手掌輕拍自己額頭的頓悟模樣，「當然不行。我實在很蠢。」

沉默了數秒。里斯內這區一層層的黑色公寓樓層，從車窗外飛逝而過。

「外婆？妳也聽到了，對不對？」

「聽到了。」

「牧師根本不關心，從外公這例子就可以看出他不會關心。外公就這樣被放在那裡沒人管。」

又是沉默。佛蘿拉從袋子裡掏出隨身聽，機型很舊了，換面時還得將卡帶拿出來。她將隨身聽裡的瑪莉蓮・曼森的專輯，從《聖林》換成《反基督巨星》。然後等著。

「我想……我看見一些東西。」艾薇終於說話。

「什麼？」

艾薇猶豫了兩秒，接著說：「我只是想確定妳沒事。妳在巴士上嗎？」

「對。」

佛蘿拉簡短回答，沒多說半句。艾薇的問題已問盡，嬤孫倆就在明天要聯絡的承諾中結束電話。佛蘿拉縮在角落的椅子上，將耳機塞入耳朵，按下「播放」鍵。頭倚著窗，閉上眼。

**我們厭惡愛……我們厭惡愛……我們厭惡愛……**

她在坦斯塔中央車站下車，還有一公里的路得走。沿著阿卡拉街，但最後一小段必須經過賈瓦區那片空地。空地中沒人行小徑，只有十年前棄置的建築機具，而現在就連機具也回歸自然，湮沒於荒草中。

她爬上小坡，俯瞰西司地區。微弱晨曦中，灰色建築物突兀得如浮雕清晰可觸。她在晚上時來過這裡一次，就在今年春天。那次四周漆黑，就算從這制高點也看不出城市的跡象。而現在景物聲息改變，稍顯此處駐有人煙。

然而，沒路燈，一扇扇窗戶也沒透出半點燈光。沒電，沒水，連一路鋪設的排水管裡面也乾涸一片。公共設施沒建設到這麼遠。

佛蘿拉走下坡，耳邊繚繞著《止血帶》這首歌曲。晨曦徐徐將光芒投射在少數完整的玻璃窗上。幾年前這裡還有圍牆圈住，理論上現在也算建築工地，不過自從西司地區的居民紛紛各自製造出新的出入口後，就成了目前的模樣。拆解的大片圍牆被居民拿去做為他用，至於剩下的則隨處散落於草地。

塗鴉清除人員老早就放棄這一區，現在幢幢建築物的牆面下方盡是大頭釘和真正的藝術。法院認為執政黨該為西司地區的沒落負責，官司已進行到第五年。除非拍板底定，否則沒人會對這地區做任何事情。西司是城市之恥，是失敗難搞的建築案，現在還成了城市唾棄邊緣人的地方。偶爾會有警察來掃蕩，不過政府實在沒資源處理後續相關事情，所以他們也不知該拿這地方怎麼辦。

佛蘿拉從草地走到柏油路面。旁邊那棟建築物有塊牌子寫著這條是艾克佛托路。牌子四周被人塗鴉，設計成一個滿頭髮辮的惡魔，手裡握著巨大的勃起陽具。

佛蘿拉在《止血帶》和《疥癬翅膀之天使》兩首歌之間關掉隨身聽。為了讓卡帶有空間灌錄她喜歡的歌曲，她不得不放棄專輯裡其他首歌，幸好不難選擇。她拿下耳機，讓快聾掉的耳膜享受片刻寧靜，並責罵自己竟害怕她心裡的叨絮聲音——

中產階級窩囊廢。

在這地區，唯一能聽見的只有人聲。這裡的居民連樹木和灌木叢都不可得，哪能聽到鳥鳴和樹葉沙沙聲。只有人聲，說話和叫喊。她疾步由艾克佛托路轉入雷悌丘得路，進入彼得家中庭。

腳下踩著碎玻璃，喀啦聲音在光禿牆壁間迴盪。這裡的建築物都只有一層樓高，中庭正中央矗立著一座大建築。彼得說這棟建築物原本規劃做為洗衣間、居民聯誼和廢棄物回收的綜合館，不過事實上沒水可洗衣、沒人收垃圾，也沒人有興趣在這裡聚會聯誼。

佛蘿拉小心翼翼繞過塑膠袋、瓦楞紙片，但無法不踩到碎玻璃。她引起某人注意了，那個縮坐在洗衣房鐵門邊的人站起來，開始走向她。佛蘿拉繼續移動，腳步稍快。

「嗨……美人兒……」

男人直接走到小徑，整個人擋在她面前。佛蘿拉環顧四周，不見其他人在場。這男人比她高一個頭，帶著芬蘭口音，身上傳出一股她無法辨識的氣味。他舉起手，她看見瓶子，認出那種氣味：工業用酒精。果汁瓶上有某種東西，或許是麵包吧，像個濾心塞在瓶口。

「嗨，長襪皮皮①，要不要來一口？」

佛蘿拉搖搖頭，「不用，沒關係。」

她的聲音似乎引發男人的某些念頭。他傾身端詳她的臉，佛蘿拉楞著不敢動。

「天哪，」男人說：「妳……還是個孩子嘛。妳來這裡做什麼？」

「我來這裡找朋友。」

「噢。」

男人站在原地，搖晃身體，一副深思狀，然後小心翼翼地將瓶子放在腳邊地上。佛蘿拉盯視他，隨時準備採取必要行動。男人張開雙臂。

「我可以跟妳抱一下嗎？」

佛蘿拉沒移動。老實說，這男人看起來不壞，但挺可悲，完全不像小孩看的電影裡那些長得凶神惡煞的壞人。他襯衫最下面那幾粒扣子要不是沒扣上就是掉光了，露出一截白白的肚皮。和腫脹身軀相比，那張臉顯得過小，就算光線微弱，他臉頰和鼻梁上的青筋也清晰可見。男人垂下雙手。

「我有個女兒……有個女兒……她還活著，可是……她和妳年紀差不多，」他思忖了一下，「現在應該十三歲。我已經八年沒見過卡吉莎，這是她的名字。」他的手往口袋裡伸，但立即打住，露出「照片不在那裡」的神情。「本來我有一張她的照片，不過……」

男人拱起背，佛蘿拉還以為他會開始哭。她從他身邊走過，他站定不動，只是自言自語。

彼得房間那扇與地面齊高的窗戶完整無缺。那房間原本要做為單車停放之用，現在的確也有這個功能，所以窗戶是強化玻璃。想打破，非得一番決心才能成功。佛蘿拉蹲下來敲敲玻璃窗。

這時身後傳來拖行的腳步聲，佛蘿拉轉頭看見剛剛那個芬蘭人矗立在她之上，他又張開手臂，佛蘿拉心頭浮現瑪莉蓮‧曼森的形影——

被釘在十字架的嫩雞。

芬蘭人噘嘴，裝出娃娃音說：「可不可以抱抱？」

---

① 長襪皮皮（Pippi Longstocking）是瑞典著名童書家Astrid Lindgren的作品。皮皮個性獨立開朗，具有冒險犯難的精神，是瑞典家喻戶曉的童話人物。

佛蘿拉站起來，不讓他碰到。芬蘭人停在原地，伸長手臂，露出小狗般的純真眼神。佛蘿拉瞇起眼，微側著頭，「你知不知道自己有多噁心？」

玻璃窗透出手電筒燈光，她聽見彼得的聲音，「誰？」

佛蘿拉雙眼繼續盯視著芬蘭人，回答：「是我。」

她沿著單車斜坡道往下，走近一道上鎖的鐵門前，鐵門上有幅夏日風情的噴漆畫。這是該地少數能上鎖的門之一，鎖是彼得自己安裝的。鎖頭咯啦響，門打開了。彼得一手抓著裹在身上的睡袍，另一手拿著手電筒。

「進來。」

佛蘿拉朝向仍站在原地晃動身體的芬蘭人瞥一眼，他將手臂伸進夜晚與回憶裡。彼得關上門，將手電筒往房間一照，佛蘿拉頓時覺得自己彷彿身處在任何一處住宅區。單車整齊排放在屋內一側，另一面牆邊則是彼得送貨騎的輕型機車。

屋裡的隔間是彼得自己釘出來的。他走到最裡頭，打開隱身在壁畫裡的一扇門。每次警察突襲搜索，彼得總有辦法躲過，所以迄今仍未被驅逐出去。

牆後的房間只有六公尺見方。裡面的那張床是彼得在裝載廢棄物的卡車上撿到的，再用他的小機車拖回來。房裡還有桌椅，桌上擺了食物、小煤油爐和一壺水，除此之外，別無長物。床邊地板上有個連結著汽車電池的大音箱。彼得似乎想表現自己物盡其用的能耐，所以連牙刷和刮鬍刀也選擇電動的。他還有掌上型電玩遊戲機、鬧鐘和手機。當然，手電筒例外，反正每次佛蘿拉來訪，都會帶電池當伴手禮。

彼得鎖門，跳上床，拉開睡袋拉鍊讓它變成一條棉被。佛蘿拉脫下襯衫和長褲，依偎在他身邊，頭倚在他肩上。

「彼得……」

「嗯……」

「你知道今晚發生了什麼事嗎？」

「不知道。」

她將整件事告訴他。從在外婆艾薇家睡覺被吵醒，到搭救護車進城。她說完後，彼得只說了一句：「真怪。」並以一手環抱她的頭。幾秒鐘後，她聽見他呼吸漸沉，睡著了。

這時朝陽已在房內唯一那扇窗戶投射出一片長方形的灰蒙亮光。佛蘿拉躺著，凝視那片亮光久久，久到閉上眼睛後，光影仍在視網膜上流連不去。

從腦袋裡的悶沉壓力她知道自己才睡幾小時就被隔壁房間的雜聲吵醒。她坐起身，從窺視孔望出去。一個阿拉伯模樣的男人正將單車慢慢往外牽，他這身打扮以當地水準來說算罕見的體面。佛蘿拉覺得自己見過他，但不怎麼確定。他好像會固定在卓特寧街拉著抗議布條的其中一端。

男人牽著單車離開，出去後將身後的門鎖上。彼得只會把鑰匙給在這裡租單車停車位的人。他每月收取二十克朗，提供單車保管，當然，這不保證警察突襲時不會將他們見到的所有東西沒收。

佛蘿拉又躺下，但睡不著。她有時望著天花板，有時看著現已呈金黃色的長形窗，或看著枕頭上彼得長滿面皰的臉龐。一小時後她下床，在小煤爐上燒開水準備泡茶。

廚房傳出的嘶嘶聲吵醒了彼得。他坐起身，望向窗外判斷時辰以取代時鐘，說了一聲：「還早」，又躺回去睡。

佛蘿拉讓兩個茶包在沸水裡停得夠久後，才倒出兩杯茶，每杯舀入兩匙滿滿的糖，然後將茶杯端到床上。兩人喝了幾口，彼得說：「妳昨天來這裡時告訴我的那些事情……」

「嗯？」

「是真的嗎？」

「真的。」

他點點頭，晃晃茶杯，說：「很好。」然後下床，再舀入一匙糖，端回床上。有段時間他就是靠茶和糖維生。

「你覺得這樣很好？」佛蘿拉問。

「當然。」

「為什麼？」

「我不知道。還有茶嗎？」

「沒有。水用完了。」

「那我們待會兒去取水。」

彼得起床尿尿，他外凸的肋骨根根分明，皮肉似乎比一般人薄。他從尿桶裡拿出濕破布，雙膝跪地，往前微傾，瞄準正確角度。尿柱撞擊金屬桶邊，傳出微弱咚咚聲。佛蘿拉無法這樣解決，來這裡時若內急，只能跑到外頭的流動廁所。政府根本不想承認瑞典有西司這種地區，不過幾年前還是在這裡放置了流動廁所，但通常得等到四周的樹林傳出衛生紙的糞便味，或者樹木被尿液燒灼得快死了，才會派人來清理。

「讓警察有事做也好。」彼得說：「而且若真發生這種事，其實也不錯，反正一定要發生的。」

「你不覺得奇怪嗎？」佛蘿拉問。

「讓我奇怪的是以前怎麼沒發生。我們去拿水吧？」

兩人穿上衣服，彼得牽出輕型機車。他花了半年時間，將被人丟棄在樹林裡這輛破銅爛鐵修復得勉強堪用。基本上，他撈到的不過是機車殼架和輪子，加上後來撿到或和人以物易物換來的其他零件，才終於拼湊成可以上路的模樣。機車還裝了置物箱，整個箱子噴漆成金屬的銀亮色，箱身以黑色字體寫著「銀箭」。彼得唯一在乎的身外物就是這輛機車，如果把彼得想像成姆米童書裡的司那夫今②，那麼這輛輕機車就是他永不離身的口琴。

佛蘿拉拿著水桶坐在機車後掛的平板拖車上，先在附近繞一圈，從其他人家的大門外拿了三只水桶。這就是彼得的工作，看管單車、幫忙取水或載運物品。靠著這些差事賺進的一千克朗，到專賣剩餘物資的店家購買食物過活。有時臨克拜區的市場菜販會在生意終了時，將箱底剩存的蔬菜送給他。

他們顛簸地騎過空地，駛上阿卡拉街，彼得停在殼牌加油站，將水桶注滿水。快九點了，報紙標題斗大醒目。

**死人復活**

昨晚約有兩千個瑞典人從墳墓裡復活了

**死人復活**

驚駭之夜的獨家照片

報紙以生動駭人的方式大幅登出一張類似廣告看板上才會出現的鬥毆照片來吸引人，那照片誇張得令人不得不注目。穿白袍的人在金屬櫃臺附近和裸體老人搏鬥。另一張看起來更像經典恐怖電影海報的照片裡，有幾個穿壽衣的人在墳墓間遊蕩。

---

② 姆米（Moomin）是芬蘭知名童書，描述河馬姆米一家人的故事，司那夫今（Snuffkin）是姆米的好朋友，老是吹著口琴。

「看看這些。」佛蘿拉說。

「是啊，」彼得說：「妳可以幫我搬水桶嗎？」

兩人合力將四個十公升的大水桶放上機車。佛蘿拉看看四周，忍不住心生失望。一切如常，太陽慵懶地照射在正在加油和路邊行走的人身上。她走進商店買了兩份報紙，櫃員沉默地接過錢。走出時，她看見有個人蹲在自己車邊檢查輪胎。

彷彿沒事……

彼得發動機車，沿著車轍駛過顛簸空地，佛蘿拉抓緊水桶。放眼望去絲毫不見昨晚世界幾近末日的跡象。

她看過喬治・羅密歐所拍的殭屍三部曲電影，但沒期望真正的殭屍會像那樣，不過至少也像……某種東西。不管怎樣，絕不只是讓報紙有話題可炒的新聞。彼得什麼都沒問，不打算追根究柢，而這就是她之所以來找他的主要原因：可以離那些事遠遠的。不過此刻坐在搖晃的平板拖車上，緊抱著水桶，她好希望能回到城市，回到學校，回到此刻或許正達到高潮的歇斯底里氛圍中。

如果就這樣結束呢？喧騰一星期，然後……消失。

她一拳打在水桶上，趁著淚水還沒湧出，將眼淚眨掉。她再向水桶擊出一拳，彼得沒問為什麼。

**印達司崔街，早晨七點四十一分**

「你好嗎？親愛的，生病了嗎？」

「沒有，我只是……只是沒睡好。」

「諾拉・布魯恩俱樂部的表演還順利吧？」

「取消了，電力有問題。我想，現在我們得走了。」

大衛繞過母親，走向麥格納思。兒子笑臉燦爛地對他說：「我看電視看到十點半欸！對不對，奶奶？」

「是啊，」她怯怯地笑著說：「電視關不掉，我的頭又痛得厲害……」

「我也頭痛，」麥格納思插嘴，「不過我還是一直看《泰山》。」

大衛機械式地點點頭。他腦袋裡、眼窩後開始湧出一道熔岩，多站一秒鐘，可能就會爆開。他徹夜未眠，直到早上六點有人告訴他，依娃已被送到法醫中心，他才稍微闔眼。他想從醫院獲得更多訊息，但徒勞無功。回家後用冷水潑臉，一邊聽答錄機的留言。

沒半通來自醫院，只有記者和依娃的父親打來問她目前的狀況。大衛沒辦法和他談這事，就連對自己的母親也無法說出口，幸好她什麼都還沒聽說。

麥格納思一握住他的手，他立刻用力地將兒子拉到身邊。母親皺眉問：「依娃還好嗎？」

「很好，我們得走了。」

道別後，大衛催促麥格納思下樓。到學校的途中，麥格納思告訴他泰山的劇情，大衛點頭嘟囔敷衍，沒專心聆聽。走到半途，他帶麥格納思到公園長椅坐下。

「怎麼了？」麥格納思問。

大衛將手擱在兒子膝上，低頭凝視著人行道。他努力靠意志力將腦袋裡熾亮的熱氣冷卻，讓自己冷靜下來。麥格納思打開自己的背包翻找著什麼。

「爸爸！我沒帶水果！」

他將空空的背包裡層露給大衛看，大衛說：「我們待會兒去報亭買蘋果。」

稀鬆平常的日常閒聊過後，一陣沉默。一道銀色亮光閃過，他看見八歲兒子正在檢查背包底部，或許會有顆以前放的蘋果塞在下面？一道閃爍發亮的晨光照耀在兒子後腦杓的稀薄頭髮上。

我不會讓你失望的，我的小寶貝，不管發生什麼事。

恐慌褪去，現在取而代之的是巨大悲傷。如果世界能這麼簡單就好了：美麗早晨，溫煦的陽光在樹幹和水泥地面投射出霧濛陰影，他和兒子坐在公園長椅上，兒子準備去上學，需要有顆蘋果當點心。身為爸爸的他只需走進店裡，掏出兩克朗買顆又大又紅的蘋果，兒子會說「這顆很棒」，然後將蘋果塞入袋子裡。人生若能這麼簡單就好了。

「麥格納思……」他說。

「什麼？今天我比較想吃梨子。」

「好，不過麥格納思……」

他昨晚花了好多時間思索該怎麼面對這一刻：該說些什麼，該做些什麼。這種事只有依娃才擅長啊。麥格納思在學校裡若被大孩子欺負，或者對什麼事情感到焦慮害怕，依娃會知道怎麼跟他談話，告訴他該怎麼做。大衛通常在一旁扮演支持的角色，聽從依娃的指示行動。但光靠他自己，實在不知該怎麼起頭。到底該怎麼做才對啊？

「嗯……媽媽昨晚發生意外，現在人在醫院。」

「什麼樣的意外？」

「車禍，撞上麋鹿。」

麥格納思雙眼圓睜。

「鹿死了嗎？」

「死了，至少我這麼認為，不過……媽媽會待在醫院幾天，好讓他們可以……可以讓媽媽舒服些。」

「我可以去看她嗎？」

大衛喉頭哽塞，趕在淚珠形成前站起來，抓起麥格納思的手說：「現在還不行，以後才可以，很快的，等她好多了就可以去。」

父子沉默地走了一會兒，快到學校時，麥格納思問：「她什麼時候才會好一點？」

「很快。你要吃梨子？」

「嗯。」

大衛鑽入報亭買了一顆梨子，走出來時，發現麥格納思正注視著報紙上的標題。

**死人復活**

**昨晚約有兩千個瑞典人從墳墓裡復活了**

**死人復活**

**驚駭之夜的獨家照片**

麥格納思指著報紙問大衛，「這是真的嗎？」

大衛瞥了一眼黃底上吶喊的黑色字體，「我不知道。」然後將梨子放入兒子背包。抵達學校之前最後那一小段路途，麥格納思又追問更多事，逼得大衛不得不扯一些謊。

父子在校門口擁抱道別。大衛原地站了一會兒，看著麥格納思走進高聳的校門，大背包在他後背砰砰晃動。

他聽到旁邊一對父母的片段交談，「……就像恐怖電影……殭屍……只能希望他們能把那些全抓起來……想想孩子……」

他認出他們的孩子與麥格納思同班。頓時怒火中燒，真想撲向他們，搖著他們咆哮，告訴他們，那不是電影，依娃不是殭屍，她只是死去然後復活，很快地一切都會沒事。

那女人似乎察覺到有人正對著她無形咆哮，轉身察看，發現大衛。她摀住嘴唇，眼神瞬間轉為同情，然後走向大衛，手指緊張地顫抖，對他說：「真抱歉……我聽說了……好可怕。」

大衛怒目瞪視她，「妳在說什麼？」

她顯然沒預期他會有這種反應，雙手立刻舉到胸前，彷彿想阻擋他的敵意。

「嗯，」她說：「我懂……今天早上的報紙，你知道的……」

幾秒後大衛才恍悟。他完全忘了自己曾和記者交談過，曾經歷過那些從外在世界來看顯然毫無意義的對話。另外一位男子現在也走了過來。

「我們能替你做些什麼嗎？」男子問。

大衛搖頭，轉身離去。他走到報攤的報紙標題前，停步。

麥格納思……

會不會有哪個人家的父母早上看了報紙，跟孩子說些有的沒的，以至於麥格納思進學校後，從同學那裡發現這事？真的有人這麼蠢嗎？他該不該將麥格納思接回家？

他沒力氣思考，只能走進報亭買下兩份報紙，坐在長椅上閱讀。待會兒看完報紙就去法醫中心，搞清楚他們到底想幹麼。

他很難專心讀報，因為剛剛那對父母的話語在他腦海裡盤旋不去。

恐怖電影……殭屍……

他從未看過恐怖電影，不過大概知道殭屍很危險，會讓人家紛紛躲避，保護自己。他用力揉揉眼，聚焦在照片和文字上。

電梯抖了一下開始移動。透過厚實的水泥牆我聽到尖叫聲。從電梯小窗望過去，太平間映入眼簾……這篇實況報導原本口吻嚴謹，但文章結尾驟然變成懇求語氣，大衛忍不住專注閱讀下去。記者古斯塔夫・馬勒唐突地在結尾加入自己的聲音。

……雖然如此，我們仍應自問：難道那些復活人的家屬不能表達意見嗎？或許分析到最後，我們會發現這事件與愛有關，而這樣一件事為什麼光憑政府就能決定一切？我不這麼認為，我想，其他人也會有相同的看法。

大衛放下報紙。

沒錯，他心裡說。說到最後都是因為愛。

他像馬勒的沉默支持者，將報紙妥善摺好放入口袋，然後招了輛計程車到索爾納市，他們囚禁依娃的地方。

**華倫拜郊區，早晨八點鐘**

鬧鐘響時，馬勒以為自己剛閉上眼，不知自己已坐在扶手椅上睡了三小時。身體彷彿變成椅子的一部分，相連難分。伊利亞思還躺在沙發上，頭就靠在他身旁。他伸出手，將手指放在伊利亞思的掌心，有反應。

他想起自己替報社寫了些什麼，開始緊張起來。他在裡面提到伊利亞思嗎？就某方面來說的確提到，不過他想不起是在哪一段。四十五分鐘內伴著香菸匆促寫下這篇報導，寫完後坐到扶手椅上，關閉起五官六感。

夠了，還有好多事要思量。他將自己撐離椅子，走到陽臺，點燃一根菸，倚靠著欄杆。真是美麗的早晨啊，藍天清朗，氣溫還沒升高。輕柔微風吹得菸頭紅亮，撫挲他的胸膛。他全身因乾掉的汗水而黏答答，襯衫既僵硬又油膩。吸入肺裡的菸味嘗起來像濃稠熱氣。

他望向中庭另一側女兒安娜的住處。

我得告訴她。

十點左右，她會去墓園看伊利亞思，他可不能讓她受到驚嚇。不過他擔心，不知道她聽見這事會有何反應。自從伊利亞思死後，她和這世界僅隔一層薄膜，他怕這層膜會破掉，讓她跌入終極黑淵。不過或許可以從一件事看出不至於如此：她沒選擇火化，她想要將伊利亞思的肌膚、臉龐和骨頭埋入地底，讓心目中的他停留在當下，以便有完整的伊利亞思可以讓她想念。或許這代表她可以承受這件事。或許吧。

他捻熄菸，深吸兩口空氣，盡可能吸入他喘息的氣管裡，然後進屋。

現在，有了外頭空氣的對照，他終於聞出屋裡氣味有多糟。窒悶的香菸味混合著泥土味，而在這種氣味後面，還滲出一種強烈的——

該怎麼說？

哈瓦提，過老起司的味道。打開塑膠包裝紙之後數小時，那氣味仍會留在指尖，留在氣味記憶細胞裡，久久不散去。他靜靜站著，鼻子用力吸氣，感覺氣味變得更濃烈。伊利亞思的肚子脹得像氣球，昨晚又一粒扣子掉了，現在只靠脖子上那一粒鈕扣繫著睡衣。

不能讓她見到他變成這副模樣。

他讓浴缸注入半缸水，然後將伊利亞思抱到浴室，脫下他的衣物。很快他就會習慣，很快就不會大驚小怪。

伊利亞思的肌膚呈現橄欖深綠，看起來透明脆薄，馬勒甚至可以清楚看見皮膚底下的血管。他整片胸口長滿看似水痘的小水泡。若能消除他肚子裡的脹氣就好了，這樣一來看起來就不會那麼畸形，可以將他當成嚴重燒傷之類的。

伊利亞思的衣服被褪去時，臉上沒任何表情。馬勒不知道他是否看得見，因為那雙眼睛現在成了兩處凹陷在眼皮底下的乾涸坑道。

馬勒溫柔地將他放進浴缸裡，伊利亞思沒抗拒。被水包覆住身軀的他乍然呼出惡臭的一口氣。馬勒將刷牙用的玻璃杯注滿水，放在伊利亞思發黑的嘴唇上。沒半點喝下的跡象。馬勒將杯子傾斜，讓水淌入他嘴裡，卻還是流了出來。

隨後，他想起一件事：他曾讀過海地死人復活的事。

他克制住立刻起身到書架上找出那本書的衝動，可不能把伊利亞思獨自留在浴缸裡。他費力以海綿搓洗他每吋肌膚。狀況最不佳的是指甲、腳趾和陰莖，這些地方全都呈壞疽般的黑青色，不見生命跡象。

最後洗頭髮。馬勒閉上眼，慢慢搓揉他的頭皮，唯有這時他才能假裝，假裝這一刻和他之前幫伊利亞思洗頭的每一刻沒什麼不同。然而，他一睜開眼，想將泡沫沖掉，卻發現自己指尖懸掛著一綹綹頭髮。

不，不……

他舀水從伊利亞思頭上淋下，不敢大力擦乾，就怕扯下更多頭髮。浴缸裡的水變成土褐色，馬勒拉開塞栓，拿著蓮蓬頭以溫水幫伊利亞思沖洗。

**那肚子……那肚子……**

他將手放在伊利亞思肚子上輕輕壓，確認沒異狀後，再大力壓一些。出現屁聲，他繼續壓，又一聲，彷彿氣球洩氣時所發出的聲音。他的肛門流出淺褐色液體，往排水孔流去，不過整個浴缸傳出的惡臭仍足以逼得馬勒往後退縮。他打開馬桶蓋，開始嘔吐。

沒錯，伊利亞思看起來好多了，他轉身回浴缸，心裡這麼覺得。現在他的身體不再像非洲飢童腹肚凸出，不過那皮膚……

沒關係……沒關係……

馬勒再次沖洗伊利亞思，然後將他抱離浴缸，以白色大浴巾擦乾。抱到床上後，他拿了一管乳液，抹在他如皮革的每吋肌膚上，發現一分鐘後肌膚看起來跟之前一樣乾燥時興奮得不得了，這表示乳液被他的皮膚吸收了。他用乳液一遍遍塗抹，直到整管用罄。

他以食指和拇指捏起伊利亞思腋窩的一小塊肌膚，沒之前那麼僵硬了。現在不像皮革，更似橡皮，不過一樣乾燥，看來得用更多乳液才行。

這項任務讓他鬆了口氣。軟化肌膚是他能為伊利亞思做的第一件事，唯一能改善現況的事。

海地……

他不需要去找書，因為他想起來了。

他走進廚房裝了半杯水，舀一匙鹽，攪一攪，讓鹽水混合。嚐一嚐，太鹹。放到水龍頭下將水杯注滿，攪一攪，再嚐嚐。倒掉一半再注滿。行了，現在嚐起來差不多像海水了。

回臥房後，他猶豫了一下。生病的人通常會被注射葡萄糖，而他現在給予的是鹽水。這種措施大概只能靠海地人的迷信來合理化了。

不過，應該不會……有危險吧？

伊利亞思的生命跡象好微弱，他應該完全分辨不出鹽和糖的區別吧。才一口鹽水，當然不至於……？

他坐在床沿，手裡拿著水杯。

海地是全世界唯一普遍相信殭屍存在的地方，他們認為死人復活時唯一需要的東西就是鹽水。從各種神話的觀點來看，的確有幾分道理。沒有鹽和水，人就活不了，所以……

馬勒的手捧在伊利亞思後頸，扶他坐起來，濕髮上的水珠滑到他手背。將水杯端到他脣間，稍作傾斜，灌入一點點。伊利亞思喉頭急促振動，水流入了，他吞嚥了。

馬勒將杯子放到床頭桌，雙臂摟住伊利亞思，小心翼翼不敢用力，就怕弄傷了這脆弱的小身軀。

「你辦到了，小傢伙，你辦到了！」

伊利亞思一動也不動，身體依然僵硬，但他的確做出動作，喝下東西了。

或許馬勒的喜悅與伊利亞思的生命徵象沒多大關係，他的興奮主要來自於能替外孫做些事情。他不再只能乾坐著看他，悵然若失。他現在可以幫他抹乳液，給他喝一些東西。或許還有更多事可做，慢慢就會知道了。而現在……

陶醉在成功喜悅的馬勒又拿起杯子，舉到伊利亞思脣邊。這次倒太快，水流了出來。伊利亞思的喉嚨絲毫未動。

「等等……等等……」

馬勒衝進廚房，找了一管小注射筒，這是上次伊利亞思感冒，他去買藥水附送的。他以注射筒吸入杯裡的鹽水，然後放到伊利亞思脣間慢慢擠入十毫升。他吞了。馬勒繼續擠，直到注射筒變空。再吸入更多鹽水，十分鐘後伊利亞思已經喝完整杯。馬勒將伊利亞思濕漉漉的頭靠在枕頭上。

沒明顯差異，但不管伊利亞思現在怎樣，至少他願意吸吮東西……

馬勒幫伊利亞思裹上被子，然後在他身旁躺下。

伊利亞思身上還有味道，但最惡臭的部分已經除掉，現在殘留的氣味混合著肥皂和洗髮精香味。馬勒頭靠在枕頭上，瞇起眼，想好好看看愛孫，卻見不到他。伊利亞思原本柔和飽滿的輪廓完全變了，現在只有凸出的顴骨、凹陷的鼻子和嘴巴。

他沒死，他在這裡，會沒事的……
馬勒沉沉地睡著。

他被電話吵醒，瞥見床頭桌上的時鐘顯示十點半。第一個念頭是：安娜！
他還沒跟她說，或許她已經去過墓園了。他快速瞥了一眼仍躺在原位的伊利亞思，翻身接起電話。
「喂，我是馬勒。」
「是我，安娜。」
他媽的，蠢，怎麼睡著了？安娜的聲音斷續顫抖。她一定去過瑞克斯塔墓園了。馬勒將兩腿放下床側，坐起身。
「嗨……妳好嗎？」
「爸，伊利亞思不見了。」馬勒吸口氣準備告訴她，但安娜緊接著說話，沒讓他有機會開口。「有兩個人在那裡，他們問我……問我是否……爸，昨晚……有死人復活了。」
「他們是誰？」
「爸，你聽到我的話嗎？你聽見我說的話嗎！」她的聲音歇斯底里，音量高到幾乎成尖叫。「死人復活了，而伊利亞思……他們說他的墓……」
「安娜，安娜，冷靜下來，他在我這裡。」馬勒看著伊利亞思靠在枕上的臉龐，伸手摸摸他的額頭。「他在這裡，和我在一起。」
電話另一端沉默不語。「安娜？」
「他……活著？伊利亞思？你是說他……」
「對，要不也可以說……」線路一陣窸窣，「安娜？安娜？」從話筒那頭，他聽見遠處傳來開門又關門的聲音。
該死……
他起身，全身虛軟無力。安娜要過來了，他得……
他得做什麼？
減輕衝擊，緩和……
臥房的百葉窗已放下，不過還無法完全遮掩伊利亞思的外貌。馬勒快速從衣櫃抓出一條毯子，掛在窗簾桿上。邊緣縫隙仍透出光線，不過現在屋內暗多了。
該點蠟燭嗎？不，這樣太像守靈。
「伊利亞思？伊利亞思？」
沒反應。馬勒顫抖著雙手將剩下的水吸入注射筒，送到伊利亞思嘴邊。或許光線太暗，視線捉弄，讓他以為伊利亞思不止吞了水，還蠕動嘴脣想含住注射筒。
他沒時間思忖，因為樓梯底的大門已開啟，他趕緊走到玄關等著安娜。等待的那幾秒他思緒翻騰，隨後聽見門鈴聲。他吸了口氣，打開門。
安娜只穿著T恤和內褲，打著赤腳。
「他在哪裡？他在哪裡？」
她想擠過他強行入屋，卻被他抓住，「安娜……先聽我說……安娜……」
她在他掌心下扭動，一邊大喊：「伊利亞思！」一邊掙脫。他用盡全身力氣喊出：
「安娜，他死了！」
安娜不再掙扎，疑惑地望著他。她眼皮顫動，雙脣發抖。
「死了？可是……可是你說……他們說……」

「妳可以先聽我說嗎？」

安娜整個人癱軟，若非馬勒將她攙扶到電話旁的椅子坐下，她很可能倒在地上。她的頭不斷左右轉動，彷彿有股隱形力量在拉扯。馬勒站在她面前，擋住她和臥房之間，俯身握住她的手。

「安娜，妳聽我說，他是活著……但他死了。」

安娜搖頭，手壓住太陽穴。

「我不懂，我不懂你在說什麼，我不……」

他雙手捧著她的頭，稍微出力逼她正視他的眼睛。

「他埋在地底一個月了，現在樣貌不比從前。完全不像了，他現在看起來……很可怕。」

「可是，他怎麼……他一定……」

「安娜，我不知道，沒人知道怎麼會這樣。他無法說話，不能移動。他是伊利亞思沒錯，他是活著，可是他變了，彷彿……死了，或許我們可以做些什麼，不過……」

「我要見他。」

馬勒點點頭，「好，當然好，不過妳得有心理準備……先調整心情，因為……」

因為什麼？這種事情要怎麼做好心理準備？

馬勒後退一步，安娜仍坐著。

「他在哪裡？」

「在房裡。」

安娜抿著嘴，稍微傾身，以便能看見房門。她已經鎮定了，現在似乎開始感覺到恐懼。她倉皇地伸出手，指著房門，問：「他……變得殘缺不全嗎？」還帶著懇求眼神注視著馬勒。他搖搖頭。

「沒有，不過……乾癟了，變……黑了。」

安娜大腿上的雙手糾纏得緊緊的。

「是你將……」

「對。」

她點點頭，淡淡地說：「他們就是這麼懷疑的。」然後起身，走往臥房。馬勒跟在後面半步遠。他思緒飛進藥櫃，想找點可以鎮定的東西，萬一安娜……沒有，他根本沒這種東西。現在只能靠他的話語，他的雙手。不管她需要什麼樣的幫助。

她沒癱軟，沒尖叫，只是靜靜地走向床邊，看著躺在上面的東西。然後坐在床沿，靜靜坐著沒開口，約一分鐘後，她問：「可以請你出去一下嗎？」

馬勒退出房間，關上房門。站在外頭傾聽。片刻後，他聽見類似受傷動物發出的聲音，拖得長長的單音節低鳴。他咬住指關節，克制自己不去打開門。

五分鐘後，安娜走出來。她雙眼通紅，但神色平靜，將身後的門輕輕關上。現在換馬勒緊張了，他沒料到她是這種反應。安娜走到客廳，坐在沙發上，馬勒跟過去，坐在她身旁，握起她的手。

「怎麼樣？」

安娜凝視著漆黑的電視螢幕，雙眼空洞無神。回答他：「那不是伊利亞思。」

馬勒沒回話。他心臟部位開始疼痛，痛楚往外擴散，延伸到肩膀和手臂，趕緊往後靠著沙發背，想透過意志力讓心臟緩和，讓它停止噗通亂跳。彷彿有隻灼熱的手握住他的心臟，捏緊，然後……鬆手，他的臉痛苦地扭曲。終於，心臟恢復平日節奏，而安娜絲毫不察馬勒方才的異狀，繼續說：「伊利亞思不存在了。」

「安娜……我，」馬勒喘促地說。

安娜對自己的話點頭以表贊同，然後補了一句：「伊利亞思死了。」

「安娜，我……很確定這是……」

「你誤解了，我知道這是伊利亞思的身體，但伊利亞思不存在了。」

馬勒不知道該說些什麼。他手臂的痛楚褪去，彷彿打了一場勝仗，現在滿心平和與冷靜。他閉上眼說：「妳想怎麼做？」

「當然是照顧他。不過伊利亞思走了，他只能活在我們的回憶裡了。他應該只在我們的回憶裡，不在其他地方。」

馬勒點頭，「對……」

有口無心的回答。

## 索爾納市，早晨八點四十五分

計程車司機整晚從丹德亞醫院載送病患，他叨叨說著人有夠蠢，竟然將死人當成鬼魂般害怕，事實上真正的問題不在於死人，而在於細菌。

把死狗丟入井裡，三天後，水就會致命到讓人一喝就死。要不看看盧安達戰爭的例子。沒錯，是死了幾萬人，不過真正的悲劇不是戰爭，而是水。屍體被丟入河裡，然後更多人因缺乏飲用水或者喝了屍體漂浮的河水而死去。

屍體產生的細菌。這才是真正危險的東西。

大衛注意到司機里程表下方的儀表板上黏著一盒面紙。他不知道這傢伙說的是否為真，不過他確實相信……

司機一開始扯到四年前從火星墜落的隕石，大衛就決定不再聆聽。這傢伙顯然對這種事情很著迷，不過大衛根本沒興趣注意政府隱瞞社會大眾進行祕密測試之類的鬼扯淡。

他們打算解剖她嗎？他們已經這麼做了嗎？

抵達卡羅林司卡醫學院後，司機詢問確實的目的地，大衛說：「法醫中心。」

司機看著他，「你在那裡工作嗎？」

「沒有。」

「算你好運。」

「怎麼說？」

司機搖頭，以洩漏祕密的口吻說：「我這麼說吧……那裡真像收容精神病患的杜鵑窩，有些人還真的怪怪的。」大衛在一棟看似平凡的磚造建築物前下車，司機看著他說：「祝你好運。」然後揚長而去。

大衛走到服務臺說明來意。櫃臺人員似乎完全搞不清楚他在說什麼，打了幾通電話之後，終於找到負責的人。她要大衛坐著等一會兒。

等候室裡擺了兩張塑膠椅，整個環境帶給人焦慮。就在他準備起身到停車場等候之際，有個人從通往裡頭的那扇玻璃門走出來。

大衛沒想到對方會是這種模樣。他以為出現的應該是個穿著圍裙、圍裙上還血跡斑斑的高大男子，不料走向他的卻是一個女人。五十五歲左右的嬌小女子，灰白頭髮，湛藍雙眼隱藏在大眼鏡後面。白袍上沒有血。她伸出手。

「嗨，我是依莉莎白・西門森。」

大衛握住她的手，對方掌心扎實乾爽。

「我是大衛，我……依娃・札特柏是我太太。」
「喔，我懂，我很……」
「她在這裡嗎？」
「是的。」
雖然他心意堅決，但在她直視打量的目光下，大衛還是緊張了起來。她彷彿要看透他的心，尋找他犯罪的蛛絲馬跡。在她的盯視下，他雙手交叉胸前，捍衛自己。
「我想見她。」
「對不起，我了解你的感受，不過現在沒辦法。」
「為什麼？」
「因為我們正在……檢查她。」
大衛皺起臉，他抓到她在說出「檢查」這兩個字之前停頓了一下，這代表她原本想說的是別的辭彙。他雙手掄拳，說：「你們不能這樣對她！」
女人歪著頭，「什麼意思？」
大衛手臂揮向女人走出的玻璃門，朝向裡頭的……病房揮舞。「天殺的，你們不能對還活著的人解剖！」
女人眨眼，然後做出大衛沒料到的事：她噗嗤笑出來，一張小臉被笑紋淹沒，但隨即恢復鎮定。女人揮著手說：「不好意思啊。」將眼鏡壓回鼻梁，繼續說：「我了解你會……不過你真的別擔心。」
「是嗎？那你們在做什麼？」
「就像我說的，檢查啊。」
「為什麼要在這裡進行？」

「因為……嗯，就以我來說吧，我是毒物學家，也就是說，我擅長研究屍體身上的外來物質。我們檢查她，是因為我們假設有東西，嗯，有所謂的東西入侵。某種不應該存在的東西。就像我們會檢驗可能遭受謀殺的屍體。」

「可是一般來說，這裡……不是都會把人切開？」

女人聽見自己的工作場所被人如此描述，不禁皺起鼻子，說：「對，我們是會這麼做，因為非如此不可，不過就以你太太來說……我們也會使用其他地方所沒有的儀器。在不把人……切開的狀況下，我們會使用到這種儀器。」

大衛坐在塑膠椅上，雙手托著頭。外來物質……入侵的東西。他不懂他們在找什麼，他只知道一件事。

「我要見她。」

「或許這樣說會讓你覺得安慰些吧：你不是唯一見不到親人的人。」她聲音柔和了點，「你應該知道所有甦醒的死人都必須被集中隔離，直到我們更清楚了解整個狀況。」

大衛嘴角扭曲，「因為細菌，對不對？」

「對，以及其他原因。」

「如果我不在乎細菌呢？如果我說，不管怎樣我就是要見她呢？」

「一樣。請你諒解，我懂你的……」

「我不認為妳懂。」大衛站起來走向出口，離去前他轉身說：「我或許錯了，但我真的不認為你們有權利這麼做，我要……我要採取行動。」

女人沒回話，只以同情嚴肅的眼神望著大衛。大衛被這眼神惹惱，用力打開門，任憑大門無聲地撞在門擋上，氣沖沖地走向停車場。

# 附件一

剪報

・二〇〇二年八月十四日《瑞典晚報》

**被挖掘出來的屍體試圖逃逸**

**軍方展開挖墳行動**

八十七歲的死者死亡時間已達六週，身體腐爛得很厲害，不過他復活了，清晨被軍校生挖出來時還試圖逃逸。軍方展開行動，檢查斯德哥爾摩「樹林墓園」裡至少兩百具屍體。類似駭人景象不斷上演。

「真的太嚇人了，我從未見過這麼可怕的事情。」一位年輕軍人這麼說。

凌晨一點半左右，這種恐懼開始成真：死人一個個復活。《瑞典晚報》現場直擊軍方在斯德哥爾摩「樹林墓園」展開的挖墓行動。第一具被發現的復活屍體是八十七歲老翁，雖然已被埋葬六星期，但的確復活了，不過他的身體腐爛得很嚴重。老翁想逃離現場，旋即遭制止，被人碰觸時，身上一些皮肉剝落。幸好有壽衣可抓，士兵才得以將老翁制伏在地上。該老翁力氣不小，得靠兩個人才壓制得住。

**想逃離**

「別無選擇，這只是臨時的應急方式。」約翰‧斯坦柏上校談到軍校生剛剛搭建起來的鐵絲網時，這麼說道。為了集中管理復活人，軍方工程人員開始架設圍籬，而此時其他人則準備開挖棺材，但他們不會打開棺蓋。

「這種作法或許不妥，但我們能怎麼辦呢？」斯坦柏上校聳聳肩說。圍籬於凌晨兩點半完成，這時墓園裡擠滿軍方人員，但仍未見醫院的交通工具。棺蓋準備開啟，眾人等著駭人景象出現。

死人想逃出去，各個驚惶慌亂，毫無頭緒。許多死人想逃避軍方追捕，但很快被抓回來。

**心理壓力**

「這是人間煉獄。」一名軍校生說，他一臉呆滯坐在圍籬邊，身後有十五個活死人趴在鐵絲網上。他們空洞的眼窩盯著我們。軍校生突然整個人撲倒在地，雙手摀住耳朵。

「我們就知道會發生這種事，」約翰‧斯坦柏上校說，「所以才要調派這麼多人力過來這裡。我真替那孩子難過，心理壓力太大了。」

不過上校的神情看起來一點也不難過。

**救護車抵達**

救護車抵達前又挖掘出三具屍體。現在各隊出現零星口角，有幾次衝突甚至嚴重到得勞駕指揮官介入。記者發稿前夕，「樹林墓園」的衝突狀況基本上已減緩到只是混亂。可能有幾個活死人脫逃了，因為軍方叮嚀附近住戶要緊閉門窗。今天將持續開挖剩下的墳墓，而挖掘工作也將在其他十八個市立墓園陸續展開。

・《快捷小報》社論

昨晚瑞典發生了令人匪夷所思的事情：兩千名據說死亡或已被埋葬的人，死而復生了。該事件的緣由及後續可能發展仍在密切觀察中，然而，此事件引發了一個基本的生命問題：經過這事件後，我們還能把死亡視為人生終點嗎？

或許不然。

人類之所以為人的其中一項定義，就在於人類能意識到自己死亡，而且或許人類是唯一有此能力的生物，但昨晚的事件迫使我們重塑死亡經驗。

死亡通常是新陳代謝終止的同義詞，暫且擱置宗教或超自然的角度，現在只有一種可能性可以用來解釋：我們身體的生物機制其實有能力重新啟動新陳代謝。關於這點迄今未有明確研究可以證實，但仍有許多論點可以做為參考。

現在看來，過去遵循的生命跡象沒一項可靠，我們無法再根據某項生命跡象宣稱某人死亡。所有人都可能死而復活。

一九八〇年代有股趨勢稱為低溫屍存法。有錢人立下遺囑，要將自己遺體冰凍起來。尤其在美國，目前已有數千人以這種方式保存屍體。

若說造成負面效果的低溫屍存法現在開始氾濫也不足為奇，因此現在該是討論屍體保存法的時候了。

研究人員很可能解得出死而復活的真正原因，或許他們也能夠讓這種過程重複發生。就像成功克服某種疾病的病人的血液可以用來製造出血清，以對抗該疾病。今晚有數千人戰勝了死亡，我們可以從中學習到什麼？

我們當前處理人類屍體的方式，基本上就是以摧毀屍體為主要目標，要不以快速方式進行，譬如火化，要不就是透過埋土方式緩慢分解。未來我們每個人都必須決定怎麼處理自己的遺體。或許一個月、一年或十年後，我們就會發現自己可以克服死亡了。

到時誰還要被火化？

**廣播**

・早晨六點，《晨間之音》

根據今早軍方消息來源指出，目前約有一百五十座墳墓等著開掘。今天所有斯德哥爾摩的墓園都將關閉……

據報目前有十二人失蹤，其中三人的墳墓被掘開，裡頭的死者被人帶走……

斯德哥爾摩國會大樓正在舉行記者會……

•早晨七點，《晨間之音》

復活人的家屬齊聚在丹德亞醫院外，主任醫師史丹•伯格沃告訴《晨間之音》的記者，目前醫院不許訪客進入。

「我們目前對此狀況還不夠了解。復活人被隔離起來，但都受到妥善照顧。只要情況確定安全，我們就會允許訪客進入，時間可能是今天，但也可能再等一個禮拜……」

……以下內容來自剛結束的記者會：

健康社福部部長：昨晚和國會議員開完會後，我們決定所有的埋葬或火化暫停進行，重新運作的時間則未定。在斯德哥爾摩地區，昨晚四名過世的人沒有出現甦醒跡象，不過……

記者：目前有場地來安置這麼多復活人嗎？

部長：有，暫時沒問題。停屍間從未這麼空蕩過。

記者：那日後呢？

部長：日後……我們會設法。大家應該可以想見，在這種狀況下，有很多事情得……好好考慮。

……警方已經找到兩名失蹤的復活人，這兩人都被家人藏匿起來……

・早晨八點，《晨間之音》

《晨間之音》記者曾訪問過丹德亞醫院的員工，據該名員工表示，醫院整晚一片混亂，某些病房裡甚至出現衝突，醫護人員根本無法相互配合。

稍早的危機處理會議上，醫院決定把所有病房的醫護人員輪調，以降低進一步衝突……

就連軍方的消息來源也表示，和眾多復活人直接接觸的人員開始出現特殊狀況……

史丹・伯格沃醫師提到在照顧復活人時會遇到一些困難，尤其是那些從地底挖出來的復活人。「嗯，理論上他們死了，所以整個身體機能也出現死亡的現象，簡單來說，醫院整夜都得找人拿著機器，設法讓普通病房變成冷凍庫……從道德角度來看，我們不願使用停屍間，不過……我們有將近兩千位……」

殯葬業者佛努斯說，他們當然會遵守政府規定，不過他們希望政府在技術層面上能有更明確的指示……

**電視**

・第四頻道，八點三十分晨間新聞

攝影棚來賓：丹德亞醫院的主任醫師史丹・伯格沃、約翰・斯坦柏上校、心靈學博士魯諾・薩賀林。

主持人：我們先從實際狀況開始來看吧。目前丹德亞醫院有多少復活人？

醫師：一千九百六十二人。或許在我們說話時又送進更多。

主持人：據我所知，有一些復活人昨晚又……去世了。

醫師：沒錯。

主持人：知道為什麼嗎？

醫師：不完全清楚，不過那幾個復活人的狀況……一開始就非常不好。

主持人：你怎麼知道他們這次真的死了？

醫師：〔微笑〕可以說「我就是知道」，因為事實如此，不過若要說得更具體，當然有些……大腦皮質層的電波活動可以透過腦波測量出來。若腦波停止，以目前的定義來說就代表那個人死了。那些復活人的腦波顯示，他們某些最基本的大腦功能又重新運作。

主持人：約翰・斯坦柏上校，據說軍隊出現心電感應的現象？

上校：沒錯。

主持人：和復活人有過直接接觸的人真的都能看穿別人的心思嗎？

上校：不全然如此，目前發生這種現象的只限於活人。

主持人：可以請您談談軍方人員之間所爆發的衝突嗎？

〔約翰・斯坦柏上校看看史丹・伯格沃醫生，將問題丟給他。〕

醫師：嗯，我不知道墓園發生了什麼事，不過在醫院我們的確出現……意見相左的狀況。

主持人：因為大家能看穿別人的想法？

醫師：醫護人員間的確有些衝突，而且在壓力過大的狀況下，大家難免有強出頭的傾向，但我們沒有可靠證據顯示，這種現象真的是因為讀心術造成的。

主持人：魯諾・薩賀林博士……

博士：我想，在場兩位成年人只因為某些事實不符合自己的觀點而拒絕接受，這種現象更值得大家注意。

我說的事實包括：若一大群復活人聚集，就會形成一股電場，使得周圍的人有可能看穿別人的心思。我自己去過丹德亞醫院，的確感受到這種現象。

主持人：史丹・伯格沃醫生，您如何解釋這種現象？

醫師：（嘆息）腦中的電波活動……的振幅約只有半微伏特，而$\alpha$波的變動只在一、兩個赫茲間。因此頻率可以和新生兒相比，而振幅，也就是電流的強度，非常微弱，微弱到……可以跟什麼相比呢？嗯，類似幾秒內就會死亡的人吧。

博士：你不是從電流很強，而是從電流很弱的角度來解釋電場？

醫師：我要說的是，我們從沒見過有這種腦波的成人還能活著。這很可能……造成某些副作用。我們還在等著RMV150病毒的檢驗報告，以便確定從生理角度來說，這些軀體是否真的可能存活。（接著譏諷地問魯諾・薩賀林的意見）不過，或許你可以解釋這種現象？

博士：沒錯，我認為他們的靈魂回來了。（大笑）如果我昨天早上坐在這裡，告訴大家「今晚死人會從墳墓裡復活」，我想你們不止會認為我太荒謬，而且會覺得我瘋了。靈魂的觀念很古老，但現在仍有許多人珍視這種觀念。有證據顯示思想的確可能移轉……

醫師：證據呢？

博士：我承認，證據很薄弱，不過的確有這個可能，這點毫無疑問。相較之下，死人復活似乎是不可能。嗯，但現在他們的確復活了，而你們還認為心電感應和靈魂的存在很荒謬。

主持人：約翰・斯坦柏上校，您怎麼看待這些事情？

上校：我不認為軍方需要去推敲神學問題。（他看著魯諾・薩賀林）還有其他人更有資格討論這種事。

博士：嗯，那麼，在我看來，靈魂若存在，就代表它帶有能量。某種形式的能量。而這種電場的來源，我說的是昨晚我們都經歷到的那種，不可能歸咎到腦波。不能。既然這樣，為什麼我們不能接受在身體之外有某種東西存在，這種東西雖外在於身體但又隸屬於身體，它是一種超驗的物質……

上校：請原諒我這頭腦簡單的阿兵哥，我可從沒聽過靈魂會存在於身體以外的其他地方。

博士：我們活著時，靈魂的確在我們裡面，不過大家也都同意，到現在為止，復活狀態的頭腦運作多半還是未知。既然如此，靈魂為何不可能出現這種狀況？這麼說吧，如果有許多靈魂聚集徘徊在身體之外，難道不可能造成……我該怎麼說呢……

主持人：時間快到了，最後來做個總結吧。依您們之見，為什麼會發生這種事？約翰・斯坦柏上校？

上校：就算我對此主題有個人想法，我也不想公開發表意見。

主持人：史丹・伯格沃醫生？

醫師：就像我之前說的，我們還在等待檢驗結果。

主持人：魯諾・薩賀林博士？

博士：錯誤已經造成，有東西出了差錯……干擾到正常秩序了。

主持人：我想，我們都同意這點，現在將畫面交給氣象主播，卡蜜拉？

氣象主播：過去幾個禮拜以來滯留在斯德哥爾摩上空的高壓鋒面系統今晚即將離開，取而代之的是從西側進來的低壓，所以晚上預計雨量增強，從衛星雲圖我們可以看到……

・瑞典時間早晨八點三十分，美國有線電視新聞網CNN

……正在對瑞典首都所出現的怪異事件尋找合理解釋，迄今未有明確看法，不過不同地區同時出現死人復活現象，代表有某種力量存在。軍方指揮官今早表示，不完全排除恐怖活動……

〔長鏡頭拉到斯德哥爾摩「樹林墓園」關著復活人的圍欄，還有軍方人員在墳墓搜索。〕

‧瑞典時間早晨八點三十分，西班牙電視臺

……很多人等著看西班牙會不會也發生這種事，不過這現象目前只出現在斯德哥爾摩。一夜之間復活的人高達兩千人。不管醫護人員或神職人員都無法提出合理解釋，向今早聚集在丹德亞醫院的家屬說明……

〔畫面是上百人聚集在丹德亞醫院外，從牧師的手勢看得出來他很沮喪。〕

‧瑞典時間早晨九點，德國國家電視臺

……昨晚研究人員也忙著解開謎團。根據記者會所得到的消息，死人身上通常會消失的某種酵素出現在復活人身上。研究機構目前正在檢驗這些酵素是否與活人身上的酵素相同……

〔瑞典某處實驗室的資料影片，架子上排滿一根根試管。〕

‧瑞典時間下午一點，法國電視臺

……昨晚墓地和停屍間紛紛出現復活的死人，法國旅遊局呼籲國人暫勿前往斯德哥爾摩。截至目前為止，瑞典其他城市尚未發現類似現象。斯德哥爾摩居民今早起床，發現世界變得不一樣，不過表面上大家仍照常作息。

〔螢幕上是「樹林墓園」裡圍欄後方的復活人和卓特寧街來往行人交叉剪接的畫面。〕

# 八月十四日 II
# 花朵綻放背後的綠色力量

**華倫拜郊區，早上十一點五十五分**

安娜已經出去四十五分鐘，馬勒開始擔心了。他走到陽臺，視線往中庭和她家搜尋——她到底在幹麼——內心湧起一股慈祥父愛，但他立刻把這感覺壓抑住。在他看來，關心是一種操作性的詞彙，直接行動，毋須感覺。關心和了解。

對伊利亞思來說，過去幾年馬勒扮演的更像是父親而非外祖父的角色。或許因為馬勒想重拾安娜幼年期間，自己全力打拚事業而失去的某些東西吧。他充當外孫的保母，接送照顧，讓安娜有充分的自由時間可運用，但他認為她沒好好善用這點。他知道她會抗拒他提供的任何建議——你不覺得你現在當父親已經太遲了嗎——所以也不再多說什麼。

或許全是他的錯。安娜無法安定，無法好好找份工作，無法把書念完，全都是有樣學樣的結果。是誰教她的呢？古斯塔夫・馬勒，畢生貢獻於新聞的記者。

她童年時期搬了五次家，每次都是因為他在更大的報社找到更好的工作。安娜九歲時，他終於在大報

《瑞典晚報》謀得社會記者一職，不過那時安娜的母親西薇雅說她受夠了，一去不回頭。其實，是他先離開的，老早以前就拋妻棄子了。

所以，教導女兒日子該怎麼過的人當然是他。她只讀了六個月心理學，不過休學前所學到的東西就足以讓她告訴他，這全是他的錯。他完全同意，但沒對她說出口，因為他堅持認為每個人都該替自己的命運負責。理論上如此。

他和安娜的關係經常處於矛盾狀態，一方面他覺得她不該找藉口，應該好好振作，找點事做。但另一方面他也認為她之所以找藉口，之所以不好好振作，都是他的錯。不過，有權利認為他錯的人是他，不是她。

馬勒點燃香菸，吸了長長一口，突然發現有三個人從安娜家門走出來。他迅速蹲低，將菸在水泥地面上壓熄——

*免得讓敵人發現煙霧。*

他屏神凝聽對方是否朝他家而來。沒有。他們一路交談走離中庭，但交談內容他沒能聽得清楚。他將香菸焦黑那端撕掉，重新點燃，吸入兩口，手指顫抖。得離開這地方，現在就走。

他之前拔掉電話插頭，行動電話也關機，就怕有人會打來談些他得分神注意的事情。現在重新接上電話，準備聽取留言，這時大門打開，他怔楞。

「爸？」

緊繃的手指放鬆。他將電話線從外套裡掏出來。安娜走進房間，手裡提著小行李箱，放下箱子後，走到陽臺窗戶往外望。

「他們走了，」馬勒說：「我看見他們。」

安娜緊張到把下脣咬成鮮紅色。

「他們搜遍整間屋子，掃開樂高積木，連床底下都鑽進去看。」她不屑地說：「那些長官大人啊，說我應該……讓他們來照顧他。」

「他們是誰？」

「警察，還有一個是醫生。他們有一張通知單，是傳染……什麼單位核發的，說這樣……是違法的，而且對伊利亞思有危險。」

「妳沒說出他在我這裡吧？」

「沒說，不過……」

馬勒點點頭，關上手提電腦，開始打包也得一併帶走的電線。「我們必須立刻離開。」

「去醫院？」

馬勒緊閉眼睛，努力保持聲音平靜。

「不，安娜，不是去醫院，是去避暑小屋。」

「可是他們說……」

「我不管他們跟妳說什麼，反正我們就是要走。」

馬勒將電腦收妥後轉身進臥房。安娜站在房門前，雙手交叉胸前。她的聲音冷淡且鎮定。

「你沒權決定。」

「安娜，可以請妳往旁邊一步嗎？我們得離開，他們隨時會出現。妳快去打包。」

「不，這事由不得你作主，我是他母親。」

馬勒抿起嘴，直盯著安娜雙眼，開口說：「很棒嘛，過去幾年來，妳沒想到該負起母親之責，現在倒突然想當起他媽媽了。但不管怎樣，我就是要把伊利亞思帶走。至於妳，隨便妳怎麼做。」

「我要打電話報警。」安娜說，不過她語氣裡的冰霜開始裂融。「你不明白後果嗎？」

馬勒有辦法操控人，如果他想要，他可以透過溫和的語氣和不著痕跡的指控讓女兒在幾分鐘內隨他擺布，但此刻他沒這種耐心，也或許因為時間不夠，所以沒這麼做，反而放任怒氣爆開。其實他認為這樣直來直往比較公平。他將袋子放在桌上，指著臥房。

「妳才說裡面那個不是伊利亞思！現在怎麼又想當他媽了？」

安娜像被打開的真空咖啡包，整個人洩氣縮成一小袋，還開始哭了起來。馬勒在心裡咒罵自己，這遊戲根本不公平。

「安娜，原諒我，我不是有意……」

「你就是故意的。」見她挺直身子，以手背抹去眼淚，他突然覺得好笑。「我清楚知道你根本不關心我。」

「妳這樣說不公平。」馬勒沉不住氣，開始把往事拿出來提。「這段時間我都沒照顧妳嗎？我每天……」

「對，彷彿我是你的包袱，是你該盡的義務，而現在包袱擋路了，你就想將它一腳踢開。你做任何事從沒考慮過我，你在照顧的是你自己的愧疚感。拿根菸給我。」

馬勒的手舉往胸前口袋，半途停了下來。

「安娜，我們沒時間了……」

「我們有時間。菸，我說我要菸。」

安娜接過菸和打火機，點燃後坐在扶手椅上，屁股靠在椅墊邊緣。馬勒靜佇原地。

「如果我說這段期間其實我很想獨處，」安娜開口，「你會怎麼說？你每天到我家進進出出，讓我覺得很煩，你知道嗎？我會去街角那攤子吃熱狗，我根本不需要你的食物，可是我還是讓你做那些，因為這樣你會比較好過些。」

「不是這樣的，」馬勒說：「難道妳要我放妳一個人躺在那兒，一天過一天……」

「我不是一個人，有幾個晚上，我心血來潮會打電話給我認識的人，而且……」

「喔，妳還會找人唷？」馬勒的語氣聽來比他的真意更譏諷。

「拜託，饒了我吧，隨便你怎麼說。至少我為伊利亞思哀悼，而你呢，我真不知道你哀悼過什麼，大概只有想贖罪的淒涼渴望吧。現在我不會再幫你了。」安娜將只抽了一半的菸捻熄，走進臥房。

馬勒直楞楞站著，雙手癱垂身體兩側。他不困窘，安娜說的那些不會打擊到他。或許她說得沒錯，但他就是不這麼認為，她不過是在跟他分享一些新的訊息罷了。只不過……他從不知道她心裡這麼想。

伊利亞思雙手張開，躺在床上，像個無助無依的外星人。安娜坐在床沿，一根手指放進他的拳頭裡面。

「看看他。」她說。

「是啊。」馬勒緊抿嘴，不讓自己說出「我知道」這幾個字。他走到另一側床沿，讓伊利亞思另一隻手握住他的一根手指頭。他們就這麼坐了一會兒，兩人各有一根手指被伊利亞思握著。馬勒似乎聽到遠處傳來警笛聲。

「我們可以替他做什麼？」安娜問。

馬勒將鹽水的事情告訴她。安娜的問題帶有默從的意涵，但他不想要求得太過火。現在該由安娜來做決定了，只要她做出的決策是正確的。

「那糖呢？」她問，「給他葡萄糖水？」

「或許可以，」馬勒說：「我們可以試試看。」

安娜點點頭，親吻伊利亞思的手背，慢慢抽出手指，說：「那我們就走吧。」

馬勒將車開到前門，安娜把伊利亞思裹進毯子，抱入車子後座，然後自己鑽進車裡。整天停在外面的汽車熱得像烤箱。馬勒搖下兩扇車窗，連天窗也一併打開。

駛到廣場，將車停在陰影下，小跑步進百貨藥妝店。他在購物籃裡放了十包葡萄糖，四瓶乳液，還有兩管注射筒。最後徘徊在嬰兒用品區，拿下幾只奶瓶，還先確認奶頭都只有一個小洞。

他不想讓安娜和伊利亞思單獨留在車裡太久，不過貨架上琳琅滿目的物品看得他眼花撩亂。他的視線穿梭在陳列貨架上，看著那些繃帶、防蚊液、抗黴乳膏、各種維他命和抹劑。一定還有其他東西用得著。

隨便挑兩罐維他命和草本藥膏吧。

結帳櫃臺的女人打量他，又看看他採買的物品。馬勒知道她那認真利落的表情底下的腦袋在想些什麼，知道她想找出他與這些糖水、奶瓶和乳液之間的關聯。

他以現金付款，捧起一只過滿的袋子，並得到一句「有個美好一天」的祝福。

前往北泰利耶市途中，父女倆沒交談。安娜坐在後座，膝上躺著伊利亞思，手裡握著他的小手指，直直盯視前方。馬勒駛入岔道，朝向凱佩爾港口。這時她開口：「為什麼你認為他們不會來這裡找人？」

「我不知道。」馬勒說：「我想，我只是抱著希望，認為他們不會那麼……積極。而且那邊的環境氣氛輕鬆多了。」

他打開收音機，公共頻道沒音樂了，只有商業頻道繼續播放，彷彿沒大事發生。他打開P1頻道，沒一會兒就聽到一項訊息：還有八個復活人失蹤。

「真不知道其他七個正在做什麼。」馬勒說，關掉收音機。

「跟我們差不多吧。」安娜說：「你怎麼會認為我們做的事情才正確，別人做的都不對？」

馬勒將原本專注著前方道路的視線移開，轉到後方看了安娜幾秒。她是很認真在問這個問題。

「我不知道我們做得對不對，」他說：「不過我知道他們也不清楚。我幹這行……看過太多次政府搞不清楚狀況，也不管後果就做的一些事……只是為了表示他們有在做事。」既然已經上路，他終於敢開口這麼問：「妳不覺得我們做對了嗎？」

安娜沉默，馬勒從後照鏡瞥見她低頭凝望伊利亞思，臉上閃過一抹皺眉神情。「可以把窗戶開大一點嗎？」

馬勒盡可能將車窗開大，安娜頭後仰，倚在靠枕上，望著車頂說：「他怎麼一直有臭味？」

馬勒又往後瞥。伊利亞思深綠色的面容和面容上的黑色斑點露在被單外，看起來真像具被層層包裹的木乃伊。

「我只是不想放棄他。」安娜說：「只是這樣。」

小屋四周叢生的雜草乾枯一片。蔓攀在露臺上的那一大叢忍冬從夏初就開始盎然茁壯，現在一縷縷扎實糾結，將整個露臺包覆在裡面。

馬勒將車停在離大門十米之距，熄掉引擎。

「嗯，」他望向枯褐雜草，「只能開到這裡。」

小屋坐落在可霍瑪度假區環狀道路的尾端，得走上兩、三百公尺，穿越樹林才能到達水岸。不過馬勒一下車，就感覺到空氣中的海邊氣息。他深吸一口氣，自由的許諾充盈在肺部裡。

現在他知道自己在想些什麼了。

小屋比城裡的公寓安全多了。當然，那片湛藍的汪洋也給人這種感覺。來到這裡，永遠有機會……逃跑，跑到外島去。

十五年前買得起這裡的原因，當下清楚呈現了：低沉轟隆聲穿越樹林，連車子都被震得微微顫抖。他嘆了口氣。

往南五百公尺外就是凱佩爾港口的渡輪碼頭。十五或二十年前往返芬蘭和奧蘭群島的海上交通日益頻繁，渡輪數量漸增，提供大眾休閒之途。從此以後，附近地區的房地產價格幾乎腰斬。渡輪二十四小時往返，住在這裡雖然不像機場旁那麼慘，但也相去不遠，得花上一個禮拜才能習慣到聽而不聞。

父女開始卸下行李。

馬勒將伊利亞思從後座抱到屋前，從排水管裡掏出屋子鑰匙，打開門，屋內窒悶氣味撲鼻而來，然後將伊利亞思抱進房間，看見前幾個夏天他的心愛寶貝——羽毛、石頭和木頭——都還散落在窗臺和棚架上。

他將伊利亞思抱到床上後打開窗戶。鹹鹹的空氣旋入屋內，婆娑起舞。

對，來這裡是對的。這裡有時間和空間，有他們所需的一切。

**泰比市，中午十二點三十分**

自從昨晚和孫女佛蘿拉通過電話，艾薇就難以入眠。應該把葛林柏格那本書多讀幾頁的。她恰好（或者毫無關聯地）讀到十七世紀瑞典國王古斯塔夫二世・阿道夫的死。書中提到守寡的王后瑪莉亞・艾蕾歐諾拉和國王的屍體之間，存在著某種詭異的關係，這段描述讓她手不釋卷。

瑪莉亞・艾蕾歐諾拉不願離開國王，她一次又一次去看他的遺體。從德國運回遺體途中，她隨侍在側，一路相伴，最後才被人從國王遺體邊拖開，但她還是設法取得了國王的心臟（艾薇讀到這裡非常生氣，作者葛林柏格就是不交代她是怎麼取得的），並以此威脅他們，以便能再次親近國王遺體……

「她對著遺體沉思、帶著崇敬與愛意洗沐遺體，無視於屍體發黑腐爛，幾乎難以辨認。」有位瑞典外交家如此描述葬禮過程。

艾薇放下書，思索這段內容。反應真不同啊。如果國王從墳裡復活，狂喜的皇后大概會將他腐爛的軀體擁入懷中吧。怎麼差這麼多？難道她自己真的如此沒血沒淚嗎？

幾頁之後，王后擁屍的謎底揭曉。瑪莉亞・艾蕾歐諾拉準備了雙人棺，一棺給國王，一棺給自己，因為她說國王在世時，她能「享有他的時間太少了」，現在他死了，她希望能完全擁有他。

而艾薇可就沒這種問題。托爾在世期間，她「享有」他的時間夠多了。年長她十歲的托爾脾氣好到能在婚姻中容忍一個歇斯底里的女人，在完全不了解她的狀況下，照顧她，陪她過日子。只是在他變成鬼魂之前，她已經看他看得夠多，看到厭煩了。她懷著一些恨意，雖然他非常努力，不過她真的受夠了。

想到這點，心情平靜不少，她放下書本，試著睡覺，但就是無法入眠。四點半，她決定起床，在馬桶上坐了半小時，再躺上床時，房內已見明亮天色。她放下百葉窗，吞了兩顆安眠藥，終於打起盹。忽睡忽醒，直到十一點半適時醒來，精神飽滿，滿心期待。

直到她看到新聞。

沒半個字提到啟示寓意，彷彿這現象不存在。偶爾會有某位長官或主教說一些話，但他們在說些什麼啊？

心急如焚的家屬、教會熱線電話、許多人在這種狀況下的痛苦情緒，劈哩啪啦……

艾薇一點都不痛苦，她只有憤怒。

統計數字，半夜掘墓的畫面。到目前為止，可能有復活人的墳墓幾乎全被挖掘過，另外還多開挖了幾處死者已亡逾兩個月、預估應該不會復活的墳墓。根據統計，復活人總數達兩千人。

總理稍早前返抵國門，一降落阿爾蘭達國際機場立刻被記者包圍。為了強調事態嚴重，他特地拿下眼鏡，對著鏡頭說：

「我們國家……舉國震驚……我希望每位百姓……都能提供協助……別讓情況……更加惡化……而我……我們政府……會竭盡所能……以我們的力量……來提供這些人……所需的照顧。

「不過我們別忘了……」

他舉起食指，帶著憂傷的表情環顧四周。艾薇全身緊繃，靠近電視螢幕。來了，終於要宣布了。總理說：「有一天我們都會走上這條路，我們和這些人，沒什麼不同。」

他感謝大家，然後循著安全人員開出的一條路走向等在一旁的轎車。依娃驚愕地掉了下巴。

連他也……

她知道總理對聖經很熟，因為他喜歡引用裡面的句子。但是，在這最需要的關鍵時刻，他竟然連提都沒提到聖經，真是太令人失望了。這時正是引用聖經的最適當時機啊。

有一天我們都會走上這條路……

艾薇氣急敗壞地關掉電視，大聲怒罵：「他媽的……小丑一個！」

她沮喪到滿屋子踱步，不知道該怎麼辦。進客房拿起影印的讚美詩歌，上面沾著托爾身上流出的液體。她將詩歌揉成一團，丟進垃圾桶，然後打電話給海嘉兒。

教會裡的朋友當中，就數海嘉兒頭腦最靈光。過去十二年，她們兩個和愛格娜絲每週六會見面喝咖啡，輪流請吃蛋糕。不過最近三年愛格娜絲坐骨神經痛，愈來愈少活動，所以多半只有艾薇和海嘉兒兩人繼續週六的咖啡聚會。

海嘉兒在第二聲響時接起電話。

「612-1926-!」
艾薇將話筒拿離耳朵，因為海嘉兒有點重聽，說話時幾乎是對著話筒吼叫。
「是我。」
「艾薇！妳家……是不是不對勁……」
「對，我知道，妳……」
「托爾！他真的……」
「對。」
「活過來了……」
「對，對。」
一陣沉默，然後海嘉兒稍微放低音量說：「我懂了，他回家找妳？」
「對，不過他們把他帶回去了。這不是重點，我是要問，妳看新聞了嗎？」
「當然，整個早上都在看呢，太不可思議了。很可怕吧？」
「妳是說托爾？對，剛開始有一點，不過……沒事。這不重要，重點是妳……妳看到總理說話的那一段了嗎？」
「看到了，」海嘉兒說，口氣聽來像咬到什麼酸溜溜的東西。「他怎樣？」
艾薇輕輕搖頭，忘了海嘉兒見不到她的動作。她望著掛在走道上的小聖像，徐徐地說：「海嘉兒，妳在想我正在想的事嗎？」
「什麼事？」
「發生的這件事。」
「末世復活？」

艾薇微笑，她就知道海嘉兒靠得住。她對聖像點點頭——耶穌是世界之主——然後說：「對，就是這個，他們竟然連提都沒提。」

「沒提，」海嘉兒的音量高了起來，「真是可惡！想到這點就有氣！」

兩人一搭一唱談了一會兒，約定好碰面的時間地點後就掛上電話，卻沒討論到底相約做什麼。

艾薇覺得好多了，不是只有她這麼想，可能其他人也這麼認為。她走到陽臺窗邊往外望，彷彿在搜尋那些人，那些了解真理的人。這時瞥見某個東西，某個好幾個禮拜以來一直沒見到的東西：雲朵。

不是那種只為了襯托夏日蔚藍天空的蓬鬆浮雲，而是厚重的雷雲。一團團烏雲確實緩緩飄移，即便看似靜止不動。她的胃糾結，是這個嗎？會是這樣的景象嗎？

她在屋內踱步，打著呵欠，想要有所準備，卻不知該從何準備起。

在房上的不要下來拿家裡的東西，在田裡的也不要回去取衣裳。

沒什麼好準備的。她在閱讀椅上坐下，開始翻閱聖經馬太福音第二十四章，因為剩下的句子全給忘了。讀著讀著，她開始害怕。

因為那些日子的災難是創世以來未曾有過的，將來也絕不會再有。

她看見集中營，看見佛蘿拉。

但是為了他所揀選的子民，上帝會縮短那些日子的。

沒提到一般想像的折磨和痛苦，只說那些災難前所未有，看來應該是一種人類從未經歷過的災難。或許原版聖經裡明確提到了這種難以忍受的具體折磨，只不過翻譯成瑞典語時沒譯出來。艾薇眼皮開始沉重。

或許在原來版本……《七十士譯本》中……四十位修士在四十個房間……或者一百隻有樣學樣的猴子在一百臺打字機前待了一百年……

艾薇的思緒在一堆混亂畫面中飄浮，她坐著打起盹，下巴貼到胸口。
片刻後，她被電視聲音吵醒。
眼皮裡一片亮橘色，她睜開眼，電視螢幕的光線好刺眼，逼得她立刻闔眼。整個電視成了小太陽，她謹慎地試著睜眼，微瞇。
慢慢適應強烈光線後，她看見一波波光芒正中央有個身影，或者該說那身影散發出一道道光芒。是個女人，艾薇立刻認出她。胸臆盈滿戒慎恐懼。
女人黑髮上披著深藍色薄紗，眼神透露目睹孩兒死去的巨大悲傷。她站在十字架底下，看著他們以鐵橇撬起兒子手上的鐵釘，而那僵硬彎曲的手指曾經是一雙渴望她胸脯的小手啊。金屬和木板相互磨碾，手掌斷裂粉碎。失去一切了。
艾薇低喚，「聖母……」不敢抬頭看。她突然明白這句話：災難是創世以來未曾有過的，從瑪利亞眼中她見到這種災難。喪子母親的哀慟，而這子代表的是至善至德。她經歷到的不止是見到哺育珍惜的寶貝受盡折磨後慘遭處死所帶來的痛苦，還有世界竟允許這種事發生的椎心折磨。
艾薇從餘光瞥見瑪利亞張開雙臂迎接她，趕緊從椅子上起身，準備屈膝致意，但瑪利亞說：「坐著吧，艾薇。」
聲音輕柔，宛若絮語。沒有來自天堂的轟隆聲音，而是小女孩乞錢討食的羞澀懇求。
「坐著吧，艾薇。」
瑪利亞知道她的名字，而且從她這句話中透露出她知道艾薇一生勞苦，現在值得好好歇坐一會兒。艾薇斗膽地快速瞥了一眼電視螢幕，見到瑪利亞指尖上有星星閃爍。水珠或淚珠，從她眼眶抹去。
「艾薇，」瑪利亞說：「有個任務等著妳。」
「是。」艾薇低喃的聲音難聽分明。

「他們必須歸向我，他們唯一的救贖就是歸向我。妳必須讓世人知道。」

艾薇以前就想過這點，就連在人生重大時刻她也會想到鄰居，看見他們冰冷的眼神回絕她的表情。她問：「怎麼做？我要怎麼讓他們聽從？」

她驚惶的雙眸凝視著瑪利亞的眼睛。從聖母的眼裡，她見到：若不悔改，若不在她懷裡尋求救贖，災難就會降臨到人類身上。瑪利亞伸出手，對她說：「這就是要給妳的異象。」

有東西碰到艾薇額頭。電視機關了。她從椅側倒下，頭彷彿要爆炸。

睜眼後，發現額頭緊貼著玻璃桌緣，受傷了。頭暈目眩的她在椅子上坐直，看著桌子。角落有一抹紅跡，地毯上留有幾點血滴。

電視螢幕黯淡、無聲。

她雙腿晃抖地站起來，走到玄關往鏡子裡看。

一道淺淺的割傷，呈水平狀，約三公分長，橫在兩眉之上，像額頭被畫上一個減號。傷口仍湧出血液，她伸手抹去眼角那一滴。

然後進廚房拿了一團紙巾擦拭。她捨不得將沾血的紙巾丟棄，於是裝入玻璃罐中，扭緊蓋子。

接著她打電話給海嘉兒。

趁著電話響，她閉上眼，瑪利亞又浮現眼前。有件事她不明白。瑪利亞伸手摸她額頭時，她瞥見她指尖上有東西在閃爍。是鉤子。薄薄小小，不比一般魚鉤大，就從她指肉裡竄出。

從某種她無法清楚言喻的角度來說，她認為瑪利亞是個影像，只有她雙眼能見到的影像，代表聖母化身。但是鉤子？鉤子代表什麼意思？

海嘉兒接起電話，艾薇將這些疑問擱置一旁，開始滔滔說起她生命中最了不起的神聖時刻。

## 可霍瑪度假區，下午一點三十分

馬勒進了屋子，安娜從後車廂一一拿出袋子。她提著行李走過庭院，經過樹幹上纏繞著伊利亞思鞦韆的那棵松樹。戶外桌整年暴露在外，風吹日曬，變得乾燥龜裂。她在桌旁停步，將袋子放在桌上，靜靜佇立，思忖處境。

怎麼會這樣？她怎麼會變成僕人，而由父親照顧她兒子？

熱氣悶沉，彷彿雷雨欲來的前兆。她抬頭望天，沒錯，一層薄紙般的白膜鋪滿天空，團團烏雲從內陸移向海岸。所有自然萬物彷彿顫抖著等待，小草低聲討論即將從天而降的仁慈灌溉。

她昏沉想吐。這一個多月來，她活在真空狀態中，將自己的行動和言語侷限在最小程度，就怕招惹生命注目，讓它有機會撕扯抓裂她。這一個多月來，她讓自己活得像死人。

忽然，伊利亞思回來了，警察上門盤查、逃離行動、討論做決定。事實上她無從決定起，因為父親替她做了決定。她只能置身事外。

安娜放下袋子，走進樹林裡。

去年就開始乾枯的落葉在她腳下窸窣響著，松樹的淺表樹根竄出草地，緊貼在她腳底下。凱佩爾港口傳來的渡輪隆隆聲旋繞在樹林裡，聽得人焦慮。她漫無目標地隨性晃到靠近海洋的沼澤區。

走到一大片布滿苔蘚的空地，聞到一陣刺鼻氣味，這是太陽烘烤松針與厚層爛泥蒸發出來的味道。就連平常靠著濕地水氣而蓊綠的苔蘚，也因乾熱變成淺綠甚至米黃色。她走在上頭，整片苔蘚裂沉，雙腳陷入被苔蘚覆蓋的地層，感覺像走在脆硬雪地上。

她朝中央走過去。圈繞起沼澤的一棵棵落葉樹木伸展樹冠，交錯成一片綠色穹頂，陽光鑽縫找隙，滲瀉而下。走到中央，她躺下，苔蘚接納她，隆起包覆她。她仰望點點綠葉慵懶飄移，整個人消失在空無裡。

躺了多久？半小時？一小時？

若不是父親的聲音喚她回家，她會一直躺下去。

「安娜……安～～娜！」

她從沼澤的擁抱中起身，但沒應答父親的召喚。她出神地沉醉在身體——尤其是肌膚——的感覺裡。回首望向方才的躺臥處，苔蘚裡她的身形輪廓仍清晰可辨，但她知道，苔蘚正發出幾乎可聞的呻吟，慢慢重拾它的固有領地。

她的肌膚變了，她真的這麼覺得。她一直希望老舊肌膚能在苔蘚窪地裡起皺消磨。肉眼沒見到肌膚起皺消磨，但感覺確實好強烈，她忍不住拉起T恤袖子，檢查刺青是否還在。

還在。「壞到骨子裡」這幾個黑色纖細字體仍鮮明地蝕鏤在她的右肩上。雖然和刺青所屬的世界已脫離十二年，她仍留著它，沒以雷射除掉，為的是某種驕傲感。

「安～～娜！」

她走上沼澤邊，答喊著：「我來了。」

馬勒在苔蘚起始處駐足，彷彿將這當成流沙，不敢跨越半步。他雙手擱在臀邊。

「妳跑去哪裡？」

安娜指指那片苔蘚的中央。「那裡。」

馬勒皺眉，望向苔蘚凹陷處。

「我把行李都拿進屋子了。」他說。

「好。」安娜掠過他身邊走向小屋。他跟在身後，拍拂她背上的苔蘚。

「看看妳。」他說。

她沒回話，腳步輕盈地跨過隆起的樹根。此刻的她內心有種細緻珍貴的易碎東西，就怕一開口會讓它應聲而裂。父女倆沉默地走向屋子，她真高興他沒像她小時候那樣，開始對她嘮叨起來。這次他放任不管。

伊利亞思的床邊桌子上有一包葡萄糖、鹽巴、一罐水、量杯和兩管注射筒。

安娜看不出有任何變化。馬勒在伊利亞思身上蓋了一件乾淨的白色床單。伊利亞思宛如老人的手擱在身體兩側，露出兩隻乾癟的鳥爪。她注視著屍體，兒子的遺體，如果他能睜眼看她，一切就會不同。但是在那半闔的眼皮底下，只有一絲無生命的塑膠東西，彷彿乾掉的隱形眼鏡。什麼都沒有。

或許有辦法，她父親這麼認為。但這過程似乎會很漫長，她無法想像應該怎麼開始，更遑論多久才能結束。伊利亞思死了，他的身軀躺在眼前，但她絲毫看不到她鍾愛的那個小男孩，也見不到她想珍藏的美麗回憶。

馬勒進來，坐在她身邊，「我剛剛用注射筒給他灌了一些葡萄糖水。他喝了。」

安娜點點頭，整個人趴在床沿。

「伊利亞思？伊利亞思？媽咪在這裡。」

伊利亞思一毫釐也沒移動，完全看不出他聽得見她的跡象。她內心某種細微的東西緊縮，快要掉落。現在胸臆盈滿黑色悽愴。她快速起身離開房間。廚房瀰漫剛煮好的咖啡香味，一切清楚了然。

她會照顧他，會做到該做的，但是不會再有一秒奢望孩子回來，也不會想像他曾被埋在地底變成木乃伊，掙扎著破墓而出。這些念頭會讓她崩潰，會讓她傷痛欲絕。

她倒了兩杯咖啡，端到桌上。心情平靜了，父女倆可以交談了。外頭天空那層白膜轉灰，隱約有微風拂過樹梢。她望向父親。

他累壞了。眼袋比平常更明顯，整張臉似乎因地心引力的拉墜而顯露痛苦，皺紋遍布。

「爸？你要不要去休息一下？」

馬勒搖頭，兩側頰肉晃抖。

「沒時間了。我剛打電話到報社，他們說有人在找我，有個女人的丈夫……嗯，他們希望我多寫一點，不過我得想想看……況且我們需要買些食物……」

他聳肩嗟嘆。安娜再啜飲幾口咖啡，味道濃過她喜歡的程度，父親煮的咖啡一向如此。她說：「你去忙吧，我留在這裡。」

馬勒看著她。他的眼睛縮得好小，布滿血絲，幾乎隱藏在浮腫的肌膚底下。

「所以，妳可以處理？」

「對，當然。」

「妳確定嗎？」

安娜用力放下咖啡杯。「你不信任我，我知道，不過我也不信任你。看來我們之間的鴻溝很深，我真不知道你要什麼。」

她從桌前起身，去冰箱拿要加入咖啡的牛奶。冰箱裡空蕩蕩。回來時看見馬勒整個人陷在椅子裡。

「我只是希望不會出差錯。」

安娜點點頭，「我相信你是善意的，不過你總要求事情必須像你想得那樣，按照你的計畫，以完全的理性方式來進行。去吧，我自己可以處理的。」

兩人羅列了該採買的東西，審慎規劃，彷彿必須囤物積糧以應付敵人的長期圍城。

馬勒離開後，安娜去看了伊利亞思一下，然後將屋裡各處的地毯拿起來抖一抖，掃掉窗臺上的死蒼蠅，拿吸塵器清理。整理廚房流理臺時，瞥見兩只沒用過的奶瓶。她將吸塵器擱到一旁，進房間看看兒子。她在奶瓶裡放些葡萄糖粉，加滿水，搖一搖，讓糖水充分混溶，然後握著奶瓶，注視著伊利亞思。

光是手裡的奶瓶形狀就讓她陷入回憶裡。一直到四歲左右，伊利亞思睡前還要抱著奶瓶。他不吸奶嘴或拇指，就是要奶瓶。

她像這樣坐在他床邊陪他入睡的次數不計其數，她會親吻他道晚安，將奶瓶遞給他。看著他的小手接過奶瓶，嘴巴吸吮著，眼神放空，甚至感覺得到他的滿足。那時的他的確可以讓自己滿足。

「這裡，伊利亞思……」

她將奶瓶上的奶頭塞入他嘴裡。馬勒說伊利亞思還不能自己喝水，得晚點再用奶瓶餵食，不過她想試試看。乾燥的橡膠奶頭輕輕戳他的嘴巴，但他雙脣一動也不動。她小心翼翼地將奶頭塞入脣間。

有動靜了。一開始她以為有小蟲爬到她肚子，低頭一看，發現是伊利亞思的手指做出些微動作。硬邦邦，很緩慢，但真的移動了。

她抬頭，看見他的嘴脣含住奶頭。他正在吸吮，乾燥到似乎易燃的雙脣出現細微的小動作，而且喉間的肌肉也隱約抽動。

手中的奶瓶晃抖，她激動地伸出另一手摀住嘴巴，手壓脣的力道過猛，甚至嘗到舌尖冒出鐵腥味。

伊利亞思正在吸吮奶瓶。

她舌頭痛得不能呼吸，待第一波痛楚和激動平緩後，她伸手撫摸他的臉頰，而他繼續吸吮著。她低頭俯視他。

「孩子……我的乖孩子……」

## 國王島，下午一點四十五分

孩童，孩童，孩童……

大衛站在學校前庭，看著孩童如潮水般湧出校園。三個、四個、十個、三十個色彩繽紛的小生物背著背包跑下階梯。一個個人類，一群需要被指引與管教的人。四百個學生每天塞在這棟建築物裡六小時，六小時結束後全數蜂擁而出。

重要啊。

若將焦點放在一個孩子身上，就可發現這個孩子撐起全世界。孩子有父有母，還有祖父母和眾親友。孩子的存在是許多生命之所以能適當運作的必要條件。孩子很脆弱，但他們脆弱的肩頭卻扛了很多人的生命。而他們的世界也脆弱，被成人控制著。一切都脆弱。

大衛整天像個遊魂。去過法醫中心後，他去披薩店，喝了一公升的水，然後躺在公園的樹下，睡了將近三小時。被狗吠聲吵醒，他睜開眼睛，看著這個對他關起門的世界。郊遊野餐，孩童在草地上奔跑，這種生活不再屬於他了。

現在唯一與他有關的似乎只有那正慢慢飄近的烏雲，雖然仍遙遠，但看似要進逼斯德哥爾摩上空了。他耳裡聽見雷轟，眼皮底下發癢。太陽沒曬到這棵樹，他蜷縮靠在樹幹上，拿起報紙，把那篇文章再讀一遍，這次仍覺得與他有關。

不知道自己要說什麼，想要什麼，但他還是拿起手機，撥到報社。他表明身分，說他想跟古斯塔夫•馬勒說話。他從報社得知馬勒是個自由撰稿人，但他們不能透露他的電話，不過可以幫他留言。他希望跟他說些什麼嗎？

「不用，我只是……想和他說說話。」

這句話會轉達給他。

大衛搭乘回國王島的電車。車廂裡每個人都在談論復活人的事，大家都說真可怕。有人注意到他，還認出他，眾人變得沉默不語。這次沒有安慰弔唁了。

就連走往學校途中，他都覺得平常讓他和世界有所聯繫的那些線已經斷裂。現在他頂多成了一雙恍神的眼睛，只懂得避開障礙，在紅燈前停下來。到了學校，他緊抓住黑色鐵欄杆。

放學鐘聲響起，學生蜂擁而出。他睜開眼，看見一大群生物蹦蹦跳跳跑下階梯。他抓住欄杆的手握得更緊，免得被他們沖去。

人潮在學校前庭散開，朝一扇扇門奔湧出來，麥格納思映入眼簾。他使勁推開門，站在階梯頂端，左右張望。

大衛突然意識到手裡的欄杆，察覺有隻手緊握著它，而與那隻手相連的身體正是他自己的。他回神到這副身軀，成了……一個父親。回到人間，要來接兒子放學。

「嗨，小夥子。」

麥格納思提著背包，低頭凝視地面。

「爸……」

「怎麼了？」

「媽媽變成怪物了嗎？」

顯然學校有人談起了。大衛曾反覆思量到底該怎麼告訴他，盤算一次透露一些，但顯然沒這種機會了。他抓起麥格納思的手，父子往家裡的方向走。

「你們今天在學校談起這件事了？」

「對，羅賓說那些復活人就跟巨怪一樣會吃人。」

「嗯，那老師怎麼說？」

「老師說不是這樣，而是像……爸？」

「什麼？」

「你知道聖經裡那個死而復活的拉撒路嗎？」

「知道，來吧……」

父子坐在人行道邊，麥格納思拿出神奇寶貝的卡片。

「我已經交換了五張，你要看嗎？」

「麥格納思，你要知道……」

大衛想拿麥格納思手中的卡片，麥格納思鬆手讓爸爸取走。大衛摸摸兒子的頭，如夏日般的輕薄金髮，底下有顆脆弱的頭顱。

「第一，媽媽沒有變成那種……巨怪。她只是發生了意外。」

話語乾涸，他不知道該怎麼往下說。他翻翻卡片：臭泥、瓦斯彈、鬼斯、瑪瑙水母。或多或少都是醜陋恐怖的生物。

為什麼神奇寶貝世界裡的東西都要那麼可怕呢？

麥格納思指著鬼斯說：「很嚇人吧，是不是？」

「嗯，你知道……你知道你們今天說的那件事，也發生在媽媽身上吧？不過她比別人更……健康。」

麥格納思拿回卡片，將卡片整理分類，半晌後才開口，「她死了嗎？」

「對，不過……她又活了。」

麥格納思點點頭，「那她什麼時候回來？」

「我不知道，不過她會回來，一定會回來。」

父子沉默，相依坐著，麥格納思翻看所有卡片，兩張兩張仔細端詳，然後頭縮進肩膀，開始哭泣。大衛摟著他，他蜷縮成一團，臉壓在大衛胸口。「我要她現在就在家，我要回家時就能看見她。」

大衛也淚水盈眶，他抱著麥格納思前後搖晃，摸摸他的頭髮，告訴他：

「我知道，小寶貝……我知道。」

**邦德街，下午三點**

通往佛蘿拉位於三樓家的螺旋石階因一代代人的腳步而磨損。跟許多老房子一樣，這間位於邦德街的屋子年代久遠，卻很有歷史尊嚴。木頭和石塊要不外突就是損壞，但沒有水泥的龜裂與破碎。真是一棟有個性的建築啊，佛蘿拉不由自主地愛上它。

她知道這裡的四十二層階梯長得什麼樣，對樓梯間每個不規則角落瞭若指掌。大約一年前她以彩色筆在樓下大門畫出一個拳頭大小的無政府標誌，但之後每次走過，見到自己的傑作，她就很不舒服，直到被人以漆蓋住，她才鬆了口氣。

走到樓梯頂層她的頭開始暈眩。整天沒吃東西，而且昨晚睡不到幾小時。她打開家門，聽到客廳傳來數秒還沒來得及關上的刺耳電子音樂，然後是緊張低語和快速移動的窸窣聲音。

走進客廳，十歲的弟弟維克托和他昨晚去寄宿的朋友馬汀各自坐在扶手椅上，專心看著唐老鴨漫畫。

「維克托？」

他眼睛仍盯著漫畫，頭沒抬地「嗯」了一聲。馬汀則把漫畫舉高，不讓臉被她瞧見。她不想跟他們浪費唇舌，直接壓下放影機的跳出鍵，取出錄影帶，拿到維克托面前。

「這是幹什麼？」他沒回答。她把他手中的漫畫一把抓開。「喂！我在問你話。」
「拜託，」維克托說：「我們只是想知道裡面演些什麼嘛。」
「需要看一小時？」
「只看五分鐘。」
「聽你鬼扯，我光聽音樂就知道你們看到哪裡。你們幾乎把整部都看完了。說，你們到底看過幾次？」
佛蘿拉將錄影帶《活死人之日》以控制過的力道砸在維克托頭上。
「你不准再碰我的東西。」
「我們只是想看看這是什麼嘛。」
「我懂了。怎樣，好玩嗎？」
兩個男孩子相覷一眼搖搖頭，維克托說：「不過他們把人撕開時還滿酷的。」
「嗯，是很酷，我就等著看你今晚會做什麼夢。」
佛蘿拉心想，他們大概不會再去翻她收藏的錄影帶了，她感覺得到他們稚氣的身軀升起嫌惡與恐懼，看來這部電影已經在他們幼小的心靈留下陰影。或許維克托和馬汀會被那些畫面糾纏不休，就像她十二歲時在朋友家看《亞馬遜食人族》的後果。那些畫面烙印在她腦海，永遠逗留不去。
「佛蘿拉，」維克托說：「他們真的從墳墓爬出來了嗎？這是真的嗎？」
「對。」
「就像裡面那樣？」維克托指著佛蘿拉手中的錄影帶，「會把人吃掉？」
「不會。」
「那會怎樣？」

佛蘿拉聳聳肩，弟弟維克托對外公的死很難過，不過佛蘿拉出於直覺地認為，他悲傷的不是死去的人，而是死亡本身。死亡意味著徹底消失，所有人都消失。

「你們害怕嗎？」她問。

「我從學校走回家時怕得要死，」馬汀說：「我一直在想身邊那些人或許就是殭屍。」

「我也是。」維克托說：「而且我真的看到了一個，他的眼神好可怕。天哪，我嚇得拔腿就跑。妳想，外公會變成那樣嗎？」

「我不知道。」佛蘿拉撒謊，轉身回房。

佛蘿拉將錄影帶放回架子上，瞥見牆上《養鬼吃人》的電影主角「針頭人」從海報上盯著她瞧。她該吃點東西，但沒力氣走到冰箱前。飢餓的感覺很棒，有一種禁欲苦行的味道。她躺在床上，感覺身體很平靜。

躺了一會兒後，拿起《麻雀變鳳凰》的DVD，取出藏在裡面的剃刀。在她使用這把剃刀自戕的那段期間，父母都沒能找到它。

手臂上的疤痕是菜鳥階段留下來的，不過她很快就搞懂應該要割鎖骨和肩胛骨下方。肩胛骨外側有兩條疤，傷痕之深真像有對翅膀被割下。真美的想像啊，不過那時血流不止，可把她嚇壞了。就是那段期間她開始和外婆艾薇聊起這種事。此後生命變得稍堪忍受，而翅疤也在此永遠留駐了。

她看著剃刀，將刀刃抽出來，在指間轉動……對，她已經好久不曾這麼想給自己一刀。

視線遊移在書架上，看看是否有什麼書會讓她想拿起來讀。幾乎全是恐怖小說，史帝芬・金、克里夫・巴克、洛夫克萊夫特。他們的書她全看過了，現在沒興致重讀一次。瞥見一本圖畫書，作者名字好熟悉。

《海狸布魯諾找到家了》，作者依娃・札特柏。佛蘿拉將書取下，看著海狸站在自家門前的那幅畫。牠家是河中央的一堆樹枝架。

依娃・札特柏……

沒錯，她在報紙上見過她的名字，就是那個死亡時間最短、能開口說話的復活人。

「真可惜。」佛蘿拉自言自語，然後打開書。她還有另一本，《海狸布魯諾迷路了》，這本比剛剛那本早五年出版，她還期待著據說快要出版的第三集。在爸媽送給她的書當中，除了姆米，她最喜歡布魯諾。至於長襪皮皮作者阿斯特麗德・林格倫的書，她就很不能忍受。

她喜歡也欣賞的是那種單刀直入點出悲傷和死亡的風格。在姆米當中直接代表悲傷死亡的是墨倫，而在布魯諾裡，代表角色就是潛伏在水裡隨時準備出來攻擊的「水人」。他是溺水死神，是讓布魯諾的家被沖毀的破壞者。

讀了幾頁布魯諾，她開始哭起來，因為再也不會有海狸布魯諾了，因為布魯諾跟著創造者一塊兒死了，因為他真的被「水人」抓到了。

哭得難以遏抑，她撫摸書本和布魯諾光滑的毛皮，喃喃地說：「可憐的小布魯諾……」

**可霍瑪度假區，下午五點**

馬勒經過海濱村落，載著滿車物品，朝自己的小屋駛去。假期結束，小屋人煙稀寥。週末之前，人會變得更少。

距離最近的鄰居艾隆森正站在路邊給自己那幾株攀藤植物澆水。被艾隆森發現時，馬勒耐住皺眉癟嘴的表情，禮貌地對他揮揮手。既然無法裝作沒看見，乾脆停車，搖下窗戶。艾隆森走上前。他七十多歲，身材消瘦，頭上總是戴著一頂丹寧布料的漁人帽，上頭還印有品牌名：Black & Decker。

「哈囉，古斯塔夫，你終於來了呀。」

「是啊，」馬勒指指艾隆森手中的澆水壺。「需要嗎？」

艾隆森瞥了一眼堆聚天邊的烏雲，聳聳肩說：「習慣了。」

艾隆森很呵護他那些攀藤植物，它們厚實茂密的藤莖纏繞在他家入口的鐵鑄拱門上，門框最上方還有塊鍛鐵牌子寫著：「寧靜園」。艾隆森退休後，就將這棟避暑小屋打造成全瑞典最乾淨整齊的度假天堂。目前政府採取限水政策，不過從那拱門的盎然綠意來看，艾隆森顯然沒把這政策當一回事。

「對了，」艾隆森說：「我摘了你一些草莓，希望你不介意，那些鹿真的很愛吃。」

馬勒說：「沒關係，這樣很好，不會浪費啊。」但是心裡想著，他的草莓寧可給鹿吃，也好過落到艾隆森的嘴裡。

艾隆森咂咂嘴，「你家草莓真好吃，當然那時還沒乾旱啦。對了，我讀到你寫的那篇文章了，你真的認為……或者只是……嗯，你知道我的意思吧。」

馬勒搖搖頭，「什麼意思？」

艾隆森立刻退縮，「沒有，我只是……我是說寫得真好。你有段時間沒來這裡了吧？」

「對。」

馬勒讓引擎空轉，轉頭望向馬路，暗示有事得去辦，不過艾隆森絲毫未察。

「這次和女兒一起來啊。」

馬勒點頭。艾隆森有追根究柢的可怕習慣，而且他會清楚記得相關的名字、日期和事件，度假村莊裡每個人發生的所有事情，都被他記在腦海裡。如果可霍瑪度假區要發行社區報，艾隆森肯定是編輯的不二人選。

艾隆森望向馬勒家的方向。感謝老天爺，幸好小屋位在馬路轉彎的後方，從這裡見不著。

「那小的呢？伊利亞思，他……？」

「他在他爸爸家。」

「我懂了，我懂了，都是這樣的，來來回回嘛。所以這次就你們父女倆，這樣很好。」艾隆森瞥了一眼車內後座，在北泰利耶市福來富仁超市採買的一袋袋就放在那兒。「你們打算待很久啊？」

「再看看吧，喔，我得……」

「我懂。」艾隆森將頭頂往他們身後的方向，調整成遺憾的口氣說：「西沃思夫婦得到癌症，你聽說了嗎？兩個同時得欸，診斷出來的時間只差一個月。唉，有時命運就是這麼捉弄人。」

「對，我得……」雖然打著空檔，馬勒還是輕踩油門。艾隆森退離車子一步。

「當然，」艾隆森說：「回家陪女兒嘛。我改天去找你聊聊。」

馬勒一時想不起拒絕的理由，只好點頭，然後往家裡駛去。

艾隆森。他怎麼會忘記這附近還有其他人。出發前，他眼中只見到小屋、樹林和海洋，沒見到那些喜歡管閒事的長舌公或長舌婦。

每次有陌生車輛停得稍久，是誰打電話報警？艾隆森。是誰去向社福單位密報領殘障津貼的歐勒・史塔克在樹林裡工作？沒人知道，但所有人心裡都清楚，就是艾隆森。

他這句話是什麼意思？**你真的認為……？**

該死，他們得小心一點。艾隆森是那種自以為是的古板老混帳。怎麼沒人發狠放火燒掉他家？最好趁他在裡頭睡覺的時候連他一起燒掉。

馬勒咬牙切齒。難道他們父女要面對的問題還不夠多嗎？

他下車，氣沖沖地將東西卸下。其中一只紙袋的手把斷裂，兩斤蔬果滾落，他惱怒得只想咒罵，將它們全踢下地獄。不行，他必須控制自己。這都是艾隆森惹起的，想到這裡怒火燒得更旺。

他兩手捧著一袋袋物品，忍不住回頭，想確定艾隆森沒在轉彎處偷瞄。幸好那傢伙沒這麼做。

馬勒將袋子放在廚房流理臺上，喊著：「哈囉？」沒人應答。他進房間。

伊利亞思仍躺在床上，不過雙手移到胸口。馬勒噓了噓氣，他能習慣伊利亞思這種模樣嗎？

安娜躺在床邊的地上，直楞楞像個死人，雙眼盯著天花板。

「安娜？」

她沒抬頭，虛弱的聲音說：「什麼？」

伊利亞思頭邊擱著一只奶瓶，有些液體滴落在床單上。馬勒拿起奶瓶，放在床頭桌。

「這是什麼？」

剛剛的怒氣還在，不過和在悶熱的北泰利耶市奔波，盡責地採買扛提相比，此刻已不那麼像處在地獄裡。他只希望回家後能享有一點清靜，不料現在又有新狀況。安娜沒回話，他真想伸腳戳她，但努力克制住。

「拜託，這是什麼？」

她的雙眼浮腫泛紅，聲音是一層層淚水過後的聲絲氣咽，「他活著……」

「對，我知道。」馬勒舉起奶瓶搖一搖。底下有一小撮沒溶解的糖。「妳給他喝這個？」

她無聲地點點頭，「他喝了。」

「嗯，那很好。」

「他自己吸了。」

「好。」

馬勒知道他應該對這個消息表現得很興奮，但此刻他的整顆頭顱因睡眠不足、疲憊和高溫而暈眩昏沉。

「妳可以去把剩下的東西拿進來嗎？」

安娜抬頭望著他，凝視久久，彷彿眼前的他是外星球來的，彷彿她正努力想搞懂他是什麼生物。他舉起衣袖抹抹額頭，不悅地說：「冷凍食品快融了，如果不趕快……」

「我這就去，」安娜說，站起來，「我會處理的，那些冷凍食品。」

他該說些什麼的，因為有些事不太對勁，但他就是沒力氣思索。安娜朝車子走去後，他將自己鎖在房裡，躺在床上。雖心煩意亂，不過也注意到了，他離開時房間打掃過。現在只有屋梁角落一團蜘蛛絲背叛地揭露這屋子久沒人住的事實。昏沉中他聽見安娜進屋，東西放進廚房時紙袋沙沙作響。

那只較大的袋子裡……

他沒睡著，但身體往下沉到震抖一下，睜開眼，感覺當下這刻比一整天更清醒。又躺了一會兒，享受眼皮底下不再有沙的感覺。然後起身走進廚房。

安娜坐在桌前看書。他從圖書館借了一些，這是其中一本。

「嗨，」他說：「妳在看什麼？」

安娜將書挪給他看一眼，《自閉症與遊戲療法》，然後低頭繼續。

他躊躇半晌，決定進臥房，腳步卻在門口止住。伊利亞思躺在床上，自己握著奶瓶。馬勒眨眨眼，往前一步端詳。

或許只是幻想吧，以為自己看見伊利亞思正在做任何小孩都會做的事，然而，他的臉龐看起來……更健康了。不再僵硬，不再像老人。乾癟肌膚上似乎出現一絲光彩與舒坦。

雙眼仍閉，但嘴裡含奶瓶的模樣看起來彷彿……在享受。馬勒雙膝一屈，跪在床邊。

「伊利亞思？」

沒回答，毫無一丁點動作顯示他聽得到或看得到，但那嘴脣的確以幾乎難察覺的動作吸吮著，而且喉嚨也正在吞嚥。馬勒伸手溫柔地撫摸他那頭鬈髮，掌心下的髮絲柔軟順滑。

安娜放下書，望向窗外那排松樹以及那棵孤零挺立的高大白蠟木。白蠟木的堅實枝椏間架著僅以幾片木條和板子打造的簡陋樹屋，這是她和伊利亞思去年夏天開始建蓋的。爬上梯子動手做的可不是馬勒，而是他們母子。

馬勒站在她身後，說：「不可思議。」

「什麼？樹屋嗎？」

「不是。我是說他在喝了，自己吸吮。」

「對。」

馬勒深吸口氣，再大聲吐息，接著說，「原諒我。」

「原諒你什麼？」

「原諒我……我不知道，所有事情吧。」

安娜搖頭。

「反正就是這樣。」

「是啊。要來點威士忌嗎？」

「好。」馬勒倒了一點酒到兩只杯子中，放在桌面上。他舉起自己那杯敬安娜，「眼下先休兵？」

「眼下先休兵。」

兩人各自啜飲一口，不約而同地嗟嘆出聲，父女噗嗤笑了出來。安娜告訴他，她花了很長時間按摩伊利亞思的手掌和手指，直到他的手變柔軟，還有她將奶瓶塞進他手裡的過程。

馬勒則告訴她艾隆森的事，還說現在得小心點，安娜扮了個鬼臉，模仿艾隆森那種追根究柢的表情。

馬勒拿起安娜剛剛在讀的那本書，問她：「妳覺得如何？」

「很棒。不過這整個……他們描述的那套訓練方式，是給……」安娜的口氣猶豫著，「是給較健康的孩子，」說著說著臉埋入掌心，「可是他狀況這麼糟。」然後身體抖震地嘆出肺裡的空氣。

馬勒起身，走過去將她的肩和頭摟入他肚懷裡。她讓父親這麼摟著她。他摸摸她的頭髮，輕聲說：「沒事的……沒事的……看看今天不就有進展了嗎？」她的頭貼緊他，他再補一句：「應該會有希望的。」

依偎在他懷裡的安娜點點頭。

「我就是抱著希望，才會他媽的這麼痛苦啊。」

說完後她突然抽出身，抹去淚水，站起來，「來吧。」

馬勒隨她進房，兩人並肩坐在伊利亞思床邊。安娜說：「嗨，寶貝，現在我們兩個都在這裡唷。」她轉向馬勒，「爸，你看看他的臉，告訴我，我是不是瘋了。」

馬勒看著伊利亞思。伊利亞思拿著奶瓶時所出現的神情，不管那是什麼，現在都消失了。他的臉封閉，毫無生命跡象。他一顆心往下沉。安娜拉下被單，馬勒看見她已經給他換上以前留在小屋的睡褲。他長大了，現在睡褲長度只及膝蓋。

安娜將一手的食指和中指放在伊利亞思的大腿上。兩根手指開始往上走向他的肚子，一邊唱著歌：

一隻老鼠往上爬……爬呀爬……

她的手指走上他的髖部。

爬呀爬……突然老鼠說……

她戳戳伊利亞思的肚臍。

吱吱吱！

馬勒看見了。只有一抹，像隱約抽搐，但真的出現了。伊利亞思笑了。

**泰比市，下午六點**

海嘉兒拍拍自己右膝。

「要下雨嘍，我這老膝蓋整個下午都感覺到了。」

艾薇靠向窗戶往外望。沒錯，她不需要有隻能預測的膝蓋也知道有事情即將發生。烏雲聚積得遮陽擋光，將下午變成晚上。空氣承載著靜電。對艾薇來說這只代表一件事。她清洗空杯子，大聲說：「我們今晚就出去。」

海嘉兒點頭表示贊同。她已有所準備。艾薇在電話裡叫她穿得正式點，因為今晚很可能要立刻展開行動。

海嘉兒挑選的這件有小星星圖案的深藍絲質洋裝，對艾薇來說或許有點招搖，不過海嘉兒認為這是「重大場合」，說得她無從辯駁。

海嘉兒對艾薇所言深信不疑。她聽了瑪利亞顯靈的神蹟後，高興地咯咯笑，還不斷恭喜艾薇。瑪利亞在末日現身不足為奇，但她選擇出現在艾薇眼前，就代表艾薇真的很有福氣，不過話說回來，還是有些人能中樂透，成為上億富翁，所以……

老實說，艾薇不怎麼高興海嘉兒如此輕鬆看待這件事，先是穿上派對禮服，然後又做了這種中樂透的比喻。

對艾薇來說，瑪利亞顯靈讓她至為震驚，或許這是她整輩子遇過的最重大事情，不過海嘉兒看見她額頭上的傷口，只驚訝地擊掌說：「太不可思議了！太令人稱奇了！」艾薇不禁懷疑，如果她告訴海嘉兒她被外星人綁架，海嘉兒也會有類似的反應。海嘉兒似乎只是被怪事沖昏頭，不管那怪事是什麼。

海嘉兒結過三次婚。自從最後一任丈夫魯內十年前過世後，她就什麼也不做，只到教堂參加聚會。近三年她和一個年紀相仿的男人有段感情，不過她沒搬去和他同居。套用她自己的話，他們只是「促膝談心」。後來男人老態畢現，她就斬掉這段情緣了。

總之，她就是個活力充沛、異想天開的女人，跟艾薇完全不同。不過兩人還是成了好朋友，為什麼呢？嗯，一開始是因為兩人有相同的幽默感，這種共通點會讓友誼走得很遠，再來，她念過書，頭腦清楚。艾薇的老友幾乎沒一個像她這樣。因此就算兩人經常意見相左，也還能了解彼此。

不過瑪利亞顯靈這件事，艾薇可就無法像海嘉兒那麼輕率看待。她不想這麼做，這可是大事。真希望海嘉兒能明白這點。

海嘉兒搓搓膝蓋，擠眉弄眼。

「該怎麼開始？妳知道的，在這個國家，妳不可能成為先知。或許我們得去別的地方宣揚我們的預言。」

艾薇坐在桌子另一頭，目光直盯著海嘉兒。海嘉兒眼神開始閃躲，「幹麼啦？」

「海嘉兒，妳必須明白……」艾薇指關節敲擊桌面，強調重點。「我們不是敲鑼打鼓的叫賣雜耍團，妳或許覺得這聽起來很刺激，像中樂透之類的，不過如果妳想參與這件事，妳就得明白……」

艾薇抓抓額頭上的繃帶。傷口開始發癢了。她繼續說：「這件事的意義。聖母瑪利亞親自告訴我，我應該把人帶到她面前，妳明白這個意思嗎？」

海嘉兒喃喃說：「這代表他們必須有信仰。」

「完全正確。我們不是要他們開始留鬍子或者拋開身家財產之類的，我們是要他們有信仰，透過我們的親身見證來說服他們。現在我問妳，海嘉兒……」艾薇幾乎被自己嚴肅的語氣嚇到，不過她還是繼續說下去，「妳相信救世主耶穌基督嗎？」

海嘉兒在椅子上不安地扭動，像個被老師斥責的小學生怯怯地看著艾薇，回答：「妳知道的，我相信啊。」

「不！」艾薇食指戳向半空。每次對海嘉兒說話，她的音量就比自己預期的來得大，不過這會兒她聲調更高，彷彿被惡魔附身似地，「不。海嘉兒！我問妳：妳信救世主耶穌基督？信祂是上帝唯一的兒子嗎？」

「我信！」海嘉兒握拳，「我相信耶穌基督是上帝的獨生子，相信祂被總督彼拉多釘上十字架，升到天堂，第三天復活。對，我相信這些！」

艾薇原本那不知所云的情緒現在平靜多了。她露出笑容。

「很好，妳被領受了。」

海嘉兒緩緩搖頭，「天哪，艾薇，妳是怎麼一回事啊？」

艾薇沒回話。

她們外出時，漸深的天色像個大蓋子沉沉罩住大地。兩人各自帶了傘，海嘉兒嘀咕現在膝蓋不止輕微刺痛，甚至劇烈痠痛起來。天殺的，肯定要下暴雨了。

然而，一滴雨也沒有。鳥兒安靜地棲坐樹梢，人兒在家等候。低沉氣壓讓血液興奮地奔竄到腦袋，艾薇欣喜無比，應該就是今晚了。或許她是唯一被召喚的人，她一定得盡力完成這項任務。

就從隔壁的索德倫家開始吧。艾薇知道男主人在知名藥廠擔任中階經理，太太是圖書館員但提早退休。他們住在這裡好一段時間了，不過艾薇從沒跟他們近距離接觸過。

來應門的是先生。他有點啤酒肚，穿著格子針織衫，頭頂禿掉一塊，留了兩撇八字鬍。

艾薇沒做準備，她相信時間一到自然知道該怎麼做。男人認出她，親切地對她笑笑。

「喔，倫德柏格太太，妳來是……」

「喔，」艾薇說：「我先來介紹，這是海嘉兒。」

「喔，晚安。」男人的視線從艾薇身上移轉到海嘉兒。「有什麼我能效勞的嗎？」

「我們可以進去嗎？有很重要的事得告訴你。」

男人驚訝地揚起眉，往後轉頭，彷彿要確定自己確實有間屋子可以邀請她們進入。他轉回身看著她們，似乎想問些什麼，但最後只簡單地說：「當然，請進。」

艾薇踏進玄關，海嘉兒緊跟在後，男人指著艾薇額頭，「受傷了啊？」

艾薇搖頭，「正好相反。」

這答案顯然沒能滿足他。他皺起眉，後退幾步，讓她們通過，然後雙手擱在肚子上站在一旁。玄關擺設清爽優雅，明顯與男人氣質不搭，應該是出自他老婆之手。

海嘉兒驚呼：「好漂亮啊！」

「對，嗯……」男人轉頭看看，似乎不這麼認為。「我想，這可以稱作……某種風格吧。」

「你說什麼？」海嘉兒說。

艾薇惱怒地瞪了海嘉兒一眼，這時男人重複剛剛的話。說完後，他等著艾薇開口。艾薇還沒決定好該怎麼說，話語自己溜出口。

「我們要來請你們做好準備。」

男人的頭往前略伸，「喔，嗯，是要準備什麼呢？」

「準備耶穌復臨。」

男人雙眼圓睜，還來不及回話，艾薇繼續說：「死人復活，你應該聽說了吧。」

「對，可是……」

「不行，」艾薇插口，「沒什麼好可是的。我的丈夫昨晚復活回家，其他地方也發生同樣的事。科學家一頭霧水，只會說『不可能、想不透』，但真理很明顯，我們都知道就要發生了。難道你要坐在這裡，表現得這種事司空見慣？」

女主人從廚房走出來，抓著毛巾擦手。艾薇聽見她和海嘉兒彼此問候。男人說：「可是……妳們想做什麼？」

「我們想要……」艾薇不自覺地舉起手，拇指壓著食指內側，其他手指伸開，比出和平手勢。「我們要你相信主耶穌基督。」

男人看看妻子，眼神微露驚恐。女人回應他目光的神情彷彿認定他們夫妻的確必須為此採取對策。男人搖搖頭，「我要信什麼是我家的事。」

艾薇點點頭，「的確如此，不過你想想看，該怎麼解釋這種現象？」

女人清清喉嚨，「我想，我們得……」

「等等，瑪蒂達。」男人舉起手，阻止妻子繼續說，然後轉身告訴艾薇，「妳為什麼要這麼做？妳到底要什麼？」

艾薇還沒來得及應答，海嘉兒就開口，「聖母瑪利亞對艾薇顯靈，要她這麼做，她別無選擇，我也是，因為我信瑪利亞和耶穌。」

艾薇點點頭，她頭一次明白找海嘉兒陪同的理由何在。她在心裡隨便打個比喻：她身邊有海嘉兒就像主耶穌身邊有彼得，而他的名字就代表石頭般堅定忠實。

「我們不是要強迫你，」艾薇說：「你必須自己做決定。我們無法強迫任何人做任何事情，我們只是想讓你知道，如果你背離上帝，就會邁向可怕的歧途……現在，證據攤在眼前了。」

女人憂慮地望著丈夫，彷彿艾薇和海嘉兒正提供他們一劑疫苗以對抗可怕疾病，但丈夫似乎有意拒絕。

想當然耳，男人憤怒地搖頭，走過艾薇和海嘉兒，將大門打開。

「我覺得這聽起來很像威脅。」他以手勢表明她們該離開了，「不過祝妳們好運，外頭應該有很多迷失的靈魂等著妳們。」

艾薇和海嘉兒在臺階上停步，趁著男人還沒關上門，艾薇說：「如果你改變心意……我家大門隨時敞開。」

男人甩上門。

兩人回到街上，海嘉兒對著那戶人家吐舌說：「看來不怎麼順利。」然後瞥向艾薇，她正將掌心貼在額頭上，問她：「怎麼了？」

艾薇閉上眼，「我的頭感覺很奇怪。」

「是因為大雷雨要來吧。」海嘉兒說，以傘尖戳向天空。

「不是……」艾薇手搭著海嘉兒的肩膀，穩住自己。

海嘉兒趕緊抓住艾薇的手臂，「親愛的，妳怎麼了？」

「我不太……」艾薇又以掌擊額。「好像……有東西跑進來，另一股聲音。我沒想要對他們說『我家大門隨時敞開』那句話，根本沒這念頭，但它就是……自己冒出來。」

海嘉兒靠近她，端詳艾薇的額頭，以為真的可以找到什麼洞口，但看來看去只有繃帶。她噘嘴說：「想想那些門徒，他們不就突然發現自己有講方言的能力嗎？深呼吸，冷靜一下，跟瑪利亞在妳面前顯靈相比，這實在不算什麼，對吧？」

艾薇點點頭，挺直身子，「的確不算什麼。」

「那，現在繼續嗎？」海嘉兒的頭頂向剛剛那戶人家。男主人還站在窗邊盯著她們。「這裡全都是頑固的老朽木。」

艾薇有氣無力地笑笑，「救主能彰顯的神蹟遠比化腐朽為神奇更了不起。」

「沒錯，」海嘉兒說：「這就對了。」

兩人繼續往前走。

**邦德街，下午六點三十分**

爸媽回家時，佛蘿拉正坐在電腦前。她登入基督徒的聊天網站，對殭屍事件發表撒旦教徒的看法。她說自己所屬的教會位於法可賓市，那兒正在舉行黑色彌撒，以催促「別西卜魔王」降臨。一開始還挺有趣的，大家以為她是個看得見光明或者黑暗的虔誠新教徒，但現在他們發現不對勁，開始要將她導回正途。她扯得太過分，失去他們的青睞，不過這時她也聽見開門聲，還有母親瑪格莉塔大喊著：「唷～呵！有人在嗎？」

佛蘿拉在螢幕上打出：「掰掰，地獄見。」然後登出網站。她手指擱在鍵盤上，坐著等待窸窣聲響。果然來了。每次父母旅遊回來總以窸窣聲做為開場。購物袋的聲音。

「唷～呵！」

佛蘿拉閉上眼，想像爸媽被一整池五彩繽紛的塑膠球球淹沒，頭消失於彩球底時還會發出嘶嘶聲。她真想放瑪莉蓮・曼森的音樂，讓厚重吉他聲隔絕他們的聲音，不過她也滿想聽聽媽媽會怎麼看待死人復活的事情。艾薇打電話來告訴她，說她媽瑪格莉塔從倫敦打過電話，所以想必媽媽已經知道這件事。佛蘿拉很好奇她會怎麼處理。

果然，廚房地上滿是英文商標的塑膠袋。被一包包塑膠袋圍繞的瑪格莉塔和戈倫正在拆禮物。弟弟維克托露出沒掩飾好的不耐煩表情，等待他將獲贈的電池發電式水槍。佛蘿拉雙手交叉胸前，倚在門柱旁。瑪格莉塔目光落在她身上。

「哈囉，親愛的！一切還好嗎？」

「很好。」

問句一如往常輕快明朗，彷彿沒罕事發生。於是佛蘿拉補上這麼一句：「有點死氣沉沉。」母親剛剛翻找袋子時掛在臉上的微笑宛如被揮下的一鞭啪地被抽走。佛蘿拉從眼角餘光瞥見爸爸戈倫投射過來銳利的眼神。瑪格莉塔手裡拿著一只盒子遞給維克托。

「……這是給你的。」

維克托皺眉打開盒子，拿出《魔戒》裡的甘道夫的精細雕像，在手中翻轉，失望之情表露無遺。佛蘿拉瞥見盒子上的標價：五十九點九。英鎊。

「他們只有一款看起來很真。」戈倫伸出雙手說：「所以……」

「哪款看起來很真？」維克托問。

「來福槍。扳機一扣，那聲音就像真槍，而且……不過我們覺得不應該買這種玩具給你，所以改買這個。」

「我要這個幹麼？」

「你可以放在房裡啊。你不想要嗎？」

維克托望著雕像。肩膀癱垂。

「要，當然要。」

瑪格莉塔開始翻找另一只袋子，頭沒抬地說：「那你該說什麼？」

「謝謝。」維克托殺氣騰騰地望了甘道夫一眼。

瑪格莉塔舉起一個盒子遞給佛蘿拉。

「這是妳的，應該是妳想要的吧？」

她猜想大概是iPod。佛蘿拉直接將整個盒子遞回給媽媽。

「謝謝，不過我已經有了。」

瑪格莉塔指著盒子，沒接過手。

「可是，妳可以……」她問戈倫，「兩百首嗎？」

「是三百首。」戈倫說。

「……可以在裡面放三百首歌欸，什麼歌都放得進去呢。」

「對，」佛蘿拉說：「我知道，不過我不需要，我有可以聽的了。」

一陣沉默。塑膠袋揉搓的聲音真像一聲聲嘆息。佛蘿拉思量著，不是所有東西都能買，都能用錢買到。戈倫忽然用力擊掌說：

「我想，你們姊弟很不知道感恩。」

「你們不知道發生了什麼事嗎？」佛蘿拉問。

瑪格莉塔猛搖頭。現在別談這個。佛蘿拉假裝誤解這動作。

「嗯，昨晚大約十一點……」

「你們有東西嗎？可以吃的？」瑪格莉塔打岔，終於接下佛蘿拉手中的禮物盒，但是沒等回答，就舉起盒子對佛蘿拉說：「要我們賣了它，還是送人？妳希望這樣嗎？」

佛蘿拉看著母親緊抿的嘴唇瞬間張開，下唇顫抖，然後闔上。

我可以替她感到難過，但不想這麼做。

「妳自己留著吧。」佛蘿拉說。

「留著幹麼？」

「我不知道，聽菲爾‧柯林斯的老歌吧。」

佛蘿拉回房間，關上門。腦袋黏著罪惡感、憤怒和疲憊，這些情緒全都糊成一團。將瑪莉蓮‧曼森的首張專輯《美國家庭描繪》放進音響中，想將這團糊物給吼開、吹走。她躺在床上，任自己被震天價響的音樂穿透，讓曼森的音樂撫慰傷口，或者成為針刺，戳醒昏睡者。

第一首歌揮去了最糟糕的情緒，她往後跳到那首《以塑膠裹住》。躺回床上閉起眼睛。

牛排冰冷，裹在塑膠膜裡……

佛蘿拉飄浮在一種景象之上：整個斯德哥爾摩被塑膠膜裹住。人行道、水面上都覆蓋著一層薄薄的塑膠膜。手指想戳入水裡，卻只感覺到突起的塑膠物。人臉也覆蓋著塑膠，液體膠物，以阻止細菌侵入。小狗在一團硬質塑膠球裡滾動。

歌曲音量驟降，她睜開眼。母親站在床尾，雙手交叉胸前。

「佛蘿拉，」她說：「只要妳住在這裡……」

「我知道，我知道。」

「妳知道些什麼？」

佛蘿拉知道規矩，整套規定。該怎麼舉手投足，該怎麼表現出「基本上我們認識的年輕人」會有的舉止。耳後要乾乾淨淨，塞入iPod，聽著酷玩樂團，讓歌手艾薇兒的低沉歌聲將妳變成典型的青少年。接受別人的給予，帶一點感激，不過也懂得付出點東西。

她不打算咬唇吞忍，這次不這麼做了。

「妳就是不想談？」佛蘿拉問。

「談什麼？」

「談外公的事。」

瑪格莉塔的手舉起……落下……又舉起，深吸數口氣。

「妳要我說什麼？」

佛蘿拉直盯著瑪格莉塔的雙眸，見到裡面的恐懼。不是她的問題。她將臉面向牆，決定放棄。

「沒什麼，去找妳的心理醫生吧。」她說。

「什麼？」

「我說：去找妳的心理醫生，別煩我。」

她感覺瑪格莉塔在她身後站了數秒後才轉身關上門。

小小的人……

就是這東西讓瑪格莉塔害怕。

六個月前，瑪格莉塔去了她強迫佛女兒蘿拉去的青少年心理治療中心，和醫生談過之後，她突然敞開心房，談起父親。

「我無法忍受，」她說：「無法面對那種空洞的眼神，還有他只是坐在那裡，什麼都不說的表情。」

那時她已經好幾個月沒去看過父親。

「每次，」她繼續說，「每次我總覺得他腦袋的某處住著一個……小小的人……那個小人頭腦清楚，看著世界，指責我：我的女兒為什麼不來看我？他就坐在那裡等著……我真的無法面對他。」

佛蘿拉感覺得到母親和心理醫生談話的主題就是外公。那時她每個禮拜和醫生見面一次，不過佛蘿拉嚴重自戕那段期間，變成一週兩次。

回想彼時，佛蘿拉現在仍覺得她離開泰比市或許會比較好，可是瑪格莉塔相信心理治療。她認為透過治療可以讓人變得更完整，如果能認真地解決一項一項問題，最後就可以達到身心和諧狀態，或許也能順利畢業拿到學位。每個問題都能解決，除了那些解決不了的問題之外。

現在能對他們怎麼辦？不管他們！不管在腦袋裡的那些小人嗎？打定主意認為沒有這種事，不值得提起或思忖這些事？

但現在小人跑出來了，帶著空洞的眼神四處遊蕩。指責的食指伸出，在丹德亞醫院等著瑪格莉塔。

然而，這問題無解呀，所以不構成問題，所以不存在吧。

佛蘿拉讓曲目往回跳，轉大音量。

*牛排冰冷，裹在塑膠膜裡……*

沒錯。來我們家，就會看見冰冷的牛排，或許正在腐爛，不過我們已經用塑膠膜包起來，保證你不會聞到臭味。多待一會兒嘛。

保鮮膜。

半小時後雷霆大作，干擾網路連線。佛蘿拉打電話給外婆艾薇，沒人應答。改打彼得，第一聲就接通了。

「我是彼得。」他聲音低沉，幾乎像悄悄話。

「嗨，是我佛蘿拉。怎麼了？」

「警察，來掃蕩。」

就連語氣都像電子語音般冷漠，佛蘿拉聽出裡頭的憎恨。

「為什麼？」

彼得哼了一聲，線路劈啪爆響，「為什麼？我哪知道。或許他們覺得這樣很好玩吧。」

「你的機車有保住吧？」

「保住了，不過單車全給抄了。」

「不會吧。」

「真的，我從沒見過這麼大的陣仗。八個霹靂小組，還有一輛大卡車。他們把所有單車全給抄了，一輛都不放過。」

「你還好嗎？」

「不好。我不能再講了，不能出聲音。掰。」

「好，那祝……」

連線斷了。

「……好運。」

## 國王島，晚間八點十五分

諾瑪恩區上空第一道閃電劈下，大衛正站在冰箱前看著那袋冷凍莓果。幾秒鐘後的隆隆雷轟，將他從恍神狀態震回現實，他將莓果往後塞，抓出一袋麵包。

吐司，保存期限八月十六日。一週前他買這袋時一切正常得很，很棒或不怎麼棒的日子一天疊過一天。他關上冰箱門，失神在麵包中。

多久了？

得經過多少天、多少年，才能讓美好回憶附著在依娃發生意外後的那一刻？

「爸爸，你看。」

麥格納思坐在餐桌前，指著窗戶外面。黑板似的天空閃爍著幾條細長的粉筆線，眨眼過後的砰隆雷聲似乎與它們不相干。麥格納思在心中默數，然後指出雷聲在三公里之外。窗戶已淌下一片水紋。

大衛從袋子裡拿出幾片硬石般的麵包，放進烤麵包機打算給麥格納思當點心。晚餐的義大利醬煮焦了，父子倆都沒吃多少。不久後兩人看了第四遍的《史瑞克》，麥格納思吃掉半袋薯片而大衛灌下三杯酒。他不再感覺飢餓了。

愈來愈近的雷霆撼動屋子。大衛終於成功地哄麥格納思吃下一片吐司配起司和橘子果醬，還有一杯牛奶。他一會兒將麥格納思當成得照顧的機器，一會兒又將他視為這地球上另一個唯存的生命。黃湯下肚後，後面這個觀點占上風，他看著兒子時，得忍住才不至於眼淚撲簌。

麥格納思起身去刷牙，他一消失眼前，痛楚就燒灼大衛的胃。他以口就瓶直接灌酒，然後倚在餐桌上，看著閃電奔騰。

幾分鐘後麥格納思回來，站在他身邊。

「爸爸，為什麼閃電的速度比聲音快？」

「因為……」大衛雙手猛搓臉。「因為……這是個好問題，不過我不知道，你去……」話語打住，他差點說出：你去問媽媽。隨即轉而這麼說：「你去睡覺吧。」

他幫麥格納思蓋好被子，說他太累沒法講床邊故事給他聽。麥格納思要他念故事代替，於是他念了花豹搞丟身上斑點的故事。這故事麥格納思聽了好幾遍，但每次說到花豹數斑點，發現少掉一顆，他還是覺得好好笑。

今晚大衛失去平常念故事的活力，他雖然努力演出花豹驚愕的表情，但麥格納思明顯善盡義務的笑聲可悲到讓他決定打住，直接念出白紙上的黑字。念完後父子沉默良久。大衛準備起身之際，麥格納思說：「爸爸？」

「什麼？」

「媽媽會回來嗎？」

「什麼意思？」

麥格納思蜷縮身子，膝頂著胸。

「她回來時會像現在死掉的模樣嗎？」

「不會，她晚點才會回來，等康復之後。」

「我不要她回來時是死的。」

「不會的。」

「你確定？」

「對。」

大衛俯身靠床，親吻麥格納思的臉頰和嘴巴。通常麥格納思會故意搗蛋，假裝生氣，扮鬼臉，但今天他靜靜躺著，任自己被吻。大衛起身時，看見麥格納思蹙眉。他在想事情，想要問問題。大衛等著，麥格納思望著他的眼睛。

「爸爸？沒有媽媽，你會沒事吧？」

大衛下巴凍結。秒鐘滴答走。意識背後有股理性的聲音朝他吼：說話啊，不要不吭聲，你把他嚇壞了。終於，他開口，「去睡覺吧，小傢伙，一切都會沒事的。」

他讓房間的門開著，走進浴室，打開水龍頭，想以水聲掩蓋啜泣。

好多次他想像依娃死了，試圖去想像。錯了。其實是好多次依娃死掉的念頭直接砸向他。是的。因為這種事情經常發生，每天都可從報紙上讀到。一張張照片，有道路、湖泊，難以形容的樹林空地。車禍、溺水，或者被謀殺。他想過，若依娃死了，他的生命一定會變得空洞，只剩下日常作息、責任義務，雖然慢慢地生活或許會變得好過一些。但現在，真的發生了，最可怕的痛苦來自他無法想像的地方。

爸爸？沒有媽媽，你會沒事吧？

一個八歲的孩子怎麼會說出這種話？

大衛坐在地板上，頭浸入水位慢慢升高的浴缸。或許隱藏悲傷不讓麥格納思看見，是錯誤之舉。可是依娃還沒死，他不該悲傷。可是她也沒活，他又能期望什麼。什麼都不能做。

他關掉水龍頭，拔開塞子，走到廚房打開全新的酒，還沒來得及給自己倒一杯，就看見麥格納思裹著毯子走進來。

「爸爸，我睡不著。」

大衛將兒子抱到他和依娃的房間，再次哄他入睡。躺在這張大床上，麥格納思整個小身軀幾乎消失不見。他小時候半夜醒來，總會搖晃著步伐走進這裡，因為這裡給他安全感。大衛躺在他身邊，手搭著他的肩，麥格納思扭進他懷裡，深深嘆了口氣。

大衛閉上眼，心裡納悶，我那張安全舒適的大床跑哪兒去了？

他一直害怕他母親會看晨間新聞，幸好沒有。所以下午她打電話來嘮叨昨晚的事情，他就任她說了一會兒，然後才開口打岔，說有事得去忙。她和依娃的父親都應該被告知的，但現在他實在無法對他們開口。

麥格納思將頭塞在大衛的胳肢窩，呼吸漸沉。

我可以去哪裡？

眼前所見，只有廚房流理臺上一瓶滿滿的酒等待他。一等麥格納思熟睡後，他就會立刻去找它。依娃是他舒適溫暖的大床，是他唯一的避風港，沒有她，他就沒地方可去了。他陪著兒子，頭陷進枕褥裡，凝視天花板上偶閃的藍色光芒。轟隆雷鳴現在已經遠退，成了巨人在山脈後方的咕噥低語。雨絲像仙子般踮腳走過窗臺。

……還有，死人甦醒了……

一股念頭升起，他感恩地抓緊。

倘若所有事情……倘若所有不可能的事情都開始發生。

是的，倘若吸血鬼出現，東西飄浮不見，山怪從山裡走出來，動物開始說話，或耶穌復臨人間。倘若一切……變得不同。

大衛微笑，笑看這個具撫慰效果的念頭。一連串的社會常態，譬如公園野餐和電話自動系統，一切如此可笑。若常態崩解，全部化為超自然現象，或許能讓人鬆口氣吧。科學家試圖以生物觀點來解釋這現象，那是他們的事，與他無關。來吧，天使，來吧，仙子。天氣就要變冷了。

## 泰比市，晚間八點二十分

兩個小時內，她們造訪了十二戶人家，交談過的人或許有二十個。有人一聽她們說明來意，就甩上大門，不過多數人傾聽的意願遠超出她們的預期。艾薇自己也曾數次被「耶和華見證會」拜訪過，她總是有禮貌地打發他們走。有一回她還坐在廚房裡，從窗戶看著他們挨家挨戶傳道，結果發現他們每走進一家，沒幾分鐘就回到街道上。看來依娃和海嘉兒幸運多了。

或許是因為當下情況特殊吧，要不就是艾薇的說服功力很強。即使艾薇見到異象，被聖母賦予這項任務，她也沒天真到以為能立刻說服所有人。聖經裡可沒提到拯救世人的任務能輕易達成。暴雨前的悶沉氣壓一直像塊隱形的大棉布包裹她們，暴雨彷彿正雙手抱胸在一旁等待，等著她們結束任務，就要開始作威作福。

能被她們說服或者有興趣了解的，多半是與她們年齡相仿的女性，不過也有數名男性。最熱誠接受她們的是一位三十多歲的男子，他是個電腦顧問，還熱心地說若她們想架設網站，透過網路傳播信息，他很樂意參與。她們告訴他，會好好考慮這件事情。

還沒八點，暴風已經克制不住。天色闇黑宛若冬季，狂風開始撼動樹梢，一眨眼，雨勢驟起。幾分鐘後滂沱傾盆。

艾薇和海嘉兒打開傘，雨水淌流傘布，在她們四周築成一道水幕。停放車輛的鐵皮車頂被雨水密集拍打，嘈雜聲音讓她們聽不清對方的話。兩人手挽手，繼續走上回家的路。

「就像聖經啟示錄裡提到的可憐老馬！」海嘉兒大聲說，艾薇不知道她指的是她們或者她們這四條腿，不過也沒想問明白，因為雨聲淅瀝，海嘉兒不可能聽見她的聲音。兩人沉默地在水中跋涉，雨水在平底鞋緣淘淘奔流。

密集雨勢之猛，不留一絲空氣讓人呼吸。兩人躲在彎塌傘底以緩慢速度行進，免得累壞自己。就在踏入艾薇家的剎那，第一聲轟雷響起。幾秒鐘後，萬鈞雷霆如末日連鼓響徹街町。

海嘉兒收起傘，甩一甩。「哇！」她笑說：「真是世界末日，對吧？」

艾薇虛應擠出笑容，「不知道欸。」

「喔，我的天……」海嘉兒搖頭說：「我的天哪，天空裂開了，果然跟他們說的一樣。」

海嘉兒無法聽見艾薇的回答。暴雨逼近，霹靂雷鳴轟得屋子顫動，碗櫥裡的酒杯喀啦晃抖。海嘉兒嚇得跳起來問：「妳怕閃電嗎？」

「不怕，那妳呢？」

「不算怕，我只是……」海嘉兒側著頭，將助聽器的某個東西打開，然後提高音量說：「我現在聽不清楚……不過這雷……還真嚇人。」

雷聲間距拉近，海嘉兒驚恐地抬頭望著天花板。她說不怕打雷這句話恐怕有待商榷。艾薇握住她的手，海嘉兒感激地緊緊回握，任由艾薇領她走進客廳。艾薇沉浸在……信念中，該來的就會來，她們已經做到該做的事了。

走到客廳，艾薇發現天花板的電燈輕微搖擺，然後熄滅。屋裡每盞燈都熄了，一片漆黑。海嘉兒更加用力握住艾薇的手，問她：「我們要來祈禱嗎？」

兩人屈膝準備跪地，僵硬的腿放鬆就定位。不過海嘉兒一彎膝蓋就痛得皺眉，她說：「不行……我的膝蓋……」

艾薇扶她站起來，兩人決定坐在沙發上，臀貼臀緊挨著。十指交錯，低頭禱告，這時滂沱大雨繼續淌流屋頂，轟隆雷鳴籠罩大地。

電力中斷已十分鐘，閃電仍戲弄著屋舍。艾薇放下百葉窗，點燃兩盞蠟燭擺在茶几上。半躺在沙發上好讓膝蓋休息的海嘉兒，從電影裡在閃電下現形的可怕怪獸變成燭光搖曳下的高貴聖者。

艾薇在屋裡踱來踱去，惱怒情緒加溫升起。

「我不知道，」她喃喃自語，「我不知道。」

「什麼？」海嘉兒手指拱成杯狀放在耳後想聽分明，但艾薇揮手不理。反正不是什麼非說不可的重要事情。

*怎麼會什麼都沒發生？*

她沒期望眾人瞬間改變信仰，不過……總該有事情發生，好彰顯異象的神聖意義吧，怎麼會只是兩個老太婆蹣跚地四處叫賣信仰呢。畢竟，她是被聖母親自揀選點召的啊。難道所有的異象就只是這樣？

或許吧。現在重點應該是好好抓住她自己的異象，別放棄。

*不過要多久呢？主啊？還要多久？*

她在屋裡繞行，走回玄關時，正巧傳來輕輕敲門聲。她打開門。

外頭那全身濕透的身影看似隔壁鄰居。她披頭散髮，衣服出現一片片的深色濕印。一連串閃電照亮了她，整個人看起來狼狽不堪。

「進來，快進來。」艾薇說，領她進玄關。

「不好意思，」女人說：「不過妳說……嗯，妳家大門隨時敞開。自從妳離開後，我丈夫就變得怪里怪氣，他喝了好多酒，然後跑出去……如果這真的是世界末日……」

「我懂了，」艾薇這麼說，而且真的打從心底明白，「進來吧。」

鄰居在浴室擦乾頭髮之際，又一陣敲門聲。

**幹麼老用敲的……**

艾薇隨後記起停電讓門鈴響不了。她真怕是鄰居跑來揪回被她收容的逃家老婆，趕緊先在脣間備妥「人人都有信仰自由」之類的回應說詞，然後才打開門。

不是鄰居，是葛莉塔。她們剛剛拜訪時似乎有點被說服的那個老太太。她顯然比鄰居有備而來：頭和肩以鮮綠的雨披罩蓋。她從雨披底下掏出一個籃子來。

「我帶了些咖啡和自己做的糕點，大家可以一起守夜。」

沒多久又一個女人來訪。她怕艾薇家裡沒蠟燭，帶了一盒過來。最後是馬帝斯，就是那個有電腦背景的年輕人。他說本想把電腦也帶來，不過想到仍有暴雨閃電，帶來也施展不開。

他們聚集在客廳，在更多燃起的燭光中喝咖啡吃點心，聊天交換心情。雷聲漸歇，海嘉兒拿下助聽器。

在場的人都同意，是這場雷雨讓大家頓悟。如果今晚是世界末日，或者如他們所知是生命徹底改變的時刻，那麼，既然有志同道合的人可以相伴，他們當然不願孤單坐著等待。

大家聊了一會兒後，移目望向艾薇。她知道他們期望她說些什麼。

「嗯，」艾薇說：「當然，靠自己成不了事，唯有將信仰分享出去，信仰才有意義。大家能來這裡，真是上帝賜福。我們團結相守的力量絕對大過各自分散。現在我們一起來守夜。若這真是末世之夜，至少有我們一起度過。讓我們手牽手吧。」

艾薇不好意思地結束談話。一點都不激勵人心，她只是努力說出他們期望她說的話語。大家靜靜思索她這番老生常談，直到海嘉兒大喊：「妳有床褥嗎？」

艾薇笑著說：「有心人，就有床可眠。」

「那我們來唱歌吧？」年輕人提議。

對，當然要唱歌，大家各自在心裡搜尋合適的歌曲。重聽的海嘉兒沒跟上剛剛的對話，左右張望。

「怎麼啦？」她一頭霧水。

「我們想唱歌，」艾薇扯開嗓門，「現在想想要唱什麼。」

海嘉兒想了一會兒，高聲唱出《與我主相親》。

眾人開口加入，高聲齊唱。燭光在呼吐的氣息中閃爍，歌聲壓過暴雨聲。

**邦德街，晚間九點五十分**

樓上某人十五歲的生日派對正達到高潮。暴雨漸歇，佛蘿拉在自己房間都聽得見賓客的笑聲在樓梯間迴盪。背景是他們高唱《女孩愛玩》的歌聲。佛蘿拉一輩子都搞不懂，怎麼會有人這樣輕浮玩樂而不覺得丟臉。

她靜靜躺著，咀嚼自己出身中產階級家庭的唾棄。你是可以有點個人風格，只要表現得夠品味，若逾越界限之外，就得歸心理醫生管。她從不曾隸屬這個家。在這個家，節制就像用來捆綁精神病患的約束衣重重裹住她，而她只不過想揮手吶喊一下。

維克托九點半就被叫上床，佛蘿拉則拒絕朋友以尖酸得意的口吻提出的派對邀請。

她下床，走到客廳打開電視看新聞。一直沒彼得的消息，她又不敢打電話打擾他要的寧靜。

新聞全是復活人的消息。有個分子生物學的教授解釋，他們一開始認為這是因為一種活動力甚強的分解菌呈現出ATP輔酵素的形式，這種輔酵素是細胞最主要的能量來源。但令人不解的是，它竟能在如此低溫下生存。

「這就像一坨麵糰放在冰天雪地裡仍然有辦法發酵。」教授如此解釋。此人也曾在科普電視節目中露臉。

ATP令人難解的活動力也可以解釋剛死去的人是如何克服死後僵硬的現象。這主要是因為鎖住肌肉的ATP無法發揮作用。

「讓我們先假定我們討論的是突變的ATP，然而……」教授將拇指與食指捏在一起強調重點，「我們無法明確知道的是，究竟是這種酵素造成他們甦醒，或者是他們的甦醒引發這種酵素活動。」

教授伸出兩手，笑著說：*是因還是果？各位覺得呢？*佛蘿拉真討厭他這種得意洋洋的說話表情，彷彿大家討論的是鱈魚被濫捕的事情。

不過接下來這個畫面可就讓佛蘿拉往電視挪近了幾吋。

下午有組電視臺人員被允許進入丹德亞醫院。畫面是一間很大的病房，裡頭約有二十名復活人坐在地板、床上或椅子上。最先出現在畫面上的是他們的臉，讓人特別留意的是各個表情一致：沉默驚愕，目瞪口呆。身穿藍色睡袍的他們讓人聯想到一群穿制服的學生正在看魔術表演。

然後攝影機鏡頭移動，現在可以看到他們正在看的東西：節拍器。附輪子的推車上放著一只節拍器，在一群看得入迷的觀眾面前不斷來回搖擺。有個護士直挺挺地坐在節拍器旁邊的椅子上，注意到攝影機的存在。

*她坐在那裡一定是為了負責讓停下來的節拍器繼續擺動。*

旁白概略地說明醫院之前的混亂情況之所以穩定下來，主要是因為他們發現節拍器可以讓復活人安靜，還說他們正在探尋其他同樣有用的方法。

天氣持續變化中。

佛蘿拉關上電視，坐著楞望自己在電視螢幕上的反射。樓上的嘈雜聲劃破寧靜，他們開始嘹亮地高唱「水手之歌」。歌曲結束，她聽見高分貝的笑聲。

佛蘿拉整個人往後，張成大字躺在地板上。

她心想，我知道，我知道那裡欠缺的是什麼。死亡。對那些年輕人來說死亡不存在，不被允許存在。但對我來說，死亡卻處處可見。

她對自己微笑。

*拜託，佛蘿拉，別那麼誇張。*

維克托從他房間走出來，那件睡褲讓他整個人看起來瘦小又脆弱。佛蘿拉不由得湧起一股溫柔。

「佛蘿拉？」他說：「妳認為他們是危險的嗎？像電影演的那樣？」

佛蘿拉拍拍身邊的地板，他過去坐下，下巴頂著膝蓋，彷彿冷得想取暖。

「電影……是虛構的，」她說：「難不成你真以為有蛇妖，像《哈利波特》裡的那隻？」

維克托搖搖頭。

「好，那你認為真的有……真的有精靈和哈比人，像《魔戒》裡的那些？」

維克托遲疑了一下，然後搖頭說：「沒有，不過這世界真的有侏儒呀。」

「對，」佛蘿拉說：「但他們不會拿著斧頭走來走去，對吧？電影裡的殭屍就像蛇妖，就像《魔戒》裡的咕嚕，都是虛構的，不存在於真實世界中。」

「那真實世界會是怎樣？」

「在真實世界裡……」佛蘿拉凝視著黑色的電視螢幕，「在真實世界裡，殭屍很友善，至少他們不想害人。」

「妳確定嗎？」

「我很確定。現在去睡覺吧。」

## 思瓦瓦街，晚間十點十五分

電話鈴響時，床頭桌的時鐘顯示十點十五分。麥格納思已經呼吸均勻地睡了好一會兒，大衛伸伸發麻的手臂，走向廚房接電話。

「我是大衛。」

「嗨，我是古斯塔夫・馬勒，希望我現在打給你不算太晚。聽說你找我。」

「不是，沒什麼……事。」大衛瞥見酒瓶和杯子，走過去給自己倒一杯。「老實說……」他灌下一大口。「我不知道為什麼要找你。」

「我明白了，」馬勒說：「有時會這樣。乾杯。」

電話另一端傳來鏗啷聲，大衛舉起杯子說：「乾杯。」又灌下另一口。

兩端沉默片刻。

「還好嗎？」馬勒問。

於是大衛一五一十告訴他。可能是酒精作祟或壓抑的痛苦或馬勒聲音裡的某種東西，讓他的心防瓦解。他不在乎另一端的陌生人是否有興趣聽，一股腦兒說出車禍意外、死後甦醒、兒子麥格納思、造訪法醫中心、感覺生命瀕臨盡頭，還有對依娃無止境的愛。一口氣說了至少十分鐘，只在口乾需酒潤喉時才停下來補充。趁著他倒酒，馬勒說：「死亡有辦法將我們隔離。」

「是啊。」大衛說：「請你原諒，我不知道為什麼要……我沒跟其他人提起……」大衛送往嘴巴的酒杯停在半空，心頭一陣冰冷。他擱杯過猛，濺得酒花四散。「你該不會把這些寫出來吧？」

「你可以……」

「不行！你不能寫，很多人都還……」

那些人的臉孔在他眼前一一浮現：他母親、依娃的父親、他的同事、麥格納思的同學、同學的父母……那些人會因此知道他不想讓他們知道的許多事。

「大衛，」馬勒說：「我答應你，沒有你的同意，我不會寫半個字。」

「真的？」

「對，我保證。就當我們現在只是聊天，或者更正確來說，你在說話，我在傾聽。」

大衛笑出來，一聲短噗倒像哼氣，將逗留已久的眼淚黏液吸入鼻腔裡。他伸出一根手指在溢灑出的酒上畫了個問號。「那你呢？」他問：「你為什麼對這件事有興趣？純粹是……職業使然？」

另一端沉默著，馬勒半晌之後才回答，大衛還以為電話斷線了。

「不，是出於……私人興趣。」

大衛等著，灌下更多酒。他開始有醉意，感覺自己在飄浮，思緒也漸緩，不由得鬆快起來。相較於今天稍早前的情況，當下狀態終於讓他得以喘口氣。電話另一端有個懂他的人，所以雖然仍失魂，但不覺得孤單了。他真怕這場對話終止。

「私人興趣？」他問。

「對，既然你信任我，那我自然也要信任你了。或者……你想從別的角度來看，就說讓我們彼此都有個祕密在對方手裡吧。我孫子跟我在一起，他……」大衛聽見馬勒灌下一大口正在喝的東西。「他……死了，而且早已埋了，但昨晚活過來。」
「你把他藏起來了？」
「對，只有你和另外兩個人知道。他情況很糟，我之所以打電話給你，主要是因為我心想，或許你……知道些什麼。」
「你是指哪方面？」
馬勒嘆口氣。
「唉，我不知道。因為你太太醒來時你就在旁邊……我不知道，我是想，或許你有些資訊對我會有用吧。」
大衛的腦海重播那天在醫院的畫面。他想幫助馬勒。
「她開口說話。」他說。
「真的？她說了什麼？」
「嗯，她其實沒說什麼……她變得好像從來沒學過說話，聽起來像在練習發音，感覺很……」大衛又聽見了，依娃那金屬般刺耳的聲音。「很可怕。」
「我懂了，」馬勒說：「不過，難道她……什麼都不記得？」
大衛沒想過這問題，現在只得強迫自己將在醫院的記憶重新喚起，雖然他真不想靠近那段回憶。現在他知道為什麼了。
「不記得，」大衛回答，淚水刺痛眼睛，「她整個人彷佛完全……空了。」他清清喉嚨，「我想，我得……」
「我了解。」馬勒說：「我把我的電話給你，如果……嗯，如果你想起些什麼事情。」
掛上電話，大衛坐在餐桌前，飲盡剩下的酒，花了二十分鐘努力抹去依娃在醫院時的眼神和聲音。麥格納思躺在床的中央睡成大字型，雙手張開彷彿被釘在十字架上。大衛將麥格納思挪到一邊，然後褪去外衣，在兒子身旁躺下。

他虛脫力盡，一闔上眼就沉沉睡去。

**可霍瑪度假區，晚間十點三十五分**

「他怎麼說？」

馬勒掛上電話幾秒後，安娜立刻走進他房間。馬勒揉揉眼睛，說：「沒什麼特別的，他把他的情況告訴我，聽起來很不樂觀。他的經驗對我們沒什麼幫助。」

「他太太，她……」

「沒有，基本上跟伊利亞思一樣。」

安娜走回客廳打開電視後，馬勒進房看伊利亞思，他凝視這個小身軀好一會兒。伊利亞思又喝了一瓶鹽水，晚上也喝下一瓶糖水。

她整個人就像完全……空了。

可是依娃・札特柏才剛死半個小時啊。

他錯了嗎？

難道真如安娜所說，躺在床上那個小生物根本沒半點伊利亞思的生命在裡面？

他走到露臺，發現空氣變得清新。乾旱了好一陣子，他都忘了空氣可以如此飽滿，宛若能供給營養的食物。夜色已濃，滂沱大雨重燃的生機氣息縈繞大地。

有……什麼旨意存在嗎？

伊利亞思死了、枯萎了，他的生命連雨也喚不回。是什麼？若他裡面真的空了，到底是什麼讓他活過來？

種子可以在冰河裡乾儲或凍眠，永藏千百年。一取出置於溫暖濕土，就會萌芽。宇宙有股力量，花草的綠色力量。那人類的力量又是什麼呢？

馬勒凝望星空。遠方鄉村的星星數量似乎遠多於城市所見，但，這只是幻覺。當然，穹蒼底下的星星永遠相同，數量都多於最敏銳的肉眼所能察覺。

有東西觸動他，一種了悟，難以言喻。他悸動顫抖。

眼前快速浮現一連串影像：一片葉子突破種子外膜，奮力竄出頭。一朵向日葵努力迎向燦陽。還有小小孩撐直雙腳，張開雙臂，開懷歡笑。一切生命都向著亮光，於是他明白……

這不是必然。

花草的綠色力量，也不是必然。萬事萬物都得費力，都得努力。恩賜，可以從我們身上被奪走，也可以被放回。

# 附件二

八月十五日

．初步檢查：第三號試驗（療法）

〔社福部，機密〕

二〇〇二年八月十五日晨間八點十五分，停止對編號260718-0373病患本特．安德森提供營養補給。注射食鹽水和葡萄糖水的導管移除，以觀察病患反應。

晨間九點十五分之前，病患未出現衰竭現象。心電圖空白，腦波圖與之前相同。

九點二十五分，病患出現痙攣，時間持續約三分鐘，之後病患回復到先前狀態。

直到下午兩點病患仍未出現痙攣或其他反應。

結論是：食鹽水和葡萄糖的補充並非必要。病患所顯示出的低度生命跡象，並未因補充品的有無而有所改善或衰竭。

‧第一攝影棚，下午四點

記者：……結果顯示復活人不需要攝取營養。藍納特‧霍伯葛教授，請問，怎麼會有這種現象？

教授：嗯，當然，實際的測試狀況目前還沒公布，不過我想他們應該只是暫時不提供營養補給，以便觀察病患的反應。

記者：可以這樣嗎？法律允許嗎？

教授：首先，復活人處於法律的灰色地帶，我們得等一段時間才會研擬出與他們有關的醫學倫理規範。第二，傳染的警訊尚未解除，也就是說，這給醫護人員一些……實驗的空間。

記者：沒有攝取營養怎麼存活？

教授：〔笑〕這是個好問題，一個禮拜前我會說從生理的角度來看，這是不可能的，不過現在……這麼說吧，或許他們身上有某種我們尚未發現的營養組成。

記者：那會是什麼？

教授：我也不曉得。

‧《每日新聞》，爭議事件

〔以下摘自文章《死者能幫我們什麼？》，作者：倫德大學哲學系教授莉貝卡‧利傑沃。〕

……這種探究生命最基本處境的可能性是以前誰都料想不到的。到底，適用於「正常」病人的那套醫學倫理標準可以用在復活人身上嗎？

根據目前法令，答案很清楚：不行。人被宣布死亡後，就入土為安，不屬於法令管轄範圍。然而在當前這種狀況下，我們開始懷疑入土是否真的就能安。

可以想見，政府會很快修法以考量復活人的狀況。這樣說或許很諷刺，不過在法令修改前的這段期間，的確讓人有機會進行一些日後法令可能不許的測試和實驗。依我之見，我們應該鼓勵醫學專家善用這種機會。

復活人在實驗室所受的痛苦，應該和此實驗可能替人類創造的福祉相互權衡。過去兩天裡，斯德哥爾摩共有六十五個人死亡而且沒甦醒跡象。同段時間內全世界則有三十萬人死亡。

透過對一小群復活人進行徹底研究，好讓人類有能力防止不必要的大規模死亡，這種作法並不為過。

如此來看，難道不值得付出這種代價嗎？

‧《每日新聞報》，讀者投書

我和其他上千個家庭一樣，等了兩天，想知道我們復活的家人會怎麼樣。為什麼要搞得神祕兮兮？到底政府在隱瞞什麼？

身為社會民主黨黨員，我非常失望政府竟然這樣處理此事。我想，我要替許多人說出心聲，這次事件已經影響我在下個月選舉的投票傾向。我和很多人談過，大家都有同樣的感受：如果政府不能安排我們和摯愛的家人見面，我們就只好以行動來表示抗議。

‧《快捷小報》，每日獻詞專欄

我要藉由「每日獻詞」專欄向所有的醫護人員和警察先生致意，感謝他們動作迅速地將死人從街上帶走。我想，很多人跟我一樣，都覺得死人在街上遊蕩很嚇人。衷心感謝他們！

‧《內幕報導》，瑞典公共電視第一臺，晚間十點十分

記者：薇拉‧馬堤內茲，妳最近這幾天都在丹德亞醫院工作，就我了解，現在醫院人員流動率很高，是嗎？

薇拉：沒錯，基本上現在的人員全部來自人力派遣中心。沒人撐得下去。整個房間若塞滿死人，那就像……唉，看了就全身無力。那種念頭，那種感覺啊，反正就是得不斷告訴自己想些愉快的事情，不過，最後還是很難撐下去。

記者：節拍器這主意是妳想到的，這東西似乎真的能讓他們冷靜？

薇拉：不過現在剩沒半個，全被他們拆解了。第一天是有用啦，不過……嗯，他們把節拍器都拆開。現在我們找到其他會規律移動的東西來代替，比節拍器更耐用……

記者：妳認為現在應該怎麼做？

薇拉：我認為應該設法將他們分散到不同地方，不能像現在把他們全放在同一個醫院裡。沒人受得了的。

記者：凱琳・皮爾，妳是社福部的專員，我想，政府應該已經擬定計畫，重新安置復活人了吧？

凱琳：正如薇拉所說，當前狀況很棘手。從昨天開始，我們就設法研擬暫時的解決方案，不過目前還不能透露進一步細節。

・《每日回響》，晚間九點新聞

各保守黨派集結起來表達對當前政府缺乏信心。選舉在即，此行動被視為別有意圖，不過「溫和黨」黨魁如此表示：

黨魁：「的確，我們這次的行動別具意義，因為政府這次的處理方式太拙劣了，本來就該讓家屬與復活的家人見面，這是天經地義的事。」

聯合政府所屬的各黨派尚未表達對政府全力相挺的一貫立場。

・迅即調查：第五號試驗（分解）

〔社福部，列檔機密〕

編號320114-6381病患葛瑞塔・瑞恩伯格的溫度實驗，於二〇〇二年八月十五日，上午九點獲致實驗結論。

該病患被單獨隔離，醫護人員並逐漸提高其病房溫度至攝氏十九度，亦即常溫狀態。

持續觀察病患在不同溫度下其身體組織分解的情況並加以記錄。直到中午十二點，不見任何變化。溫度繼續調高到攝氏二十二度。

下午三點，仍未發現病患身體有腐化現象。接著進行腸內細菌的分析，結果顯示，該病患身體內部的所有細菌停止繁殖。

此現象目前無法加以解釋，但我們認為，復活人顯然毋需一般屍體保存所需的冰冷狀態。

•《每日回響》，晚間十點新聞

……已證實在丹德亞醫院電車站裡遭電車撞死的男子是史丹•伯格沃，他是丹德亞醫院負責處理復活人的主任醫師。警方表示，目前這起死亡沒有疑點……

•玩具連鎖商Br-Toys總部接獲來自瑞典政府的信件

……在此下訂，5000（五千）個編號3429-21玩具。

期盼盡速履行此訂單。運送費用毋須考慮，倘若可行，請以空運送達……

•《每日回響》，晚間十一點新聞

所有人員現已離開丹德亞醫院。大批軍方車輛聚集在丹德亞醫院入口。截至目前為止，裡頭動靜仍不得而知，不過總理已宣布將於明早七點召開記者會。

八月十六日

・早晨七點總理記者會

總理：軍方人員已在昨晚對病患進行重新安置。這是必要的措施，為了提供更妥善的照顧給……

記者：他們被送到哪裡？

〔停頓〕

總理：這問題請留待適當時機再發問，否則我只好請你離開。〔停頓〕為了提供更妥善的照顧，我們已經將復活人移送到其他地方進行安置。我們必須認真看待醫護人員所承受的心理壓力。起初有人提議將他們分散到其他醫院，但此舉恐怕會影響到各醫院的一般醫療服務品質，甚至最基本的醫療活動也可能受到影響。我們已經及時研擬出最佳方式。所有復活人將被載送到斯德哥爾摩西北方的西司地區。所需人員已調度安排妥當，我們希望能在最短時間內開始進行復健工作。我們要讓復活人在社會上也能立足。

〔停頓〕

還有任何問題嗎？

記者：有可能在半完工的住宅區內照顧這些重病者嗎？

總理：根據醫療報告，復活人的病況不像我們一開始以為得那麼嚴重。一開始提供的許多謹慎治療事後發現其實不需要。

記者：您如何確定？

〔停頓〕

總理：事實上我應該將這些問題交由史丹・伯格沃來回答，他是負責重置工作的主任委員。我只能說我們可以保證沒問題。

記者：史丹・伯格沃不是自殺了嗎？

總理：對你這個問題，我不想浪費一秒鐘來思考，也不想抬高這問題的重要性，完全不想。

記者：這好像是走投無路之下的措施？

總理：你又來了，你以為我會回答這問題嗎？

記者：為什麼不讓家屬去那地區？

總理：家屬很快就有機會見到他們死後復活的家人。很遺憾讓他們等那麼久。

記者：你這麼做是為了避免議會提出不信任動議嗎？

總理：〔嘆氣〕不用拿槍抵著我們的頭，我的政府和我就有充分能力做出明智決定。之前確實還不能讓他們跟社會大眾見面，現在可以了，所以，我們不會再進行隔離。

・主任醫師史丹・伯格沃辦公室發現的手稿

非常非常遺憾，我必須說，一切都毀了。我不能扛起打從心底就知道會導致嚴重後果的錯誤決策。

我感到前所未有的疲憊。我握著筆的手顫抖，根本無法思考。

要如何以不同的方式來處理這件事？

復活人被視為植物人，沒有意志，沒有思想。這是錯的，他們像水母，他們的行為被環境左右，他們有意志，就像那些思考他們的人一樣有意志。但沒人有心理準備接受這個事實。

我們應該把他們隔離起來，應該摧毀他們，燒掉他們。然而現在，他們就要被釋放到思想不受控制的社會大眾手中。結果絕對會很慘。我不想親眼目睹這種事發生。

如果我的腿還有力氣把我帶到電車站，我現在就要離開。

•《每日回響》，午間十二點半新聞

……發言人說西司地區的情況已在掌握中，家屬可望明天中午見到死後復活的家人……

•摘自《海狸布魯諾的找尋和發現》（印製中）

……隨著布魯諾的高塔愈築愈高，月亮必須往旁邊閃躲。布魯諾伸出爪掌想摸月亮，想感覺月亮粗糙或光滑，但是他感覺到的只有空氣。月亮仍然像他剛開始築塔時那麼遙遠。

〔……〕

塔樓現在有十四層樓高，比全世界最高的樹木還高。布魯諾坐在塔頂，瞭望遠方山巒。腳下湖泊有東西移動。他看見「水人」在他用來築塔的水底淤泥間滑動。布魯諾站起來，閉上眼。

〔……〕

夜晚，布魯諾看見兩個月亮。一個在天上，一個在水面。天上那個搆不到，水中那個不敢碰。因為那是「水人」的月亮。

# 八月十七日
# 屍體所在，禿鷹齊聚

**思瓦瓦街，早晨七點三十分**

七點二十八分，大衛走到玄關，守在門邊。七點半整他聽見電梯上來的聲音，然後是一聲躊躇的敲門聲。其實沒必要這麼緊張兮兮，因為大衛很確定麥格納思還在熟睡，不過生日當天總該來點神祕的，至少九歲的生日必須如此。

大衛的丈人史圖爾就站在門外，手裡拿著寵物外出提籠。史圖爾的衣服清一色是藍褲配開襟毛衣，但這會兒他卻穿著紅橘格子襯衫，下半身則是一條過緊的西裝褲。盛裝打扮。

「歡迎，史圖爾。」

「嗨。」

史圖爾將提籠拿高兩吋，對著它點點頭。

「太好了。」大衛說：「進來，進來。」

史圖爾身高近一百九十公分，人高馬大，他一出現，這原本寬敞的兩房公寓瞬間成了尺寸尚可的小囚籠。像巨樹的史圖爾通常必須有空間伸展四肢，但他一踏入玄關，竟做出讓人意想不到的動作：放下提籠，擁抱大衛。

這擁抱不是為了給予或索求安慰，反倒像是為了分享共同的命運。類似握手。史圖爾將大衛抓入自己懷中，摟了五秒，然後放手。速度之快，讓大衛沒時間想到可以將頭倚在丈人胸口，直到史圖爾放手。事後他才發現這麼做或許可以獲得一些安慰。

「嗯，」史圖爾說：「我們見面了。」

大衛點點頭，不知該如何回話。他掀開提籠的蓋子，一隻灰色小兔正蜷縮在裡頭，望著籠壁。角落散落著兩片萵苣葉，另一角落有幾顆黑色小丸。他知道那小黑丸飄出的刺鼻臭味很快會瀰漫整間屋子。

史圖爾巨大手掌抱起兔子，「你有籠子嗎？」

「我媽會拿一個過來。」

史圖爾摸摸兔子耳朵，牠的鼻子比上次大衛見到時更紅，現在臉頰的皮膚底下也可見到血管散布。大衛聞到威士忌的味道，或許是昨晚留下來的。史圖爾應該不會酒後駕車。

「來點咖啡？」

「好啊，謝謝。」

丈婿倆坐在餐桌邊，兔子仍縮在史圖爾手裡，一臉脆弱卻無慮的表情。牠的小鼻子擂呀擂，想搞清楚這新來乍到的地方。史圖爾一手抱著兔子，另一手端起杯子，動作不自然地喝著加進大把糖的咖啡。兩人就這樣沉默地坐了一會兒。大衛聽見麥格納思在床上扭動的聲音。或許該尿尿，但又不想起床，不想離開舒服的小被窩。

「她好多了，」大衛說：「好多了。我昨晚跟他們談過，他們說她……有很大的進步。」

史圖爾吸吮溢在碟子上的咖啡。

「她什麼時候可以回家？」

「他們沒說。還在處理……他們正在進行某種復健計畫。」

史圖爾點點頭，什麼都沒說。大衛覺得自己有點蠢，竟然用他們的語言來替他們的行為辯解，讓自己成為他們的發言人。

事實上大衛也問過那個神經專科醫生相同的問題：「她什麼時候可以回家？」但得到的答案很模糊。「現在說還太早，還有些……問題，明早你來看她時，我們再討論討論。現在很難在電話上說清楚。」

「什麼樣的問題？」

「嗯，就像我說的……如果你沒親眼見到……可能很難懂。明天我會在西司地區，到時再談。」

於是兩人約妥明天提早見面。西司地區開放時間是中午十二點，大衛打算提前到達那裡。

大門傳來輕輕的敲門聲，大衛打開門，讓手裡拿著兔籠的母親進屋。他很驚訝，母親竟能平靜地承受依娃意外的消息，沒流露過度到會讓他窒息的感傷。

籠子看起來很棒，不過沒有放木屑。史圖爾說，報紙好用又便宜，於是他和大衛的母親就開始以報紙布置，大衛站在一旁，手裡抱著兔子。

他和依娃好幾次開玩笑說，真該把這兩位孤單老人湊作堆。只是這主意有點不切實際，因為兩人個性南轅北轍，而且堅持固守原來的生活。而現在，他站在一旁望著他們低聲交談，一起撕報紙，在碗裡裝水，看起來似乎又沒那麼不可行。瞬間，角色調換，他們成了佳偶，而他孤單一個。

我不孤單，依娃會好的。

胸口有個大窟窿。

大衛用力眨眼，睜眼後低頭看兔子，牠正在啃齧他衣服上的鈕扣。如果不是依娃這場意外，就不會有兔子。他和依娃都覺得住在城市不該養寵物，不該將牠們關在籠子裡。可是現在……該讓麥格納思快樂，至少在他生日這一天。

我們好快樂，哈哈！
因為你出生，哇哈！
因為你出生，哇哈！
就在這一天！
歡呼，大歡呼！

兩位老人家邊唱邊走進麥格納思的房間，大衛喉頭哽咽。麥格納思沒蜷縮著睡覺或假裝睡覺，他直挺挺地躺著，手放在肚子上，嚴肅地看著他們。大衛覺得他們三個大人好像熱臉貼冷屁股，賣力表演想取悅觀眾，無奈對方不領情。

「恭喜，小寶貝。」

大衛的母親第一個衝到床邊，將一盒盒禮物放在他腿上，這時麥格納思眼底的嚴肅開始軟化。有那麼一會兒，他似乎忘記今天是自己的生日。禮物有神奇寶貝卡、樂高積木和電影光碟。最後他們將提籠拿進來。

有那麼一會兒，大衛真怕麥格納思那雀躍開心的神情只是為了迎合他們，不過他將兔子抱到床上，撫摸牠的頭，親吻牠鼻子的快樂神情顯然真誠無疑。摟著兔子半晌後，他開口的第一句話是：「我可以帶牠去找媽咪嗎？」

大衛微笑點頭。自從車禍那天起，麥格納思幾乎沒提起過依娃。大衛稍微試探後才發現，原來麥格納思生氣依娃就這麼消失，但又覺得自己這種態度很不對、很丟臉，於是乾脆閉口不提。

現在他想把兔子帶去看媽咪，當然可以啊。

史圖爾摸摸麥格納思的頭，問他：「你要給牠取什麼名字？」

麥格納思立刻回答：「巴薩扎。」

「喔，」外公說：「幸好牠是男生。」

生日蛋糕拿進來。大衛在糕餅店買了現成的碎杏仁糖蛋糕，麥格納思沒說什麼。咖啡和熱巧克力也已備妥。倘若沒有巴薩扎，這爽脆的咀嚼聲音和滿口食物之間的沉默氣氛肯定讓人難受。牠在麥格納思床上跳來跳去，聞聞蛋糕，沾了滿鼻子的奶油。

沒人提起讓人難開口的依娃，大家談的盡是巴薩扎。牠成了屋裡的第五個生物：由牠取代依娃。牠滑稽的動作笑壞了大家，讓大家有話題討論養兔子的挑戰和樂趣。

大衛母親先離開，大衛和麥格納思開始玩起一對一的神奇寶貝卡遊戲，好讓麥格納思有機會用到這些新卡片。史圖爾興致勃勃跟著看了一會兒，不過麥格納思一解釋起複雜的遊戲規則，他就忍不住搖頭。

「不行，對我來說這太難啦，我看我只能玩心臟病和抓鬼牌。」

麥格納思贏了兩局後，回自己房間和巴薩扎玩。九點半了，再喝咖啡肯定會消化不良。出發前還有兩小時要打發，大衛想提議大家來玩撲克牌遊戲，不過又覺得這樣顯得太刻意，只好空著雙手坐在史圖爾對面的餐桌邊。

「我看到你今晚要上臺表演。」史圖爾打破沉默。

「什麼？今晚？」

「是啊，報紙上的節目表這麼寫。」

大衛拿出行事曆，發現八月十七日上面的確寫著「晚上九點諾拉・布魯諾俱樂部」。史圖爾沒看錯。

另外，他也很氣惱地發現，十九日在烏普薩拉市有場社團單位的演出。任務：說笑話、搞笑、讓大家哈哈大笑。他搓著臉。

「我得打電話取消。」

史圖爾瞇起眼，模樣真像在躲太陽。「真的要這麼做？」

「唉，你知道的，站在那裡……對著全場搞笑。不行，我沒辦法。」

「或許你出去透透氣也好。」

「沒錯，不過得準備戲碼。現在要我上臺表演，就像含著整嘴石頭，說不出話的。不行。」

他可以補充說，第四臺已播報過他的事情，現在觀眾席裡一定有人知道他家發生了什麼事。那名女死者的丈夫在臺上表演呢。俱樂部老闆里歐應該已取消他的演出，只是忘記把廣告抽掉。

史圖爾擱在桌面上的十指交纏，「如果你要的話，我可以晚上來幫忙看孫子。」

「謝謝，」大衛說：「再看看吧，不過我想應該不需要。」

**邦德街，早晨九點三十分**

週六早晨佛蘿拉家的電鈴響起，瑪嘉就站在門外。她是佛蘿拉學校裡少數幾個可以稱為朋友的其中之一，她比佛蘿拉高上一個頭，卻重上三十公斤左右。她穿著一件在軍隊剩餘物資供應店買來的大外套，外套衣領別著的徽章上寫著：「我抱怨我呻吟，那你的信仰是什麼？」

「出來一下。」她說。

佛蘿拉樂意之至。整間屋子都是早餐的味道，吐司氣味讓人想起早餐時家裡的不愉快氛圍。況且，佛蘿拉這會兒還真想哈幾口菸。但只有和瑪嘉在一起，她才會抽。

兩人在街上漫無目的地踱步，瑪嘉點燃今天的第一根菸。佛蘿拉抽了幾口。

「我們在討論要去西司地區做點事。」瑪嘉說，遞出菸。

「我們？」

「是啊，就我們這群人。」

瑪嘉隸屬一個叫「青年左派」的小團體，裡面成員多半是女孩，他們自認為很有創意。之前男性時尚雜誌《咖啡館》在船上舉辦十週年派對時，成員之一的派翠西亞就將十桶黏壁紙用的白膠倒在碼頭的跳板前方，還在旁邊立個牌子：「警告！精液！」白膠被刮除前，賓客只得踏上那團黏答答的灰白色東西才能上船參加派對。

「要做點什麼樣的事？」佛蘿拉問，遞回剩下的菸。幾口就夠了。

「就是……」瑪嘉將視線從一個穿著亞麻白褲、牽著瑪爾濟斯小狗的少女身上移開。「他們真的很變態，竟然那樣對待他們。一開始把他們當成某種實驗白老鼠，現在又將他們趕到天殺的貧民窟。」

「沒錯，」佛蘿拉說：「可是，不這樣的話，又能怎麼辦？」

「怎麼辦？不管怎麼辦，反正就是不該這麼做。這社會……」

「會被人批評不善待弱勢族群。」佛蘿拉接話。「對，我知道這些，不過……」

瑪嘉不耐煩地揮舞著菸。「從沒有哪群人像死者這麼弱勢。」她嘆了口氣，「妳什麼時候聽過有死人站出來替自己爭取權益？沒有，所以當權者就對他們為所欲為，現在他們就是這樣。妳讀到《每日新聞》那篇報導了嗎？那個哲學婊子寫的那篇。」

「讀了，」佛蘿拉說：「我覺得她的說法不對，我同意妳說的。好啦，現在冷靜一下，我只是納悶……」

「以後再納悶吧。妳既然認為這是錯的，就得做點事來匡正。一有新狀況，我們就應該搞清楚誰握有權力，才好對症下藥。這麼說吧，他們找出對抗死亡的方法了，對吧？妳想，他們會怎麼利用？要讓非洲人永遠不死嗎？我不這麼認為。我認為他們會先讓所有黑人死於愛滋病，然後看看能把非洲變成什麼德性。妳要知道，愛滋病的傳染狀況大部分掌控在美商藥廠手中。」瑪嘉搖頭說：「十之八九他們正派人到西司地區嗅聞商機呢。」

「我正好打算等那裡一開放就去。」佛蘿拉說。

「去哪裡？西司地區？我和妳一起去。」

「我不知道妳可不可以進去，只有家屬……」

「我就是要來找妳談這件事。妳要怎麼證明妳是家屬？」

「我不知道。」

瑪嘉將菸放在食指和拇指間旋轉捻熄。突然，她停住動作，頭歪向一側，斜眼看著佛蘿拉。

「那妳有什麼理由去哪裡？」

「我不知道。我只是……就是必須去。得去看看那裡是什麼狀況。」

「妳對死亡有興趣，對吧？」

「每個人都有興趣。」

瑪嘉盯著她看了幾秒，然後說：「不對。」

「對。」

「不對。」

佛蘿拉聳聳肩。「妳根本鬼扯。」

瑪嘉笑笑，彈開菸蒂，讓它飛出個弧形，落在垃圾桶裡。不可思議，射籃成功。佛蘿拉鼓掌，瑪嘉一手搭在她肩上。

「妳知道妳是個什麼樣的人嗎？」

佛蘿拉搖頭，「不知道。」

「有一點自命不凡。我喜歡。」

兩人邊晃邊聊了兩小時，然後道別，佛蘿拉搭電車前往坦斯塔區。

**泰比市，早晨九點三十分**

「我們得趁著人潮聚集，將我們的理念說出來。」

「可是誰會聽我們？」

「我很確定他們會聽的。」

「他們有麥克風欸。」

「妳想，我們可以用麥克風嗎？」

「這麼說吧：耶穌當年將那些以兌換銀錢之名行放高利貸之實的人，逐出耶路撒冷會堂時，他有先得到他們的允許嗎？他有說：不好意思啊，我可以把這張桌子掀掉嗎？」

大家笑了出來，馬帝斯雙手抱胸，很高興自己想得出這番比喻。艾薇站在門邊，頭倚著門柱，看著他們在廚房裡討論策略。她沒參與，這幾天她真的累壞了。主要是因為沒睡覺，而之所以沒睡是因為疑惑。

她整夜醒著，努力想抓緊她得到的異象，不願異象褪去，消失成一團雜亂的影像。她努力想弄明白。

他們唯一的救贖就是歸向我……

第一晚還算成功，之後靈魂救贖的工作就停頓了。一開始的震驚平緩過後，社會顯然能夠面對這種狀況，所以大家就沒那麼有意願上船。艾薇只期望第一天。第二天她就累了。

「妳覺得呢，艾薇？」

馬帝斯那張圓潤稚氣的臉龐轉向她，艾薇楞了幾秒才弄懂他在問什麼。七雙眼睛直盯著她。在場的除了唯一男性馬帝斯，還有海嘉兒、葛瑞塔、隔壁鄰居和第一晚就來的那個女人。艾薇不記得她的名字。另外還有兩個她帶來的姊妹，英格麗德和愛絲莫拉德。她們先來參加早上的聚會，後來其他人也跟著加入。

「我想……」艾薇說：「我想……我不知道自己有何想法。」

馬帝斯皺起眉頭。答案錯誤。艾薇心不在焉地搓搓前額的傷口。

「就由你決定吧，然後……我們跟著做。我想，我得去躺一下。」

馬帝斯在她房門前擋住她。他輕輕抓著她的肩膀。

「艾薇，這是妳的使命，妳的異象，我們是因為妳才來這裡的。」

「對，我知道。」

「妳現在不相信了嗎？」

「我相信，我只是……沒力氣。」

馬帝斯手搓著自己臉頰，視線在艾薇臉龐遊移，從額頭傷口到眼睛，再回到傷口。

「我相信妳。我相信妳有使命，有重要的使命。」

艾薇點點頭。

「沒錯，我只是……只是不怎麼清楚那是什麼。」

「妳先去休息一會兒吧，我們自己處理，大概會再談個一小時。妳看到傳單了嗎？」

「看到了。」馬帝仍杵在原地，等著更多說明。艾薇只好再補上一句：「看起來很棒。」然後進臥房，關上房門。她沒褪去衣裳，直接鑽入被窩，將被子拉高到鼻尖。環顧房間，一切依舊。她將雙手舉到眼前。

這是我的手。

她活動著手指。

我的手指。它們會動。

玄關的電話響起，她懶得起來接。有人替她接了，好像是愛絲莫拉德，說了些什麼。

我一點都不特別。

一直都這樣嗎？

那些因主耶穌之名而奮鬥死去的聖徒，各個浮現眼前。在教皇面前熱切起舞的聖方濟，在牢房裡與聖火一起燃燒的瑞典籍聖女畢哲。他們有過她這種疑惑嗎？畢哲是否也曾認為自己搞錯了什麼，捏造出什麼？聖方濟是否曾想過叫信徒離開，「別煩我，我沒什麼有意義的事情可說」？

沒人可以問。因為他們死了，成了傳奇，沒有軟弱的人性。

可是她的確見到了。

或許也有其他人見到，男女老少幾千人看到。或許聖徒之所以為聖徒，就是因為他們能抓緊見到的異象，不讓那領悟消褪。他們抓住異象，抓住領悟，緊抓不放，並將遺忘視為惡魔的工具。或許這就是他們之所以能成為聖徒的祕密。

艾薇抓住被單，抓得死緊。

沒錯，主啊，我會牢牢抓緊。

她閉上眼，試著休息。身體終於開始放鬆，卻到了該出發的時候。

可霍瑪度假區，早晨十一點

伊利亞思有進展了，大大進步。

第一天，他對馬勒根據書本與他一起進行的練習毫無反應。馬勒將鞋盒拿高，對他說：「真不知道裡面有什麼？」伊利亞思一動也不動，不管在馬勒打開盒子給他看裡頭的絨毛小狗之前或者之後，他完全沒動作。

馬勒在伊利亞思的床邊桌上放了個陀螺，讓它轉動。旋轉的陀螺轉出桌面，掉到地上，伊利亞思依然看都沒看一眼。不過馬勒繼續這麼做。伊利亞思願意接下遞給他的奶瓶，就表示他有能力反應。若他覺得有理由，他就會回應。

安娜不反對這些訓練活動，但也毫無興趣參與。她陪著伊利亞思一坐數小時，也會睡在他床邊地上的墊褥，可是馬勒覺得她就是不想具體做些什麼事來改善他的狀況。

讓情況有所突破的是遙控汽車。第二天馬勒給遙控汽車裝上電池，讓它駛進伊利亞思的房間，希望他生前很愛的這輛車可以喚回他一些反應。車子一衝入房間，伊利亞思立刻有回應，他躺臥的方式改變，然後眼神追隨在屋裡繞圈的小汽車。馬勒讓車子停住，伊利亞思朝它伸手。

馬勒沒把汽車給他，他讓車子繼續繞兩圈。這時馬勒期待的事情發生了：伊利亞思彷彿跋涉過泥濘，徐徐地、緩緩地起身。車子停下，伊利亞思也暫停，隨後繼續起身動作。

「安娜！快過來看！」

安娜進來，正巧見到伊利亞思將雙腿拖到床邊。她手摀住嘴，尖叫衝向他。

「別阻止他。」馬勒說：「幫他。」

安娜扶著伊利亞思的胳肢窩，他終於站起來，在安娜的攙扶下，小心翼翼地朝著汽車跨出第一步。馬勒讓車子往前幾公分，然後往後退。伊利亞思又跨出另一步。就在快走到車子時，他伸出手，但馬勒又將車子開離。開到房門口。

「讓他拿。」安娜說。

「不行，」馬勒說：「這樣他會停止移動。」

伊利亞思將頭轉往小汽車的方向，接著身體也轉了過去，走向房門。安娜跟上前，眼淚撲簌簌地滑落臉頰。走到門邊，馬勒又將車子開到廊道。

「讓他拿。」安娜壓低聲音說：「他想要。」

但伊利亞思一靠近，馬勒就將車子開走。最後安娜停步，雙手緊摟著伊利亞思。

「停，」她說：「停。我不能這麼做。」

馬勒讓車子停住。安娜雙手緊抱著伊利亞思。

「你這是把他變成機器人。」她說：「我不想跟著你這麼做。」

馬勒嘆息，放下遙控器。

「難道妳寧可他癱在床上？他能起來走，這真的很棒啊。」

「對，」安娜說：「沒錯，可是……這樣不對。」安娜坐在地上，把伊利亞思抱在她腿上，將小汽車拿給伊利亞思。「給你，小寶貝。」

伊利亞思手指撫摸著塑膠汽車的每個部分，彷彿想找地方伸入汽車裡面。安娜點點頭，摸摸他頭髮。現在他的頭髮強韌多了，不再塌垮，不過前幾天出現的幾處光禿現在猶存。

「他很好奇車子怎麼會動。」安娜說，將隨眼淚而流下的鼻涕吸入鼻腔裡。「他很好奇裡面是什麼讓車子可以動。」

馬勒放下遙控器。

「妳怎麼知道？」

「我就是知道。」安娜回答。

馬勒搖頭，走到廚房，拿了罐啤酒。自從來到這裡後，安娜說了好幾次「我就是知道」伊利亞思要什麼。馬勒很氣她利用這種母親天性來延宕他的訓練過程。

「……伊利亞思不喜歡陀螺……伊利亞思要我抹奶油……」

馬勒每次問她，她怎麼會知道，得到的答案都是：我就是知道。他拉開啤酒，一口氣喝掉半罐，然後凝視窗外。這場熱帶式的暴雨對這些樹木來說根本是杯水車薪。雖然才八月中，已有好幾棵樹因為缺水而落葉紛紛。

這次他心想，或許安娜說得沒錯。伊利亞思很多舊玩具都引不起他一丁點興趣，或許是小汽車的移動特性喚醒了他。可以怎麼利用這種特性呢？

安娜將伊利亞思和小汽車留在地板上，走進廚房。

「有時候，」馬勒繼續望著窗外，「我會覺得妳不希望他有進展。」

他聽見安娜吸口氣準備回答，在她開口之前，他或多或少已經知道她要說什麼。就在此時，走道傳出尖銳爆裂聲。

伊利亞思仍坐在地上，手裡拿著小汽車，他不知怎麼弄的，竟將車子底盤的上半部拆開，裡頭的零件和鐵絲露了出來。馬勒還來不及阻止，伊利亞思就扯開電池盒，舉高放在眼前。

馬勒雙手一攤，看著安娜。

「哼，」他說：「妳現在高興了吧？」

伊利亞思又將另一輛電池啟動的小汽車拆解，馬勒想到或許可以拿木頭材質做的小火車給他玩。這火車頭製作精細，可以拆開的零件很少，應該禁得起伊利亞思纖弱的手指摧殘。

那天早上他到北泰利耶市，買了一模一樣的火車頭。他在餐桌的正中央黏上膠帶當界限，把餐桌分成兩邊，一邊各放一個。書上說治療自閉症的第一步就是仿效練習。他在餐桌兩邊各放三節軌道，然後把伊利亞思從房間抱出來，放在餐椅上。

伊利亞思看著窗戶，安娜正在外頭花園除草。

「看。」馬勒說，將火車頭拿向伊利亞思。沒反應。他將火車頭放在桌上按下啟動鍵，火車頭發出空洞嗡嗡聲，慢慢在桌面上移動。伊利亞思將頭轉向聲音所在，朝它伸出手。馬勒將火車頭拿開。

「在那裡。」

他指著伊利亞思前方那一模一樣的火車頭。伊利亞思攀過桌面想拿馬勒手中仍嗡嗡響的那個。馬勒將它關掉，指指伊利亞思前面的那個。

「那個，那個才是你的。」

伊利亞思坐回椅子上，面無表情。馬勒伸手將伊利亞思前面的火車頭的按鈕壓下。火車頭在桌面上緩緩移動，伊利亞思笨拙地伸手抓住，舉到面前，想將轉動的車輪拔下。

「不行，不行。」

馬勒走過桌子另一端，設法哄騙，取出伊利亞思僵硬手掌裡的小火車，然後放回桌面。

「看。」

他將自己的火車頭放在桌面另一側，壓下按鈕。伊利亞思又伸手想拿。

「那裡，」馬勒指指伊利亞思那側靜止不動的火車。「那裡，現在你自己來。」

伊利亞思整個半身橫過桌面，抓住馬勒的火車頭，開始拆解。馬勒真不喜歡現在所站的角度，因為他看見伊利亞思原本是耳朵的地方現在成了個窟窿。他揉揉眼睛。

為什麼你不懂？為什麼你這麼笨？

伊利亞思突然將火車頭拆開，傳出嘎吱聲。電池掉落在地上。

「不行，伊利亞思，不行！」

馬勒抓過伊利亞思手中的那幾片，不禁怒火中燒。他厭煩這一切了。他將自己的火車頭重重砸向桌子，以迂腐老學究的精準姿態指著按鈕。

「這裡，你自己按。這裡。」

最後還是由他按下。火車頭開始慢慢駛向伊利亞思，他抓起火車，將輪子拆開。

我受夠了。他不會，什麼都不會。

「為什麼你要把東西都拆開？」他大聲斥責：「為什麼你非得破壞……」

突然，伊利亞思的頭往後仰，將火車頭丟向馬勒的臉。砸中嘴巴，劃過他的脣，在一道紅色血膜背後，他聽見火車頭撞擊地面，這時，他也在自己頭顱裡嘗到鐵鏽味。他滿腔怒火瞪著伊利亞思。伊利亞思深褐色的嘴脣往後咧成笑臉，看起來……好邪惡。

「你在做什麼？」馬勒說：「你在幹麼？」

伊利亞思的頭前後擺動，彷彿被後面某種隱形的力量拉扯。椅腳開始踉蹌，不斷撞擊地板。馬勒還來不及反應，伊利亞思就跌下去了，整個人啪地撞地。他從椅子上摔下，滾到地面，身上的骨骸突然變成果凍，一路滾動。馬勒看見椅子以慢動作隨著伊利亞思傾倒，還來不及想到椅背即將砸在伊利亞思臉頰，就聽見一陣哀鳴像牙醫用的鑽頭鑽進他腦袋裡。他被逼得閉上眼睛。

他雙手壓住太陽穴，而那聲哀鳴乍然停息的速度，正如它倏地響起。伊利亞思躺在地上，被椅子壓住，一動也不動。

馬勒衝過去拿開椅子，「伊利亞思？伊利亞思？」

通往陽臺的門打開了，安娜跑進來。「你們在……」

她整個人跪到伊利亞思身邊，撫摸他的臉。馬勒眨眨眼，環視廚房，一陣戰慄沿脊背爬上。

有人在這裡。

哀鳴聲又出現，這次微弱些。關閉。伊利亞思舉手迎向安娜，安娜握住親吻它。她怒目瞪視馬勒，但他不斷左右張望，想注視某個他看不見的人。他舔舔已開始腫脹的脣，感覺起來真像塑膠。

走了。

安娜拉扯他的衣服。「不准你這樣。」

「不准我……怎樣？」

「討厭他。」

馬勒手指顫抖，不確定地胡亂指著廚房各個角落。「有人……在這裡。」

他後背肌膚仍可清楚感覺到那人的存在。有人正盯著他和伊利亞思看。他起身，走到流理臺，捧冷水沖臉。以廚房毛巾抹過臉後，整顆頭清醒多了。然後坐在板凳上。

「我沒辦法了。」

「你是不行，」安娜說：「我看得出來。」

馬勒拿起半毀的火車頭，放在掌心裡掂掂。「我不是這個意思，我是說……」他瞇起雙眼，看著安娜。「有東西在這裡，某種我不明白的東西。在這裡有其他東西。」

「你從不聽別人怎麼說，」安娜說，「老是自作主張。」

她將伊利亞思放到旁邊，讓他躺在壁爐前的碎呢地毯上。若仔細端詳，就可清楚發現伊利亞思或許有些進展，或許表現出有意識狀態，但他的身軀卻逐漸縮小。睡衣底下伸出的手只是蓋著一層羊皮薄膚的嶙峋骨頭，而那張臉不過是一顆以假髮裝飾的顏顱，怎樣都讓人想像不出裡頭有個柔軟濕潤、會運作的腦袋瓜。

馬勒掄拳砸往自己的腿。

「我不懂什麼？我——不懂——什麼？」

「你不懂他已經死了。」安娜說。

馬勒正準備爭論，門廊傳出木屐喀啦聲。大門被打開。

「唷—呵，裡面的！」

馬勒和安娜四目相接，瞬間兩人因驚恐而團結。艾隆森的木屐砰砰砰踏入屋內，馬勒從餐桌上迅速起身，整個人擋住廚房入口。

艾隆森指指馬勒的嘴唇。「哇，哇，打架呀？」他自以為風趣地笑笑，拿下頭頂的帽子搧風。「這麼熱，你們怎麼受得了啊？」

「還好。」馬勒說：「嗯，我們正在忙。」

「我懂，」艾隆森說：「我不會打擾的，我只是想來問問有沒有人來收你家垃圾？」

「有。」

「是喔，竟然沒來我家收，已經兩個禮拜了呢。我打過電話抱怨，他們說就來了，可是到現在也不見人影。這麼熱欸，不能繼續放了。」

「是不能。」

艾隆森皺起眉頭，他察覺異狀了。理論上，馬勒可以直接兩手環住他，將他拖往門口，一把推出去，但他沒這麼做，稍後果然後悔了。艾隆森從他身邊往廚房裡頭張望。

「天倫之樂啊，我懂了。真幸福唷。」

「我們只是正準備吃飯。」

「我懂，我懂，別讓我打斷，我只是想打個招呼……」

艾隆森想擠進去，馬勒雙手撐在門柱形成屏障。艾隆森眨眨眼。

「你怎麼了？古斯塔夫。我只是想進去跟你女兒打聲招呼啊。」

安娜立刻起身，準備到廚房入口和艾隆森說哈囉，免得他真的闖入。馬勒放下手臂，艾隆森迅速往裡頭鑽。

「哇，」他伸手迎向安娜，「好久不見啊？」

他銳利的雙眼往四周掃視，安娜懶得跟他打招呼。反正已經太遲了，艾隆森看見伊利亞思了。他雙眼圓睜，像是雷達找到了目標，還伸出舌頭舔舔脣。有那麼一會兒，馬勒掙扎著要不要拿鑄鐵做的鍋夾往他頭上砸下去。

艾隆森指著伊利亞思。「那是……什麼？」

馬勒抓住他肩膀，將他拖到玄關。「那是伊利亞思。現在你可以回家了。」他抽出艾隆森手中的帽子，幫他戴在頭上。「我應該叫你別張揚，不過我知道說了也是白說。你走吧。」

艾隆森抹去嘴上的唾沫，「他……死了嗎？」

「沒有，」馬勒邊將艾隆森推出門口，邊回答：「他活過來了，我正在設法改善他的狀況。不過我了解你，我知道一切都完了。」

艾隆森退到門廊，臉上露出一抹神祕的微笑。他很可能正在思索該打電話給哪個單位舉發他們。

「嗯，那就祝你好運嘍。」他說完後，以後退的方式離開。馬勒狠狠關上大門。

安娜坐在廚房地板，腿上抱著伊利亞思。

「我們得離開，」馬勒說，以為這番提議會遭到安娜抗拒，沒想到她竟然點頭，「是啊，是得離開。」

他們將冰箱裡所有的東西放進保冷箱，將伊利亞思的東西裝入運動袋。馬勒還細心地放進火車頭和其他玩具、手機、衣物。他們沒有睡袋或帳篷，不過馬勒早就盤算安排妥當。這兩、三天，尤其是睡前，他已在腦中沙盤推演過各種可能性，如果發生特別情況，他們該怎麼做。現在果然發生了，他事先已在裝入衣物的塑膠袋裡放進鐵鎚、螺絲起子和鐵橇。

以前夏天去海邊玩一天，就得花上一個多小時整理裝備，而現在要無限期地遠走他鄉，卻只花十分鐘收拾行囊。需要的大半物品應該會忘記帶吧。

反正先這樣。有需要的話，他可以稍後回來拿，現在最重要的是把伊利亞思帶離此處。

他們慢慢走過樹林，安娜拿袋子，馬勒抱著伊利亞思。心臟沒給他惹麻煩，不過他知道當下正是心臟病最容易發作的狀況，如果他不試著放鬆的話。

懷裡的伊利亞思像個雕像，毫無生命跡象。無法低頭看路的馬勒小心翼翼地往前走，雙腳踏在橫過小徑的樹根，專心摸索他的路。汗水刺痛雙眼。

這一切，都為了這個小生命。

**思瓦瓦街，早晨十一點十五分**

史圖爾那輛富豪七四〇剛清洗過，但沾附已久的木頭和亞麻籽油的氣味仍揮之不去。史圖爾是個木匠，現在居住的那間由前門往外延伸的六角形小木屋，就是由他親手設計的，原本是要當作夏天客人來訪時的客房。

麥格納思爬進後座，大衛將裝著兔子巴薩扎的提籠遞給他，然後坐到前面乘客座。史圖爾快速翻看他從電話簿上撕下來的地圖，搔頭想弄清楚那地方的所在位置。

「西司地區……西司地區……」

「我想，不會在地圖上，」大衛說，「那是在賈瓦區的空地，靠近阿卡拉街。」

「阿卡拉街……」

「對，在西北方。」

史圖爾搖搖頭，「或許由你來開比較好。」

「我不想開，」大衛說：「我覺得……我還是別開。」

史圖爾從地圖上抬起頭，嘴角閃過一絲微笑，然後傾過身，打開乘客座前方的置物箱。

「我帶了這個。」他遞給大衛兩個木頭做的娃娃，約有十五公分高，然後發動引擎，「反正先開上東二十號公路，到時再看看吧。」

木娃娃的細緻質感非得靠雙手和食指以砂紙慢慢搓磨才得以呈現。一個是男孩一個是女孩，大衛知道這對木娃娃的故事。

依娃還小時，史圖爾去挪威當建築木工，連續工作兩週才能回國休息一週。有個禮拜在家，他刻了兩個娃娃送給當時才六歲的女兒。他非常高興這木娃娃竟成為女兒最愛的玩具，即使她有芭比、肯尼和芭比的寵物狗。

有趣的是她給娃娃取了名字：依娃和大衛。當年兩人相識後兩個月，依娃告訴他這個故事。

「命中注定，」她說：「從我六歲起就注定要跟你在一起。」

大衛閉上眼，手指撫摸著木娃娃。

「你知道我為什麼做娃娃給她嗎？」史圖爾問，視線仍停留在公路上。

「不知道。」

「因為我怕我會死在挪威。那工作不是完全沒風險，所以我想，萬一……那我還能留點東西給她。」他嘆了口氣，「沒想到先走的人不是我。」語氣愁悶失落。依娃的母親六年前死於癌症，當時史圖爾很憤怒，上帝帶走的竟然不是他這個比較沒用的人。

史圖爾瞥向娃娃，「我不知道，可能我覺得……想留點東西給她當紀念吧。」

大衛點頭，思索自己可以留什麼給麥格納思。一疊腳本手稿？或是登臺表演的錄影帶？他從未親自動手做過什麼，至少沒做過什麼值得留下來的。

大衛努力引導史圖爾開出市區。很多駕駛對他們按喇叭，因為史圖爾的車速實在太慢，不過終究順利抵達目的地。十二點整的前十分鐘，他們將車停在臨時立起的停車場招牌附近的空地。幾百輛車排隊等著停車，史圖爾熄掉引擎，三人仍坐在車裡。

「至少不用付停車費。」大衛打破沉默。麥格納思打開他那側車門，手裡拿著提籠下車。史圖爾雙手仍擱在方向盤上，望著擠在入口處的人群。

「我會怕。」他說。

「我知道，」大衛說：「我也是。」

麥格納思拍拍車窗。

「下車嘛。」

史圖爾拿了木娃娃才下車，他雙手緊握著娃娃，三人一起走向依娃。

剛架設的鐵絲網讓人不舒服地聯想到集中營，不過事實上單純就字面意義來看，這裡的確是集中營：把人集中起來的營地。但此刻這意義反倒變得扭曲，因為現在一大群人集中的地方是在大門外，而營區裡空蕩蕩。鐵絲網圈住的營裡只見灰色建築物散落在大片空地上。

兩處入口，各有四個警衛。就算他們沒攜槍帶棍，展現對群眾自制力的充分信任，這畫面仍讓人難以想像此處是民主先進的瑞典。讓大衛痛苦的，不是鐵絲網或擁擠人群的壓迫氛圍，而是如狂歡般的熱鬧場面。一群觀眾渴望見到隱藏在鐵絲網後面的東西，而依娃就在這團馬戲班的核心某處。

有個年輕人過來塞了一張傳單到他手中。

沒有上帝，你有勇氣活下去嗎？
世界就要毀滅
人類將滅絕
請你，請你，請你
一定要來歸向神
免得為時已晚，後悔莫及
我們可以幫你。

傳單製作精美，優雅字體疊印在聖母瑪利亞畫像的淺色背景上。發傳單的男人看起來更像房仲經紀人而非宗教狂熱者。大衛點頭道謝，手裡牽著麥格納思繼續往前。男人側步過來擋住他們的路。

「這事很嚴肅，」他說：「這種……」指著傳單，聳聳肩說：「這種事情很難解釋，我們不是什麼組織或教派，不過我們知道這一切……」他手臂揮向鐵絲網，「如果我們不歸向上帝，後果會很慘。」

說完後，他對麥格納思投以憐憫眼神。若非他的謙卑言辭和那一句句「請你，請你，請你」給了大衛片刻感動，他這個眼神肯定會讓大衛覺得就算他所言甚是，也不免讓人厭惡。

「不好意思啊，我們得走了。」大衛邊說邊拉著麥格納恩往前走。對方沒進一步攔阻他們。

「瘋子。」史圖爾說。

大衛將傳單塞進口袋，看見有幾張被揉成一團丟在草地上。人群出現騷動，注意力更加集中。從那一聲「噗」大衛明確知道：有人正在測試麥克風。

「一、二……」

騷動停止。

「他們在幹麼？」史圖爾問。

「不清楚。」大衛回答：「應該是有人要……上臺。」

真的開始愈來愈像某種慶祝活動了。看來不消多久，瑞典歌壇長青樹湯瑪斯・雷定就會上臺，表演兩首歌曲。大衛覺得胃部揪緊，整個人被擴散的焦慮團團圍住。場面很可能失控，喜劇藝人死在舞臺上。社福部長靠近麥克風，臺下零星的不滿噓聲未獲支持後逐漸稀落。大衛環顧四周。雖然過去幾天，除了一些零星消息外，電視和報紙全面大幅報導復活人，他仍覺得整件事彷彿是自己主演的一齣戲。但現在他終於明白不是這麼一回事。

幾組電視攝影機從人群中往上伸出，還有更多攝影機聚集在講臺前。部長拉拉西裝，往前走，拍拍麥克風：**各位女士，各位先生，各位男孩和女孩**，然後：

「歡迎各位。首先，我謹代表政府跟各位致歉，讓您們等這麼久，感謝大家耐心等候。如大家所知，這起事件出人意料，我們必須謹慎做出很多決定，以免事後懊悔……」

麥格納思拉拉大衛的手，他彎下腰。

「怎麼了？」

「爸，這個人為什麼要說話？」

「因為他要大家喜歡他。」
「他說些什麼？」
「沒什麼。要我幫你拿著巴薩扎嗎？」
麥格納思搖頭，抓緊了手中的提籠。大衛心想他的手應該痠了，不過決定任由他繼續提著。史圖爾雙手交叉胸前站在一旁，沉著臉，皺著眉。或許大衛害怕整個場面變成悲慘表演的擔憂真的其來有自。幸好部長還記得迅速收場，將麥克風交給從穿著來看無足輕重的男子。他介紹自己是丹德亞醫院的神經科主任。
從第一句話就可知道，他是此處氣氛之所以變成嘉年華會的關鍵人物，雖然他沒有表現得很明顯。
「我的重點是，有很多揣測和謠言，不過，靠近復活人的人的確變得能讀出別人的心思，不過，在此我就不細說我們有多不想接受這個事實。我們努力找出合理解釋來解讀這現象，或者低調處理整件事，但事實依然……」他對著圍起來的區域比畫出一個大衛認為多此一舉的誇張手勢，「你們一旦進入這道門，就會聽見別人心裡的想法。我們還不知道為何如此，不過請大家有心理準備，這種感覺會不怎麼……愉快。」
神經科醫生沉默了一會兒，讓最後一句話慢慢沉澱，彷彿希望群眾會因為害怕這種不愉快的感覺而主動離開。因職業使然而善於對觀眾察言觀色的大衛，感覺出不耐煩的情緒升高，大家開始騷動，抓臂摸腿動個不停。他們對這警告沒興趣，一心一意只想見到死後復活的家人。
然而，神經科醫生還沒結束。
「將復活人隔絕起來，喔，這正是各位之所以來到這裡的理由之一，此舉造成的影響目前還不明顯，不過我們相信的確有影響，因此我請求大家，盡可能表現得友善……」他歪著頭，帶點詼諧的口吻說：「大家來點正面思考，好嗎？」

大家面面相覷，有些人則配合地露出笑臉，彷彿想證明自己本來就有正面思考。大衛愈發嚴重的胃痛似乎預示了大難徵兆，他痛得抱肚折腰。

「嗯，我要說的就是這些。」神經科醫生說：「在大門口會有人告訴你，你要尋找的家人在哪裡。就這樣，謝謝各位。」

群眾開始往前移動，大衛聽見衣物摩擦的窸窣聲。若現在跟著走，肯定會讓自己狼狽不堪。

「爸，怎麼了？」

「有點胃痛，沒事。」

對，壓力暫時紓解了，他終於可以挺直身子。他看著上千顆人頭分成兩群，往兩處入口圍攏。史圖爾搖頭說：「看來得花上好幾小時。」

依娃，妳在哪裡？

測試。大衛發射出最強的心電感應給依娃，但沒任何回應。他們所說的電波，到底從哪裡開始？為什麼只有活人能聽見彼此心裡的聲音，而復活人不行？

有個警察四處走動，在這群秩序良好的群眾當中，他顯得毫無用武之地。他走入人群說哈囉，大家向他回禮。警察指著麥格納思大腿上的提籠。

「裡面是什麼？」

「巴薩扎。」麥格納思回答。

「他的兔子。」大衛說，「今天是他生日……」他將話語打住，乍覺這番解釋顯然多餘。

警察笑笑，「哇，恭喜嘍！你打算帶牠進去嗎？這隻兔子？」

麥格納思抬頭看著大衛。

「對，我們是想這麼做。」大衛說，他不敢說謊，怕被麥格納思拆穿。

「我想，這恐怕不太好。」

史圖爾往前跨一步，「為什麼？」他問：「為什麼不能帶動物進去？」

警察舉起手，露出無奈神情，一副「我只是執行規定」的態度。「抱歉啊，我只知道裡面不能有任何動物。」

警察走開，麥格納思坐在地上，大腿擱著提籠。「那我就不進去了。」

史圖爾和大衛對看一眼，誰都不願意留在外面陪麥格納思，但又不可能把巴薩扎放在車裡。大衛憤怒地瞪著兩手扣在背後踱步的警察，真希望自己能以念力來粉碎他。

「我們四處走走吧。」史圖爾說。三人沿著人群外圍繞了一大圈，最後離開人群，走到一處樹林，大衛這才鬆了口氣。他看見旁邊有兩間移動廁所，跟他們說一聲後，挑選較沒塗鴉的那間。坐下來解放完畢，才發現裡頭沒衛生紙，他想以傳單擦拭，但那光滑閃亮的紙張恐怕只會弄得更髒。他決定脫下襪子，擦拭完後丟入馬桶。

**可以了……那現在……**

大衛覺得好多了，一切都會很順利的。他將赤腳上的鞋帶綁緊，走出廁所。看到史圖爾和麥格納思鬼頭鬼腦的模樣。

「怎麼了？」大衛問。

史圖爾像做黑市買賣的人將外套掀開一點，給他看巴薩扎從內袋伸出的頭。麥格納思咯咯笑，史圖爾聳聳肩：反正試試看。大衛沒異議。他現在體內暢通，心情也跟著輕鬆。正如神經科醫生所要求的，正面思考。

三人走回入口。史圖爾抱怨巴薩扎齧咬他的襯衫，把麥格納思逗得哈哈笑。大衛看著史圖爾，他故意誇張地調整外套。大衛對他滿心感激。如果沒有他，大衛自己不可能辦到。夾帶巴薩扎所引起的緊張情緒，顯然轉移麥格納思的注意力，他似乎全忘了待會兒要和媽媽會面。

走到入口處剛好聽到另一場演說。剛剛離開的那段時間，人群已經消化掉一大半，所以現在警衛核對家屬身分時不怎麼嚴格。他們還沒排進隊伍，講臺已出現騷動。

兩位老婦站上講臺，打開擴音器。大家還來不及反應，其中一人就走到麥克風前。

「哈囉？」她說話，被自己聲音的強度嚇到，往後退了半步。臺上另一個老婦手摀住耳朵。說話那老婦鼓起勇氣，又往前靠近麥克風：「嗨！我只是想說這一切都錯了。死去的人甦醒是因為他們的靈魂回來了。這件事與我們的靈魂有關，我們會迷失，如果大家不……」

她沒能說下去，因為擴音器被關閉。現在她那番如何避免迷失的處方箋，只有最靠近舞臺的人才聽得到。有個穿西裝、看似保全的高大男子走上講臺，堅定地請老婦離開麥克風，並將她帶下舞臺。另一個老婦跟在後面。

「爸爸？」麥格納思問：「什麼是靈魂？」

「就是有些人認為我們裡面有的一種東西。」

麥格納思手摸摸自己身體。

「那東西在哪裡？」

「沒有特定的地方，就像我們的想法和感覺，來自隱形的地方，類似這樣。有些人認為人死後，靈魂就會飛出身體外。」

麥格納思點頭，「我也這麼覺得。」

「是嗎？」大衛說：「但我不這麼想欸。」

麥格納思轉而詢問史圖爾，他的手正放在心臟位置，彷彿心臟病快發作了。「外公？你相信靈魂嗎？」

「相信。」史圖爾說：「當然相信，我也相信我的衣服快要有破洞了。我們可以走了嗎？」

三人排進隊伍，前面還有幾百個人，不過隊伍移動速度很快，再十分鐘就能進到裡面去了。

## 西司地區，中午十二點十五分

佛蘿拉抵達西司地區，看見一大群人迅速消失在入口處，心中那股希望愈燃愈旺。她的姓氏和外公不同，沒辦法證明她是家屬。今早她打電話給外婆艾薇，想跟她拿足以證明祖孫關係的文件，不過跟之前一樣，還是只能跟某位女士說到話，那女士總說艾薇很忙，沒空接電話。

佛蘿拉站在隊伍中，朝入口慢慢移動。這幾天她和彼得通過幾次電話。他一直躲在他的地下室，怕被清除這區域的警察找到。不過昨晚他的電池耗盡，又不可能出來到有電力的地方，因為這區域正如火如荼地進行工程。

該死，他們幹麼這麼大費周章啊。

只為了築起至少三公里的鐵絲網將這區域圍起來。兩天內竣工。彼得有次冒險溜出來，跟她說，這裡的工程二十四小時不眠不休地進行。新聞媒體要不被阻擋在外，就是和政府達成某種協議：除非總理正式發表談話，否則不得寫出任何與西司地區有關的事情。

佛蘿拉緩慢前進，挺直肩膀上那只背包，裡面裝滿要帶給彼得的水果。她在腦中默數著質數，一、二、三、五、七、十一、十三、十七，只因與這些人站在這裡實在難以忍受。

和這裡相比，她在街上感受到的恐懼微乎其微。不管將注意力放在何處，她總看見相同的景象：每個人看似正常，頂多眼神多點恍惚，多點心思。至於深海裡的怪物只在他們內心梭巡，壓抑那種遭逢全然未知——他物——的深刻恐懼。

十九，二十三……

多數人和她不同，他們多半沒親眼見過復活人。他們來這裡，是因為死去的親人在停屍間活過來，或者被軍隊從土裡挖出來送到隔離病房給關起來。如此可怕的事情的確有理由讓人恐懼，而大家也正經歷這種感覺。佛蘿拉努力把腦袋關閉，不去想眼前這件恐怖事情。她實在搞不懂為什麼他們決定以這種方式來團圓。

她低頭，藉由專注數字來逃避感覺。

二十九、三十一……三十七……為了表示一切在他們掌握中……三十九，不……沉默腐爛的臉和手指骨……四十一……四十一……

「哈囉？」

有道聲音穿透一團思緒，是她非常熟悉的聲音。她睜開眼，抬頭看見外婆，四天以來第一次見到她。她站在舞臺上，海嘉兒就站在她身後。

她萬分驚訝，以至於失去那股能掌握自己心思的「力量」，這時內心湧起的恐慌情緒淹沒了外婆的聲音。艾薇被趕下舞臺之前，她只聽見「靈魂」什麼之類的話。佛蘿拉趕緊跑過去。

有個警衛抓住艾薇的肩膀，不過見到佛蘿拉過來，他立即放手，轉而注意站在音響器材旁邊那個穿西裝的男子。他伸出手指，點點站在擴音器旁邊的男人，「……別碰那東西，站住不准動。」

「外婆！」

艾薇聞聲抬頭，佛蘿拉心頭震抖。自從上次祖孫倆相聚後，她竟然蒼老了這麼多。現在的外婆一臉慘灰凹陷，黑眼圈深到彷彿好幾天沒睡。擁抱佛蘿拉的手臂也變得消瘦鬆弛。

「外婆，妳還好嗎？」

「沒事。」

「妳看起來很不好。」

艾薇摸摸額頭的傷疤。「我可能有點……累。」

警衛把年輕人推向艾薇，然後說：「現在你們都離開這裡，快走。」

許多人圍了過來，多半是上了年紀的老太太，她們走向艾薇，拍拍她，低聲交談。

「外婆，」佛蘿拉說：「你們在做什麼？」

「嗨，」年輕男子伸出手，佛蘿拉和他握手打招呼。「妳就是佛蘿拉？」

佛蘿拉點頭，放開男子的手。在四周的喃喃聲中，她讀不出男子心思，這種感覺很不尋常，也讓她有點慌亂。海嘉兒走過來拍拍佛蘿拉的手臂。「哈囉，親愛的，妳還好嗎？」

「我很好。」佛蘿拉回答，指向舞臺，「妳們剛剛在幹麼？」

「什麼？喔，不好意思啊，」海嘉兒弄弄耳朵後面的某個東西。「妳說什麼？」

「我納悶妳們在上面做什麼？」

男子代替海嘉兒回答。

「妳外婆，」他說話的語氣暗示佛蘿拉應該以外婆為榮，「得到聖母給的信息，要她現在去拯救世人。時間不多了，得立刻行動。我們都是她打這場硬仗的助手。妳有信仰嗎？」

佛蘿拉搖頭，男子笑了一聲。

「真奇怪，不是嗎？就我了解，妳應該是第一個加入我們的，因為那晚妳和妳外婆在花園裡經歷過……」

佛蘿拉寒毛直豎，這人竟然知道她不曾跟別人透露過的事。艾薇正被她那些老朋友照顧著，但佛蘿拉覺得，外婆之所以變得如此憔悴，全是因為那些助手事實上在耗取她的生命。

「外婆？妳得到什麼信息？」

「妳外婆……」男子又開口，但佛蘿拉不理會，逕自走向艾薇，手搭在外婆臂上。或許因為離復活人很近，佛蘿拉的腦袋冒出一個刺眼的影像：電視螢幕裡有個女人，被強光包圍著。

……他們唯一的救贖就是歸向我……

電視關閉，影像褪去，佛蘿拉凝視著艾薇疲憊的雙眼。

「這代表什麼？」

「我不知道，我只是覺得必須做些事情。我不知道。」

「但是妳應付不來，我看得出來。」

艾薇半闔著眼微笑。

「喔，我想，我應付得來。」

「我打電話給妳時，妳怎麼不接？」

「我以後會接的，對不起。」

有個女人過來摸摸艾薇的背。

「來吧，親愛的，我們得討論討論其他事。」

艾薇虛弱地點點頭，任由自己被帶走。佛蘿拉叫住她，「外婆！我要去看外公。」

艾薇轉身，「妳去吧，替我跟他問好。」

佛蘿拉站在原地，雙手癱垂，不確定該怎麼做。等到這些結束，等到她看完裡面會看到的東西，她就要去找艾薇……將她解救出來？嗯，反正就是做點什麼。不過現在還不行，現在她得去看看裡面的狀況。

她排入隊伍，回想剛剛艾薇傳送給她的畫面。她不明白，那是電視節目嗎？她覺得自己隱約認得那女人，但想不起她是誰。

演員嗎？爸爸這些花他的手這蓋子這泥土……

一堆混亂思緒闖進她腦海，她現在沒法以合乎邏輯的方式來思考周遭這些人，所以不得不將思緒放進密封的箱子裡，任由它在周遭的思緒洪流中載浮載沉，否則她根本難以專注。

排在她前方的是個牽著小男孩的男子，旁邊還有位煩躁不安的老先生。腦海閃過兔子畫面，她滿頭霧水。這畫面在思緒洪流中浮沉了一會兒，然後被棺材、泥土、空洞眼神和罪惡感給沖開。

他們唯一的救贖就是歸向我。

沒錯，佛蘿拉心想，世人的確需要某些幫助，這點毋庸置疑。快接近入口了，透過平常就有的靈視能力，她看見四周這些人變得更堅定。她感覺得出他們好疲憊，想壓抑恐懼但做不到。就像孩子第一次去遊樂園坐上恐怖火車，滿心納悶到底裡面有什麼？

背後傳來聲音，她聽見有個女人說：「藍納特，怎麼了？」

男人沙啞著聲音說：「我不知道……我不知道自己是否……受得了這種……」

她轉身，看見有個男人被女人攙扶著。男人臉色慘白，雙眼睜得斗大。視線與佛蘿拉眼神相交的他指著裡面說：

「爸……我不喜歡他。我還小的時候，他經常……」

女人拉著男人手臂，要他安靜，滿臉歉意地對佛蘿拉笑笑。佛蘿拉腦海立刻顯現出他們的整樁婚姻，以及男人的童年。她見到的景象讓她戰慄地轉身背對他們。

「依娃．札特柏。」

開口的是她前方的男人，牽著孩子的那個。拿著名單的警衛問：「你是？」

「她丈夫，」男人回答，指著小男孩和老人說：「她兒子和父親。」

警衛點點頭，翻出口袋最後那幾頁，手指移動過一欄欄名單。

兔子，兔子……

海狸布魯諾。還有兔子。一隻在口袋裡的小幼兔。就連小男孩，依娃・札特柏的兒子也在想著兔子。相同的那隻兔子。他們看起來就像她的家人。而他們也在想著兔子。

「17C。」警衛說，指著營區，「跟著指標走。」

那家人很快的走了進去。佛蘿拉鬆口氣，她記住17C。警衛嚴厲地盯著她。

「托爾・倫德柏格。」佛蘿拉說。

「那妳是？」

「他外孫女。」

警衛打量她，端詳她的衣著、粗黑眼線和蓬鬆頭髮。她知道自己進不去了。

「妳能證明嗎？」

「不能，」佛蘿拉說：「恐怕沒辦法證明。」

爭論也沒用，警衛現在腦袋想到了鵝卵石，那些撬開人行道鵝卵石的不良青少年。

她離開入口，沿著鐵絲網走，手指在鐵絲網上撫過。隨著她走遠，思緒洪流消褪，變得更模糊，感覺舒服點後，她繼續沿著鐵絲網走，直到建築物的角度擋住入口警衛的視線。鐵絲網好邪惡，狠狠隔開像經歷過暴風雨後終於能進屋。她繼續走，直到心裡那些人消失。然後坐在草地上，心裡喘了口氣。

它要阻止進入或攔住外出的人。軍事型的恐懼症。

爬過去沒問題，問題是抵達建築物之前的那片空地。但稍作觀察後她驚訝地發現，除了入口處以外，其他地方都沒警衛站崗。就算是演唱會，每二十公尺也會有個保全吧。或許他們沒料到會有人想偷偷溜進這種地方。

那幹麼架起鐵絲網？

她將背包扔過去，慶幸她最愛的運動鞋裂開，所以今天穿的是靴子。靴子的尖頭正好卡進寬大的洞隙，所以十秒內她就順利翻過去了。先在鐵絲網內側蹲下，不過顯然多此一舉，因為她的身影醒目得就像天鵝站在電話線上。確定自己的入侵並未引發任何騷動後，她將背包甩上肩頭，朝建築物走去。

**可霍瑪度假區，中午十二點三十分**

馬勒對此刻狀況早有準備。碼頭那艘船裡的水已經舀出，油料也加足。他放下伊利亞思，先踏進船，接過安娜遞給他的袋子和保冷箱。

「救生衣。」安娜說。

「沒時間了。」

馬勒看看船篷掛鉤上吊著的救生衣，發現伊利亞思那件已經太小。

「他現在輕多了。」安娜說。

馬勒搖頭，將行李袋放好。父女一起以毯子在船板上替伊利亞思鋪了張床，安娜安置伊利亞思，馬勒去發動引擎。這具二十四馬力的老舊引擎，是世界頂尖的船引擎製造商Penta生產的，馬勒抽出引擎拉繩，好奇是否有統計數據說明各年齡層在處理有問題的舷外發動機時心臟病發的比例。

……沒抓……到……竅……勒

發動八次仍徒勞無功，他坐下來喘口氣。雙手擱在膝上，坐在船尾休息。

「安娜？妳剛剛在說『你沒抓到訣竅，馬勒先生』嗎？」

「我沒說，」安娜說：「不過我心裡這麼想。」

「喔。」

馬勒看看伊利亞思，他乾皺的臉一動也不動，半闔的黑色眼眸凝向天空。剛剛走來碼頭時，馬勒清楚證實他之前的猜測：伊利亞思變輕了，比四天前他被從墳裡挖出那一晚輕了許多。

沒時間思忖。在艾隆森打電話報案，那些人趕到之前，他還有多少時間？揉揉眼睛，感覺頭顱隱約抽痛起來。

「輕鬆點，」安娜說：「我很確定至少半小時他們才會追來。」

「妳可不可以別這樣。」馬勒說。

「別怎樣？」

「別……聽到我腦袋裡的聲音。我明白妳現在聽得到，但可不可以別說出來。」

安娜沒回話，從長凳往下移動，坐到伊利亞思旁邊的毯子上。汗水流入馬勒眼睛，刺痛不堪。他走到引擎邊，抽動拉繩的力道之猛，害他以為差點將它扯斷。不過引擎發動了。他鬆開汽門，握住輪舵，讓船往前滑出。

安娜坐著，臉頰輕輕頂著伊利亞思的頭。她的雙脣顫抖著。馬勒將眼中的汗水抹去，感覺到船上有他不知道的祕密。他在報上讀過，和復活人接觸會出現心電感應，可是為什麼在安娜面前，他的心思像本敞開的書一目了然，而他卻無法完整讀到安娜在想些什麼？

正如航海氣象預報，風勢介於弱到中度。小船駛出港灣，波浪噗噗拍打著塑膠船殼。岸邊偶見點點碎浪。

「我們要去哪裡？」安娜扯開嗓門問。

馬勒沒回話，故意專注想著雷柏史卡島。

安娜點點頭，馬勒將馬力全開。

駛近芬蘭渡輪的航行路線，發現四周沒船隻，他這才驚覺自己忘了帶地圖。閉上眼，想像渡輪的路線。

*飛姜島……桑德史卡島……雷瑪葛倫島……*

只要能跟著渡輪航線走，應該就不會有問題了。他記得曼史卡島的電臺發射塔就在他們前方，但一轉往南方，他就發現自己搞錯了。接下來航程變得更加困難，漢恩史卡島附近的水域詭譎難測，還遍布暗礁。

他瞥了一眼安娜，接收到一個不可思議的眼神。她知道他們沒有地圖，正處於迷失的險境中。或許她也看到了他在腦海勾勒出的地圖輪廓吧。感覺真不舒服，就像在單面鏡前，一舉一動被人看得清清楚楚。他不喜歡她能讀懂他心思，他不喜歡她可以讀到他不喜歡她能讀懂他心思。他不喜歡……

夠了！

*事實就是如此*。之前發動引擎時，他聽到她心裡的想法，為什麼只有那時才可以？那時他做了什麼讓自己可以……

他抬頭，一顆心往下沉。他不認得這裡的水域，一座座航行過的島嶼好陌生。這念頭閃過之後兩秒，安娜坐起身，從欄杆望出去。馬勒的視線徘徊在那一塊塊模糊的陸地，心中驚惶加劇。什麼都沒有，只有島嶼。就像酩酊大醉後在陌生的房間醒來：不知身在何處，感覺來到了另一個世界。

安娜手伸過左舷欄杆，大聲喊：「那是波特維史卡島嗎？」

馬勒在閃爍刺眼的陽光中瞇起眼，看見島嶼最頂端的白點。波特維史卡島？若是這樣，那麼正前方那個點就是藍克羅格蘭島，這樣一來……沒錯。地圖出現了。他轉舵往東，一分鐘後就回到主航道。他看看安娜，在心裡說出：謝謝妳。安娜點頭，回去陪伊利亞思。

靜靜航行了十五分鐘，愈來愈接近雷瑪葛倫島。馬勒往南瞭望，想找出他們應該停泊的小灣。這時除了引擎轟隆聲，他還聽見低沉的嗡嗡巨響。環顧四周。沒有任何船隻跡象。

嗡～～嗡～～嗡。

腦袋裡是什麼？這聲音完全不同於在廚房聽到的東西。他又轉身，這次終於瞥見聲音來源：直升機。他心裡一勾勒出直升機圖像，安娜立刻縮在船板上，拿著毯子蓋住伊利亞思。

馬勒開始盤算各種應變行動，最後發現只能坐以待斃。汪洋大海中就只有他們這艘小船，無論如何都躲不掉也擋不了。直升機，他現在看清楚了，軍用直升機，就在他們正上方。他腦海開始浮現電影裡的畫面：拇指壓在觸發器，火箭彈發射，小船粉碎，三人飛上數公尺高，或許在眼前全黑之前，有時間從另外的角度瞥一眼世界。

瑞典，他心想，瑞典欸。不可能發生這種事。

直升機越過他們上空，馬勒全身緊繃，等著擴音器傳出「熄掉引擎」之類的聲音。但直升機繼續飛行，驟然轉向往南，變得愈來愈小。馬勒鬆口氣並笑出聲，但心裡同時咒罵自己。

島嶼，等於自由，一點也沒錯。離群島最外圍不到一海里的地方，在漢恩史卡島上有個大型軍事基地。不過，這有關係嗎？

不想被人發現的信件要藏在哪裡？當然是垃圾桶裡。

或許這就是他的有利點。

他目光繼續追蹤愈來愈小的直升機，然後注視這小灣，決定轉向跟著敵人的方向前進。

水面低淺，露出許多危險的暗礁，要不水底也有一片片綠色區域，讓海波湧到彼處會以迥異方式變成碎浪。他真驚訝，自己竟這麼清楚記得這片水域。速度減半，繼續航行，二十分鐘後就抵達了。

最大的擔憂是小木屋裡會有人。馬勒思忖，這個時間應該沒人，但不敢確定。他減慢速度，以兩節船速駛入島嶼之間的狹窄港灣。碼頭上沒船隻停泊，應該足以證明無人在此。

整段航程約一小時，馬勒被風灌得發凍。他關掉引擎，讓船漂入碼頭。島嶼之間的水域無風，給人陶醉宜人的靜謐感受。午後陽光映照平靜水面，波光瀲灩，聞嗅之間只有祥和氛圍。

他們以前來過這裡兩、三次，在礁石上吃三明治，游泳嬉樂。他喜歡這座位於奧蘭海域邊緣的荒涼島嶼，甚至幻想有天能買下島上唯二釣魚小屋中的一間。

安娜坐起身，從欄杆望出去，「好美。」

「是啊。」

靠近島嶼的水底光禿岩石被低處的杜松所覆蓋。石南草地，赤楊幾株。島嶼很小，十五分鐘內就能走完一圈，植物種類也不多。一個小世界，可以讓人徹底了解的世界。

他們沉默地繫好船，把伊利亞思和攜來的物品放進其中一間小木屋。過去幾天說話的多半是馬勒，此刻他不再開口，氣氛立刻變得沉默。

他們以毯子裹住伊利亞思，放在一片石南上，然後開始找鑰匙。檢查過屋後十五公尺的毛坑，底下排泄物已經乾了。很久沒人來過。察看臺階底下鬆動的石塊，木頭底下露空的地方。沒鑰匙。

馬勒將工具放在岩石上，瞥一眼安娜想先徵求她的同意。然後將鐵橇塞入門縫，以鐵鎚用力敲進去，施力撬開。門鎖應聲而裂。門框有點腐舊，榫眼被扯斷，門啪地敞開。

一陣窒悶空氣撲鼻而來，看來這屋子不像他們預期得通風良好。如果要久住，這倒是件好事。馬勒檢查門鎖，一大片門柱已經位移，看來屋主必須費一番力氣才能修復了。他嘆口氣。

「得留點錢給人家修理。」

安娜環顧四周，看著島嶼沉浸在午後陽光中，然後說：「一大筆錢吧。」

這二十公尺見方的小屋有兩房。沒電、沒自來水，不過廚房有火爐，上面放了兩只用來加熱食物的鍋子，火爐連接著丙烷瓦斯桶。廚房角落有個附蓋的水缸，馬勒打開蓋子，空的。他拍擊自己額頭。

「水，」他說：「我忘了。」

安娜正準備將伊利亞思抱進旁邊房內放到床上時，聽到父親這話，她停了一下，說：「你知道嗎，我真搞不懂，」她朝伊利亞思點頭，「為什麼我們不直接給他喝海水？」

「當然，」馬勒說：「或許可以。不過我們呢？我們可不能喝海水。」

「完全沒清水嗎？」

安娜安頓伊利亞思之際，馬勒開始在廚房裡搜尋。他找到幾樣早就預期會見到，因此並沒有帶來的東西：盤子和刀叉，兩根釣魚竿和網子。但就是沒水。最後他打開與瓦斯桶鉤在一起的冰箱，只找到一瓶番茄醬和兩罐茄汁沙丁魚。他猶豫了一下，決定扭開瓦斯頭，確定裡面空了。

不過就在試的當頭，連接火爐的那桶瓦斯突然大聲地噴嘶，他趕緊將瓦斯關閉。

水。

他們忘了帶水的理由就跟他們需要水的理由相同：水是如此基本的東西。到處都有水，沒有一個瑞典人的家裡沒水塔，或者水源不在步行可及的地方。

當然，島嶼除外。

他站在廚房中央，見到眼前有幅北歐傳說中的巨怪圖像。兩個巨怪在篝火上烤魚。他小時候，床頭上就畫著幾乎一模一樣的圖。雖然……不，不對，那幅畫是在他童年過後很久才畫上去的。

他的視線最後一次掃過廚房，還是沒發現半滴水。

安娜將伊利亞思放在床上，傾身端詳牆上的一幅畫。畫裡是兩個巨怪在篝火上烤魚。

「看，」她說：「我有幾乎一模一樣的畫……」

「妳小時候，就在妳的床頭上。」

「對，你怎麼知道？我還以為你不曾來我和媽住的地方看過我們呢。」

馬勒在椅子上坐下。

「我聽到了。」他說。「我偶爾可以聽到妳的聲音。」

「那你聽得到……」她朝向伊利亞思點頭，「他嗎？」

「不行，這……」他打住話頭，「難道妳聽得到？」

「對。」

「妳怎麼都沒說？」

「我說了。」

「沒有，妳沒說。」

「有，我說了，但你不想聽。」

「如果妳能直接說……」

「你自己聽聽看，」安娜說：「就連現在，我清楚告訴你，我可以聽見伊利亞思的聲音，我知道他腦袋裡在想什麼，你也沒問我他怎麼想，你只是一味地指責我。」

馬勒看著伊利亞思，想讓自己放空，成為一片白板，好具有充分的接收能力，讓伊利亞思可以在上頭寫字。他的頭嗡嗡響，片段畫面飛閃而過，還來不及抓住就瞬間消失了。很可能只是他自己腦袋裡的念頭吧。他站起來，從保冷箱裡拿出一盒牛奶，直接灌下兩大口，感覺安娜的雙眼從頭到尾盯視他。他將牛奶遞給她，心裡想著：要喝嗎？

安娜搖頭。馬勒抹抹嘴，然後將牛奶放回去。

「那麼，他說什麼？」

安娜嘴角往上揚，「都是一些你不會想聽的話。」

「什麼意思？」

「他對我說，他告訴我的事情不是你該聽的，所以我不打算告訴你，可以嗎？」

「這太扯了。」

「或許，不過就是這樣。」

馬勒跨兩步，拿起書桌上的訪客留言簿，翻開幾頁，多半是稱讚小屋，感謝屋主提供地方居住的讚美詞。他納悶他們離開前是否也該寫點東西。然後他轉身。

「是妳捏造的，」他說：「根本沒有……我從沒聽過死人可以跟……活人溝通。這是妳想像出來的。」

「或許他們還不想這麼做吧。」

「喔，那就請妳發發慈悲，告訴我他說些什麼？」

「我剛剛說了……」

坐在床沿的安娜投射過來的那種眼神讓他覺得自己……很可悲。一時怒火中燒，這不公平。是他把伊利亞思拯救出來的，是他一路千辛萬苦改善他的狀況的，而安娜只是……茫然杵在一旁。他朝她往前一步，朝她舉起食指。

「妳不應該……」

突然，伊利亞思直直坐起身，盯著他看。馬勒倒抽口氣，往後退。安娜坐定原處。

*這是怎麼……*

太陽穴一陣刺痛，彷彿血管已爆開，他顛簸踉蹌，幾乎絆倒在地毯上。他撐著書桌，乍起的劇烈頭痛瞬間又消褪無蹤。他本能地舉起雙手擋住胸前，說：「我不會……我不會……」他毫無頭緒自己不會做什麼。

安娜和伊利亞思並肩而坐，一起盯視著他。在一股強烈的厭惡感驅使下，他雙手放在胸前保護自己，退出了房間。遠離小屋，走在礫灘上。

這是怎麼回事？

他盡可能離小木屋遠遠的。踩在小石礫的雙腳因承受龐大身軀而疲疼。他躲在從屋裡見不到的石牆的背風處，坐在那裡凝視海洋，偶見海鷗翱翔梭巡。沒有獵物讓牠潛捕。他雙手掩面。

我被……鎖在外頭。

他們不要他了。他到底做了什麼？安娜在引爆炸彈之前，彷彿還刻意等著事情繼續發展，好讓他自己主動明白他被唾棄了。他們一抵達這裡，一確定他沒有逃脫的機會，她就展開行動。

他撿起石頭，丟向海鷗，差了幾公尺遠。一隻白鷗劃過天際，就像遠方鯊魚露出魚鰭。他手心猛力擊向岩石。

讓他們自己處理，讓他們自己試試看。

他封鎖這念頭，想將它抹除。他們現在聽得見他嗎？

更可惡的是，在這當頭，他竟然還得留意自己的念頭，想到這裡他更加憤怒。他被孤立，而且還不得安寧。

他沒想到會這樣，根本沒料到。

**西司地區，中午十二點五十分**

每往建築物靠近一步，佛蘿拉就感覺電場愈來愈強。若將大門外的那種感覺比擬成她腦袋裡蜿蜒的一股溪流，那麼此處的感覺就像走入一道漸濃的迷霧中。濃霧讓聲音擴大，她聽到一個個念頭和遠方的呼喊聲，音量雖弱但清晰可聞。走到各棟建築物之間的空地上，她駐足，慢慢感受。

她從未經歷過這樣的電場。裡頭有意念，許許多多的意念，但是那些意念只是存在於那裡：強烈存在，沒有思緒。不，是有思緒的，在這電場裡可以聽見心裡的驚恐叫喊，這些吶喊導致電場變強，就像電流通過時導體會變熱。

妳愈怕我們，我們就愈強大。

她緊貼在牆上，彷彿這裡無她容身之地。此時此處所發生的一切，似乎化成縮小版在她腦袋裡重演，主要是恐懼、絕望，人類的最基本情緒，爬蟲類原始心靈的本能反應。這些感覺強烈到她一度以為電場具體可見，在空氣中翻湧，正如柏油路面上冉冉蒸騰的熱浪。

不好了……危險了。

她雙手抱頭往前兩步，從陽臺窗戶望進一樓某處，看見無家具擺設的客廳裡有個穿著醫院藍袍和藍褲的人坐在地板正中央。只能說是個人形，因為分辨不出是男是女。頭髮披垂，五官皺縮，骯髒的黃色肌膚塌進骨骸裡，那張肌膚彷彿只是為了好看而披在骷髏上的臨時罩袍。沒肉，沒肌。那顆頭彷彿在釘床上躺了兩星期後的結果。

就算如此，身體也沒塌垮。它仍坐得挺挺的，雙腳伸出，凝視前方某一點。那雙眼睛深深凹陷，讓人難以辨識眼神落在何方，不過那顆頭的確朝正面望。

一隻青蛙在它兩腿間跳啊跳。有那麼半晌，佛蘿拉以為是真的青蛙。不過看著那青蛙機械式地跳躍幾秒後，她才發覺那是玩具。上下、上下，青蛙這麼跳。復活人坐在那裡張著嘴，緊盯青蛙的移動。透過窗戶，可以聽見小小的喀啦喀啦聲。

動作慢下來了，青蛙的跳躍愈來愈沒力。終於，青蛙雙腿來個死前的小小抽搐，然後完全靜止。

復活人靠過去，手放在青蛙上，拍打幾下。見青蛙沒反應，將它拿到眼睛水平線的位置，開始研究，嶙峋的手指在青蛙金屬的光滑表面上來回撫摸。找到扭頭，不斷不斷轉動，然後將青蛙放回地上，等它一開始跳動，就以同樣的高昂興致，目不轉睛地看著。

佛蘿拉將目光撇離窗戶，搖搖頭。頭顱內仍因受苦的哀號聲而嗡嗡作響，但真正受苦的人並不是她。她走進最近的中庭，看見一排修繕過的灰色窗戶，從這裡到入口處之間已經空無一人，所有人都去找自己的家人了。

地獄，這是地獄。

她以前覺得這裡讓人毛骨悚然，垃圾滿地，人們在被轟炸過的公寓裡面爭吵不斷，但那些和她現在感覺到的簡直不能相比。通道上每粒沙土都被清除，空氣中瀰漫著消毒水的氣味。現在這一間間屋子整理得乾淨妥適，成了復活人居住的地方，但其實這不過是個新墳場。他們靜靜坐在墳墓裡，盯著無止境重複動作的物體。地獄。

佛蘿拉走到院子中央，這裡曾被規劃為遊樂場，不過只放了鞦韆架和兩張長椅，其他什麼都沒有。她重重坐下，掌根壓住眼睛，直到陽光爆閃開來。

可是這電場……這種現象……

兩個佝僂身形走出建築物。一男一女。男人在想的是「將她視為死人」，而女人則成了小女孩，攀在母親的大腿上。

佛蘿拉將背包放在長椅上，整個人蜷縮起來。彼得所在的那棟建築物離這裡只有兩百公尺，但她就是沒力氣走過去。她希望電場能變弱一些，但現在仍有強烈波動，處處瀰漫著嫌惡與否定的氛圍。

在她身後某處響起玻璃碎裂聲。她轉頭，只看見裂片落到地面，砸得粉碎。某處傳來尖叫聲。真怪，這會兒她反倒平靜起來。壓力開始找到宣泄出口了。她微笑。

開始了。

沒錯，就像夏夜一群蚊子在遠方嗡鳴，你聽得見，但看不到。愈來愈近，穿透所有聲音。

有東西來了。

尖銳的聲音，現在更加刺耳，甚至具化形成一股力量，朝她襲來，將她的頭往右下方推開。

這就是她的天賦嗎？竟然能明確指出聲音所在：來自她左手邊十公尺的地方。她了解這攻擊的意義：不准看那裡。

聲源改變位置，離她愈來愈遠。

我不怕！

脖子的肌肉繃緊，彷彿在重壓下仍欲挺直身子，然後，頭被硬轉向左邊，她看見了。

她看見自己離自己愈來愈遠。

走過中庭的那個女孩身上所穿的過大衣服和她現在這件一模一樣。相同的背包，相同的散亂紅髮。唯一不同的是鞋子。女孩穿著她最愛的那雙。原本已裂開的運動鞋，穿在她腳上卻變得完整無缺。

女孩停步，彷彿感覺到背後佛蘿拉雙眼的盯視。佛蘿拉腦袋裡金屬嘎磨的刺耳聲毫不休止，她沒法起身跟著開始移動的女孩走向下一個中庭，因為雙腿力氣全無。佛蘿拉癱在長椅上啜泣，撇開女孩的目光。嘎磨刺耳聲停止了。

她閉上眼，以背包當枕躺下，背對著剛剛見到女孩的方向，抱緊自己。

我看見了，她心想，它在這裡，我看見了。

## 西司地區，十二點五十五分

要找到17C真不容易。醫院的新標示雖然立起，但舊指標沒移除，結果造成指示方向錯亂，一棟棟相同建築物間的不同街名也變得混亂。這裡成了迷宮，大家像實驗室裡的小白鼠鑽來鑽去，就是沒人停下來問路。

還有思緒也很難集中。每次大衛一以為自己搞懂這套路標，其他人的困惑、號碼及想法就開始侵擾他的思緒，彷彿算數學題目時，旁邊有個人喃喃念著隨機的數字。倘若擾亂他的不是號碼或搜尋過程，那就是恐懼，所有情緒底下的巨大不安。

來一杯、酒、就會平靜。

一股對酒不可思議的渴望緊緊攫住他，他不知道這渴望源於自己或丈人史圖爾。或許兩人都有吧。紅酒與威士忌摻混的酒潑濺在一張想像出來的嘴邊。

心電感應之所以令人倉皇不安，不止在於他能讀到史圖爾、麥格納思和別人的思緒，更在於他不知道哪種思緒是他自己的。現在他明白為何醫院會失控。

在這裡，他人的思緒多半隱約模糊，恍若充當背景的聲音或影像。十分鐘漫無目標地梭巡後，他開始在騷亂中辨識自己的思想。不過愈靠近復活人，就變得愈難辨識。主格的「我」和受格的「我」像水彩顏料摻混交融。

「爸，我累了。」麥格納思說：「到底在哪裡啊？」

他們站在兩處中庭之間的通道上。有人從建築物進進出出，多數人似乎已經找到正確位置。史圖爾看著牆上的號碼，舉起衣袖揮抹額頭上的汗。「白癡，」他說：「根本不需要號碼。啊，好痛！」史圖爾掄拳舉向胸口，拳頭停在半空。

「我來抱吧？」大衛說。

「好。」

史圖爾左右張望後才拉開外套。心臟上的衣服破了個大洞，小兔巴薩扎在口袋裡扭動想掙脫。大衛抓起兔子，牠在他手裡奮力掙扎，不過還是被放進大衛外套內袋，但牠不死心，繼續踢掙。

「快到了嗎？」麥格納思問。

大衛蹲下跟兒子說話。

「很快就會找到的，」他說：「你這裡……」他指指麥格納思的頭，「還好嗎？」

麥格納思揉揉額頭，「裡面好像有很多人在說話。」

「對，很不舒服吧？」

「還好，我一直想著巴薩扎。」

大衛親吻兒子的頭，然後站起來。停頓動作。有事情發生了。聲音靜默，幾乎消失。他在腦袋裡看到乍見不識的某種東西。高高的，黃色彎折的莖稈和柔軟的溫暖。溫暖來自非常靠近的某個身軀。

史圖爾站在原地，瞠目結舌地左右張望。

*他也看見相同的東西*，大衛心想，*那是什麼？*

史圖爾看看大衛，他正抱住自己的頭。

「這是……」他說，雙眼因恐懼而圓睜。大衛不明白，他感覺到的明明是溫暖和平靜啊。他感覺到附近某個溫暖身軀的心跳，好快，一分鐘超過百下，但確確實實是舒服的。

「這些思緒，」史圖爾說：「快把我搞瘋了……」

現在大衛看清楚黃色的莖稈是什麼了。之前認不得是因為體積被扭曲。雖然現在看起來粗如手指，但確實就是乾草。他躺在乾草上，旁邊有個溫暖身軀。乾草堆好巨大，而他自己顯得好藐小。

巴薩扎。

是那隻兔子的意識，充當了他自己意識的背景。而心跳快速的溫暖身軀就是牠的母親。

史圖爾伸手過來。

「我很樂意再抱著他，」他說：「我寧願處理那種畫面。」

「怎麼了啊？」麥格納思說。

「來吧……」

大衛向史圖爾示意，三人蹲下，圍成小圈圈，將世界隔在外面。大衛將口袋裡的巴薩扎抱出來，遞給麥格納思。

「抱著，」他說：「感覺一下。」

麥格納思接過兔子，抱在胸前，開始出神。史圖爾拉開外套，扯扯口袋，扮了個鬼臉，外套的淺色內裡可見幾條兔尿的深色痕跡。他們原地坐了一會兒，直到麥格納思眼眶慢慢湧出淚水。大衛靠向他。

「怎麼了，小兄弟？」

麥格納思淚光閃閃，看著巴薩扎說：「牠不想和我在一起，牠想和媽媽在一起。」

大衛和史圖爾交換了個眼神，然後史圖爾說：「對，不過現在就算把牠放了，牠也沒辦法回去媽媽身邊，因為兔媽媽會把小兔趕走。」

「什麼意思，把小兔趕走？」麥格納思問。

「這樣才能訓練牠們獨立啊。巴薩扎很幸運能有你陪牠。」

大衛不知道是否真的如此，不過這番話的確帶給麥格納思一些安慰。他將巴薩扎更緊抱在胸口，彷彿對著小寶寶說話，「可憐的小巴薩扎，我會當你的媽媽。」

真不可思議，這承諾似乎平撫了巴薩扎。牠不再掙扎，平靜地躺在麥格納思掌心裡。史圖爾環顧四周，「或許還是由我抱著牠比較好。」

巴薩扎被放回史圖爾口袋，三人繼續找尋目的地。終於在中庭看見他們正在找的號碼，幾乎是無意間發現的。門上有個牌子寫著：17A-F。

幾分鐘後，三人坐在通道上。這裡的氛圍變得不一樣。起身走向入口，聽見玻璃碎裂、門甩上，還有被隔離的哭泣聲。四周的人更快速走動還頻頻回頭張望，附近有一股宛如成群小蚊蚋聚集的聲音逐漸加大。

「那是什麼？」史圖爾問，望向天空。

「我不知道。」大衛說。

麥格納思歪著頭說：「是大機器。」

他們無法明確認出那聲音，無法搞懂那是什麼或者來自何方，不過就像麥格納思說的，聽起來像一臺大機器開始運轉。或許是電腦，有著高轉速的巨大風扇。

他們走進入口。

沒有公寓常見的食物氣味、汗水及土塵味，只有混合著醫院與消毒藥水的無菌氣味。一切都被擦抹得亮晶晶，破舊的門上被貼上字母。A和B在一樓。三人沿著因去污劑而光亮滑溜的階梯往上走。

麥格納思像個夢遊人般地走著，一階以兩隻腳踏過。大衛感受到他的恐懼，調整自己的步伐配合他。走到兩段樓梯之間的平臺，麥格納思停下腳步說：「我想要巴薩扎。」

史圖爾將巴薩扎遞給麥格納思，他將兔子緊緊抱在胸口，只讓牠露出抽動嗅聞的小鼻子。抵達C室的最後幾步，麥格納思像走在水底般困難費力。

門鈴沒響。大衛敲門前先試試門把，沒上鎖。他跨進空蕩的廊道，史圖爾和麥格納思緊跟在後。

「哈囉？」

幾秒後有位年長男子現身，手中拿著晚報，看起來真像諷刺漫畫裡那種心不在焉的教授：瘦小身材，一撮灰髮從耳朵上方冒出來，鼻梁上架著眼鏡。大衛第一眼就喜歡這個人。

「嗯，嗯，」男人說：「你們是……」他拿下眼鏡，走向前時邊將眼鏡放入胸前口袋裡，然後伸出手，「我是羅伊・巴德史壯。我們是……」他舉起拇指和小指靠近耳朵，比出電話的手勢。

兩人握手。麥格納思往後退到門邊，想藏起懷中的巴薩扎。

「哈囉，」羅伊說：「你叫什麼名字？」

「麥格納思。」他輕聲回答。

「我懂了，麥格納思，你懷裡有什麼？」

麥格納思搖頭，大衛跨前一步。

「今天是他生日，我們送他一隻兔子，他想帶來給……依娃看。她在這裡，對吧？」

「當然。」羅伊繼續問麥格納思，「兔子啊？對，我當然了解，你會想要……若是我，也會這麼做。來吧。」

沒有進一步寒暄，他直接揮手要他們跟他進入他剛剛走出的房間。大衛深呼吸一口氣，手搭在麥格納思肩上，跟了過去。

房間安靜得有回音，只有醫院儀器零星的聲音凸顯這裡的空寂。房裡只有一張床有床頭桌，上面放了機器，旁邊還有一張簡單的扶手椅。扶手椅旁的地上躺著兩本《美國醫學期刊》。依娃就坐在床上。

之前蓋住她半邊臉的繃帶已被厚厚的紗布取代，更加傳達出底下肌膚受到嚴重傷害。藍色病袍的衣邊捲進她一側胸口裡，頭上有幾根管線連接到床邊桌上的機器。床被升高成坐立角度，依娃雙手擱在醫院毯子上，獨隻眼睛望向他們剛剛走進來的地方。

大衛和麥格納思慢慢走向床邊。大衛感覺得到麥格納思身體緊繃：警戒中。依娃的眼睛看起來不像在醫院時那樣，當初眼瞳裡那層灰膜已經消失，現在看起來很健康，幾乎無異狀。不過另一方面，這幾天內她好像瘦了幾公斤。原本健康的臉頰現在沒了曲線，往口腔凹陷。嘴角上揚成微笑狀時，看起來更像扮鬼臉。

「大衛，」她說：「麥格納思，我的寶貝。」

聲音仍嘶啞，不過大衛還是一聽就認出依娃的聲音。麥格納思一動也不動，大衛放開原本搭在他肩膀上的手，往前靠近床邊。他不敢擁抱依娃，就怕會弄碎她的身軀，所以他只是站在床邊，手搭在她的肩上。

「嗨，親愛的，」他說：「我們都來了。」

他抿著脣，免得哭出聲，轉身揮手要麥格納思過來床邊。他躊躇幾秒，然後跨前。史圖爾也走上前，跟在麥格納思後面。依娃的眼睛遊移在他們之間。

「親愛的，」她說：「我的家人。」

一陣沉默。千言萬語，一時說不出口。羅伊雙手擱在腹部走上前，彷彿想表示他沒打算做什麼。他點頭指向機器。

「我只在量她的腦波，」他說：「沒有危險，所以你們……」他又後退，讓沒說出口的話語徘徊在空氣中。大衛看看機器，黑色空間浮現出數條幾乎水平的直線，偶爾穿插著幾個光點和小波動。

*看起來該是這樣嗎？*

他又看看依娃，她的眼睛在打量，眼神平靜，一點也不嚇人，但這模樣卻讓他顫抖。幾秒後他才想起自己恐懼的是什麼。他腦袋裡感覺得到麥格納思、史圖爾、小兔巴薩扎和羅伊等人的混亂訊息，卻一點都感覺不到依娃。

他直視她的眼睛，心裡想著：*親愛的，我的寶貝，妳在哪裡？*沒有回音。用力想，可以擠出一些模糊影像，依娃在他心中的輪廓樣貌，不過那是從回憶裡抓出來的，與他眼前這個女人無涉。他小心翼翼地抓起她的手，手溫雖然和室內常溫相同，他卻覺得好冰冷。

「今天是麥格納思的生日。」他說：「沒有鬆餅蛋糕，因為我不知道該怎麼做，最後只好買現成的蛋糕來代替。」

「生日快樂，我親愛的麥格納思。」依娃說。

大衛察覺麥格納思下定決心，克服了內心真正的感覺，走向床邊，抱出巴薩扎。

「我得到兔子當生日禮物，他叫巴薩扎。」

「好棒。」依娃說。

麥格納思將巴薩扎放在床上，牠試探性地跳了幾步，坐在依娃消瘦的兩腿間，啃齧毯子上的小毛球。依娃似乎沒注意到牠的存在。

「他叫巴薩扎。」麥格納思又說。

「巴薩扎是個好名字。」

「可以讓他睡在我床上嗎？」

大衛張嘴正想回答，隨即發現這問題的發問對象是依娃，於是保持安靜。依娃回答的方式彷彿在陳述一個事實：「牠不被允許睡在你床上。」

「為什麼不行？」

「麥格納思……」大衛手搭在他肩上，「好了。」

「可不可以？」

「待會兒再說。」

麥格納思皺眉看著依娃。羅伊清清喉嚨，往前一步。

「事實上，」他說：「有件小事讓我有點納悶。」

大衛的手指輕撫過依娃手背，準備起身跟著羅伊離開床幾步，好讓史圖爾有空間靠近床邊。就在他站起來之前，看見腦波偵測螢幕上的直線出現了稍大的泡點，距離也趨近。

兩人離開床邊後，大衛問：「那就是你的意思嗎？她變得有點……」大衛沒辦法親口說出「機器」兩個字，不過他確實有這種感覺。依娃回答他們所有的問題，說出口的話合情合理，不過她這些行為是機械式的，就像死記硬背練習出來的。

羅伊點頭。

「我不確定，」他說：「不過或許會改善吧。就像我說的，她已有很大的進展，而且……」他沒把句子說完，轉而開起新話題。「我納悶的是：漁人。對你們來說，這個辭彙有意義嗎？」

「漁人？」

「對。每次我問起她的事……她總是說到漁人就停住。這個辭彙好像讓她很害怕。」

史圖爾從床邊走過來。

「你們在談什麼？」他問。

「漁人，」大衛說：「依娃說了這個辭彙，不過我們不清楚她的意思。」

史圖爾回到床邊，麥格納思正在跟依娃說些什麼，還指著爬上依娃肚子的巴薩扎。「我知道是什麼意思。」史圖爾說，吁嘆一聲，「她提起這辭彙？」羅伊點頭，史圖爾接著說：「我明白了。沒錯，這與她小時候發生的事情有關。那年她七歲……嗯，我想你們可以說都是我的錯，是我沒把她顧好，害她差點溺水，就差那麼一點，幾乎要溺死了，若不是我太太知道如何急救，恐怕……」陷入回憶的史圖爾搖頭。

「總之，我們把她救回來了，後來……」

「爸爸，爸爸！」

大衛腦海聽見麥格納思大叫，立刻伸手摀住耳朵。不，腦袋裡的尖叫聲來自巴薩扎，就在麥格納思的尖叫聲被牆壁吸入之際，又出現一聲，這聲更像鳥兒哀啼，然後是清脆的喀啦聲。

大衛撲到床邊，但為時已晚。

巴薩扎的身體仍躺在依娃腿上，兔頭卻在她手中。她將兔頭舉高到眼前，認真端詳。她將那顆鼻子仍抽動但雙眼恐懼失神的兔頭轉動翻看，而她腿上那副無頭兔軀上的四條腿仍掙踢著，一條血液沿著毯子皺褶處緩慢淌滴到地板上。

巴薩扎的腿最後一搐，接著僵住。依娃眼睛往前湊近兔眼，兩窩黑潭映射出彼此面容。

麥格納思尖叫，「我恨妳，我恨妳！」還搥打著依娃的手和肩。依娃手臂猛揮，拉扯連接著她頭部的管線。大衛在腦波圖消失前瞥到最後一眼：緊密聚集的小釘狀。他從麥格納思後面抓住他，緊扣他的手，將他拖出房外，低聲安撫但沒有效果。

「我不懂……她從未……」羅伊擰著自己雙手，雙腳躊躇擺動，猶豫該不該走到床邊。床上的依娃正在檢查巴薩扎的頭，還將手指伸進那血淋淋、黏答答，肌腱和韌帶一絲絲垂下的兔喉。

史圖爾走上前，溫和地將兔頭從依娃染成深紅色的手中拿開，放在床頭桌上。他閉上眼，不想聽見腦袋裡麥格納思的尖叫，然後拿出兩個木娃娃，放在她手中。

「拿著，」他說：「妳的娃娃，依娃和大衛。」

依娃接下娃娃，握在手裡，看著它們。

「依娃和大衛。」她說：「我的娃娃。」

「對。」

「很漂亮。」

她的語調嚇到了史圖爾，程度遠甚於剛剛對巴薩扎做的那件事。這聲音成了他小女兒、而不是成人的依娃。聽起來像是有人在模仿他小女兒的聲音。他無法忍受，離開房間，拋下將木娃娃擱在腿上的依娃。

大衛抱著麥格納思，史圖爾拿著巴薩扎殘缺不全的屍體，一團無法再夢見舒服乾草的污穢毛皮。門外有個警察揮手指著出口。

「我得要求你們立刻離開。」

「為什麼？」史圖爾問。

警察搖頭，「自己想吧。」他說完後衝入門內，繼續執行疏散工作。

三人仍被依娃剛剛做的事嚇得心神不寧，無視於這區域傳出的警告喊叫聲。大衛整個心思被麥格納思的絕望填滿，但一當史圖爾將注意力轉向外面，他隨即聽到——或想到——一棵大樹快被斧頭鋸斷之前的聲音。尖銳爆裂聲，樹幹搖擺，到底會倒下哪個方向？

數千個驚惶的意識交錯翻湧，難以各個區分。一場螞蟻混戰火力全開，哀鳴和刺耳聲音不絕於耳。史圖爾擠眉弄眼，抓住大衛的肩膀。

「快，」他說：「我們得離開這裡，現在快走。」

三人以最快速度抵達出口。任何思緒都被電場吸納進去。更多人蜂擁而出，奔向出口，彷彿要逃離火災、洪水或壓境的敵軍。

自此，西司地區不再對外開放。

## 西司地區，下午一點十五分

佛蘿拉躺在長椅上，像個胎兒蜷縮著，將背包抱在懷中。腦袋裡的世界就要結束了，一切如爆竹瘋狂炸裂。她緊閉著眼，彷彿怕眼球跳出來。她不能移動，只能等待這些結束，一切終止。

大批死人對活人的心智造成影響，但活人同樣也影響了死人。就像稜鏡，情緒被放大，反應在彼此的心鏡上，不斷增強，直到力場大到讓人無法忍受。

五分鐘後開始減弱，可怕的念頭消散褪去。十分鐘後她睜開眼，發現沒人理會她。兩名警察正離開中庭，門外有個人坐在地上哭泣。他臉上有擦傷，白色衣領上沾染血漬。就在佛蘿拉望視之際，救護人員過來處理男子的傷口。

佛蘿拉靜靜躺著，一身黑衣的她成了長椅上的影子。若起身移動，她就會變成人，是人就得離開這兒。

處理好傷口後，救護人員從男子腋下攙扶起他，將他帶離。男子走路姿態彷彿肩膀上被人套著牛軛，他想到他的媽媽、媽媽的愛，和媽媽那搽得光亮、塗上櫻紅指甲油的指甲。她永遠在意自己的指甲，即使在纏綿病榻那幾年。病痛一點一點地剝奪她的尊嚴，但她仍堅持要修剪指甲，塗成櫻紅色。這些指甲。她抓傷他時，其中一片斷裂。

佛蘿拉等著他們離開中庭才起身偷看。那「力量」告訴她附近沒活人了，不過一切來得太詭異，讓她不敢確定。

眼前無人。她偷偷摸摸跑過通往下一處中庭的通道。得再等幾分鐘，等那些人離開。他們其中一人是心理學家之類的，那人在心裡認真地考慮著，回家後就要了結自己的性命。給自己施打過量的嗎啡。她沒家人，不管在這裡或在任何地方。

再過十五分鐘就兩點了。佛蘿拉輕輕敲著彼得住處的窗戶，然後進屋。這時該區域已沒有半點活人的意識。

・《每日回響》，下午兩點新聞

……對於西司地區發生的事件，目前尚未有官方說明。警方和醫護人員被迫於下午一點過後迅速撤離該區。共有十二人受到復活人攻擊而受傷，其中三人傷勢嚴重。西司地區將暫時關閉……

・總結說明

〔社福部，列檔機密〕

……總而言之，我們認為復活人正以極快的速度消耗他們細胞內的能量，如果按照當前的速度來看，可以預期的是，這些能量最慢將於一星期內消耗光，某些個案也可能發生得更早。

也就是說，若放任不管，這些復活人將在一星期內死亡，若以更明確的用語來說。

目前我們尚未構思出解決方式。

可以補充的是，我們也懷疑社會是否會期待我們找出方式來解決他們即將死亡的事實。

・《每日回響》，下午四點新聞

……西司地區處於類似隔離狀態。目前仍有幾位醫護人員留守該區，但他們將不對復活人進行復健工作。

# 八月十七日II
# 漁人

**雷柏史卡島，下午四點四十五分**

馬勒從自己的「臨時避難所」起身，走回小屋，太陽已將影子拉得長長的。在岩石上坐太久，他全身痠痛。其實平靜所需的時間不必那麼久，但他就是想抗議，想讓安娜嘗嘗沒有他的滋味，就算他的存在似乎是多餘。

屋外石頭上有個曬魚網的大架子，上頭有三個帶鉤的T狀物。安娜站在其中一個T狀物下方，邊哼歌邊掛曬伊利亞思的衣物，這是她以肥皂和海水清洗過的。她看起來自在滿足，絲毫沒有馬勒所期待的焦慮神色。

她聽見他踏過礫石的腳步聲，轉過頭。

「嗨，」她說：「你剛剛去哪裡？」

馬勒一隻手隨意揮了一下，安娜側頭打量他。

**把我當成三歲小孩啊**。馬勒心裡這麼想，安娜噗嗤笑了出來，點點頭。西沉餘暉掠閃過她的眼眸。

「妳找到水了嗎？」他問。

「沒有。」

「妳不擔心嗎？」

「當然擔心啊，不過……」她聳聳肩，將兩隻小襪子掛在同一掛鉤上。

「不過怎樣？」

「我以為你會去找，把水帶回來。」

「或許我並不想這麼做。」

「嗯，這樣的話，你就得教我如何開船。」

「別傻了。」

安娜投射給他一個眼神，你自己才別傻了。馬勒跺步進屋。最大那件救生衣對身軀龐大的他來說還是太小，將繩子纏過腹部後整個人變成巨嬰，他決定不穿，反正一切變得沒那麼重要了。他往房內探頭看伊利亞思，他正躺在床上。床邊牆壁有一幅巨怪圖畫。他沒想進去親近外孫。拿起水桶，走出屋外。

「嗯，那麼，」他說：「我去找水好了。」

安娜剛晾完衣物，蹲下來雙手抱膝。

「爸，」她聲調溫和地說，「別這樣。」

「別怎樣？」

「就是別這樣。你不必這樣的。」

馬勒逕自從她身邊走向小船。安娜說：「小心點。」

「好，好。」

引擎聲音逐漸消失於小島間，安娜躺在被太陽烘烤過的岩石上，翻身側轉，好讓那股暖意能均勻觸及每吋肌膚。就這樣躺了一會兒後，她進屋抱起伊利亞思，以毯子裹住他，把他放在岩石上，然後躺在他身邊。

她側身躺著，手托著頭，專注在兒子黑褐髒污額頭的正中央。

伊利亞思？

她得到的回答沒清晰成字。甚至連個回答都稱不上，頂多是確認：我在這裡。最近有過兩、三次，伊利亞思真的跟她說了話，上一次是她在外頭除草，父親在對伊利亞思進行那些無意義的練習時。當時她正將卡在手動除草機裡的小石頭取出，突然腦袋裡聽見伊利亞思清晰高亢的聲音。

媽咪，快來！外公生氣了，我就要……

伊利亞思沒進一步說清楚，隨後他的聲音被另一陣刺耳的哀鳴取代。等她進屋，伊利亞思已經躺在地上，被椅子壓住。椅子一拿開，她腦袋裡他的哀鳴聲也跟著停止。

再上一次則出現在半夜。那天她睡不著，頂多因極端疲憊而稍微盹了一會兒。想到自己放著伊利亞思孤獨躺在床上，雙眼盯視著天花板，她就無法放心闔眼，進入甜美夢鄉。

於是她在伊利亞思床邊的地上打地鋪，睡在他身邊。就在那時被他的聲音吵醒。她猛坐起身，看著躺在床上、雙眼圓睜的他。

「伊利亞思，你說什麼？」

媽咪……

「怎麼了？」

我不想要。

「不想要什麼？」

不想在這裡。

「你不想在這間小木屋？」

不要，不要在……這裡。

直到抱怨的聲音變大，母子這場對話仍未有進展。最後，伊利亞思的呻吟變成痛苦哀號，她清楚看見伊利亞思整個人縮躲起來。就在他跟她說話時，有東西暫時離開了他，但就在他將那東西拉回來時，母子又只能以微弱的感覺溝通，無法透過言語表達。

另外有東西。

每次伊利亞思退縮，都是因為恐懼。她感覺得到。伊利亞思恐懼的東西與那種哀鳴聲有關。

夕陽映照岩石，伊利亞思如木乃伊的僵硬面龐從毯子裡露了出來。清清楚楚，明明白白，伊利亞思的身體只是大家所說的空殼。那乾皺的肌膚所包覆的是其他東西，難以名之，非屬人世的東西。那個喜歡鞦韆、愛吃甜桃的男孩伊利亞思不存在了，也沒回來。幾天前在華倫拜郊區，一踏入馬勒的房間那幾分鐘，她就明白了。

然而，然而……

現在她不再頹廢臥床，願意雙腳站起來，哼歌晾衣服，這是一週前她辦不到的。為什麼？

因為現在她知道死亡不是結束。

那段期間她去瑞克斯塔墓園，坐或躺在他墓前，對墳墓喃喃低語。那時她知道他的身軀就在下面，也知道他聽不見她，知道他什麼都沒留下。伊利亞思只成了他過往痕跡的總和：鞦韆、甜桃、樂高玩具、笑容、鬧脾氣，以及「媽咪，再給我一個吻」。當一切已逝，只剩回憶猶存。

但她錯了，大錯特錯，而這就是她現在能唱歌的理由。伊利亞思死了，卻沒消失。

她將毯子掀開一點，給他一些空氣。伊利亞思仍發出臭味，不過沒像一開始那麼濃烈，彷彿發出臭味的什麼東西已經……耗盡。

「你在怕什麼呀？」

沒回應。她拍拍他肚子上的睡衣，一陣腐濁味飄散開來。等衣服晾乾，她就會幫他換衣服。母子躺在岩石上，直到夕陽落入奧蘭海的海平面。涼風吹起，安娜將伊利亞思抱進屋裡。

床單有霉味，於是將它拿到外面，掛在屋邊那棵赤楊樹枝上。她找到空的煤油燈，灌入煤油後，充當今晚的照明。點燃一張報紙丟入壁爐底，濃煙卻往屋裡竄，看來煙囪被封死了。或許有鳥在上頭築巢吧。

安娜在廚房做了兩片魚子醬三明治，倒了一杯變溫熱的牛奶，走出屋外，坐在岩石上。吃完三明治，她走到水邊，去看那個她已注意到兩、三次的東西，一個半掩在草叢裡、銀色的大型物體。

一開始她看不懂那是什麼。一個大圓筒裡頭布滿小洞。好像是可以讓人拋上天空，照張相後，宣稱是幽浮的物體。隨後她才看出這是洗衣機的滾筒，後來被當成魚箱使用。

為了捕捉更美的夕陽景色，也為了看清楚父親身影，她走上屋後那座小丘頂的石堆旁。風景美得讓人震懾。雖然小丘不過比屋子高幾公尺，卻能讓她全覽附近島嶼的景致。

由此處瞭望，晚霞暮雲聚集成一張覆蓋著低處島嶼的蓬鬆大毛毯，染映出一片火紅血海。放眼東邊，雙眼與地平線之間空無一物。她這才清楚明白為何世人曾相信地球是平的，天際之外是廣袤無垠的空無。

她傾聽，沒有引擎的聲音。

她佇立，放眼浩瀚天地，真難相信父親可以找到路回來。這世界如此寥廓啊。

那是什麼？

她的視線移往小島另一端凹地裡的那叢樹林和灌木，那兒似乎有東西在移動。沒錯。一陣窸窣，還閃過一個白影，但隨即消失。

白色？哪種動物是白色的？

只有生活在雪地的動物才會長成白色。當然，貓咪除外，還有狗。會是貓嗎？被人忘在這裡，或不小心留下來的吧。也可能是落船後設法自行游上岸的寵物。

她開始走向那處凹地，隨即止步。

比貓大多了。比較像狗。從船上落水……變成野狗。

她轉身，疾步走回小屋。在門口稍微駐足，傾聽最後一次。應該超過八點了，父親怎麼還沒回來？

她進屋，關上門，門滑開。鎖壞了。她拿起掃帚穿過門把，卡在牆上。跟壞掉的鎖一樣不管用，但至少不會讓動物進來。

她愈想愈焦慮。

不是動物，是人。

她站在門邊聆聽動靜，什麼都沒有，只有孤零零一隻燕八哥啼得像眾鳥齊鳴。

她感覺得到自己的心臟持續快速怦跳。這是無來由地自己嚇自己吧。純粹是因為她和伊利亞思單獨困在這裡，讓她腦袋裡冒出些鬼啊魂的。站在貼地的十公分寬的木板上不會有事，但板子一離地十公尺，就會讓人恐懼萬分。即便是同一塊板子。

或許是海鷗吧，或者天鵝。

天鵝，對，當然是。一隻在陸地上築巢的天鵝。天鵝的確有那麼大隻。

她平靜下來，去看看伊利亞思。他的頭面向牆壁，彷彿在看那幅巨怪的畫。這幅畫在薄暮中成了牆面上的一塊深色長方形。她坐在他旁邊。

「哈囉，寶貝，都還好嗎？」

她的聲音填滿四周的靜默，將闃寂趕走。但胸臆的焦慮文風不動。

「我還小的時候，床邊牆上也有一幅這樣的畫。不過我的那幅是一個巨怪爸爸帶著女兒一起去釣魚。

女孩手裡拿著釣竿，巨怪爸爸全身長瘤，動作遲緩。他在教她怎麼握釣竿，還小心翼翼地抓著她的手，示範給她看。我不知道我媽媽是否知道我會盯著那幅畫，幻想有個會這樣陪伴我的爸爸。他會在我身邊教我怎麼做，像個巨人站在我身後，一臉慈祥。我只知道小時候我好想變成巨怪。因為對巨怪來說，一切都很簡單。他們什麼都沒有，但也擁有一切。」

她的手擱在自己腿上，直視著那幅畫——不曉得當初那幅畫變得怎樣了——想起以前她曾跪在床上，手指撫摸巨怪爸爸的臉龐。

嘆了口氣，望向窗戶。一個被畫上圖案的氣球飄浮在外頭。她猛然倒抽口氣。氣球是一張臉。一張腫脹的白臉，兩條深色的細縫是眼睛。嘴唇沒了，牙齒暴露。她呆若木雞，直楞楞地看著那張臉。鼻子只是海綿上的一個凹洞，白色的面容是一坨塞入多顆大牙的麵粉糰。

一隻手舉高，放在窗戶玻璃上。就連手都是死白，發腫的。

她放聲尖叫，幾乎把自己震聾。

那張臉從窗前後退，移往門的方向。她跳起來，臀部狠狠撞到桌角卻毫無感覺，她衝到廚房——

媽咪？

她緊抓著門把，頂住門。

媽咪？

伊利亞思的聲音，在她腦袋裡。她身體緊貼牆面，使勁力氣拉住門把。有人從外面強抓。她奮力抵抗。另一側的生物用力猛拉。

仁慈的上帝，別讓它進來，別讓它進來。

媽咪，怎麼——

別讓它進來。

一回事？

好有力。門撞擊門框，她急得啜泣。

「走開！走開！」

門外的生物不懈地拉著門，透過門把，她可以感覺到一種死人的沉默力量，那力量想要進來抓她和伊利亞思。恐懼讓她的喉嚨成了一塊繃緊的肌肉。她僵硬地轉頭望向廚房，想找尋武器，或任何東西。

廚房流理臺下有把小斧頭，不過她不能為了拿斧頭而放掉門。門外那生物愈拉愈用力，門縫稍開時，她瞥見它整個軀體。白色赤裸，一坨麵糰砸在一副骨骸上，她明白了。

溺水者。是個溺死的人。

她繼續抵抗，但也笑得上氣不接下氣。多次瞥見那副被魚啃噬的腐爛身軀。

溺死的人，他們在哪裡？

一陣閃光中，她看見整個海面都是溺水的人，夏天那幾個月所有意外的受害者。多少個？白色軀體漂浮，在海底刮磨。獵食的魚群，從皮膚一路齧啃到內臟的海鰻。

媽咪！

伊利亞思的聲音聽起來好驚惶。她沒因他開口說話而喜悅，也無法安慰他。她現在唯一能做的就是誓死抵抗，阻止那生物衝進來。

手臂因用力過久而麻痛。

「你想要幹麼？滾開！滾開！」

離開了。

門在最後一秒砰地關上，幾片木頭斷裂，啪啦落到她腳邊。她屏神凝聽。燕八哥不再吟唱，只聽見外頭岩石上喀喀的聲音。骨頭碰撞石頭。那生物離開了。

媽咪，那是什麼？

她回答。

別怕，它離開了。

哀鳴聲又響起。就像一隊小船接近港灣，愈來愈近。安娜好想對著任何要來抓他們母子的東西放聲吶喊：夠了，別煩我們，滾開，但她不敢這麼做，就怕會嚇到伊利亞思。突然，伊利亞思的聲音從她腦袋迅速消失，而哀鳴聲也褪逝。

安娜離開門邊往後衝，抓起斧頭，回到門邊。聆聽外頭動靜，什麼都沒聽見。斧頭在她汗濕的手中滑動，整個過程，她腦袋裡絲毫沒感受到那些溺死的人，就是這樣她才更害怕。她腦袋裡總會閃過伊利亞思的身影或聲音，但這些溺水人靜默不語。

燕八哥再次啼吟，她終於敢離開門邊，去看伊利亞思。她走入敞開的房門，放下斧頭。

溺水人就站在窗外那塊岩石上，望向裡面。她躡手躡腳放低身子，重拾斧頭，彷彿外頭那東西是動物，會因一丁點兒動靜而受驚擾。溺死人仍文風不動。

它要做什麼？

它沒辦法看，因為它沒有眼睛。安娜緊緊抓著斧頭，以不會看見窗外生物的角度坐在床沿。不過只要它一有動靜，她還是能聽見。那真是她見過最噁心的東西。她無法想著那東西，不被允許對它思考。她腦袋裡彷彿有個精細的開關，只要一被彈開，就會把她發射進最幽暗瘋狂的境地裡。

她凝視牆上的巨怪。慈祥的巨怪有著溫暖巨大的雙手，陪伴著孩子。她心裡呼喊：

爸爸，快回來。

## 國王島，下午五點

他們在國王島岸邊的灌木叢裡找到一個地方，那兒就位於他們家和國會大廈之間的路上。大衛心想，沒經過政府允許在都市逕自掩埋動物屍體應該是非法的，不過他們能怎麼辦呢？

出發前，他們就地取材用踢腳板和線繩做了個十字架，麥格納思拿彩色筆親自寫下「巴薩扎」的名字。麥格納思和史圖爾在灌木叢挖掘出一個足以放進鞋盒的洞穴，大衛站在一旁警戒。

從這場小葬禮，大衛終於了解葬禮的意義何在。麥格納思讓自己忙於準備要跟兔子一起埋葬的盒子和鮮花，而且做十字架的過程所帶給他的慰藉，實非大人的言語和安慰所能辦到。從西司地區回家途中，他哭得好傷心，不過一回到家，他就開始談著葬禮該怎麼進行。

就連大衛和史圖爾也跟著投入治喪事宜，沒對兔子的慘死討論過半句。有麥格納思在場，或許不適合討論依娃所做的事，況且這事非得專注討論不可。不過有件事很確定：依娃不會回家了，很長一段時間內不可能回來。

洞已挖好。麥格納思最後一次打開裝著巴薩扎的鞋盒蓋，史圖爾迅速將兔頭放在正確位置。麥格納思手指撫摸著兔毛。

「再見了，我的小巴薩扎。祝你永遠安息。」

大衛不會再哭了，他現在只感到憤怒，一股壓縮、絕望的憤怒。如果獨自一人，他肯定會掄拳揮向天空，大聲吶喊：為什麼，為什麼，為什麼？但現在他不能這麼做，只能癱坐在麥格納思身邊，手搭在他的背。

天殺的，這是他生日欸，難道他就不能擁有一天……只要一天都行。

麥格納思蓋上盒蓋，將鞋盒放入洞穴裡。史圖爾遞鏟子給他，他不斷鏟入泥土，直到淹沒鞋盒。大衛坐著一動也不動，呆望著那堆逐漸稀少的土堆和逐漸填平的洞穴。

如果牠……復活。

他手摀住嘴巴，免得爆笑出聲，想像一隻沒有頭的兔子自己掘開墳墓，以殭屍的姿態慢慢跳回他家，將自己拖上階梯。

史圖爾幫麥格納思將草簇放回去，拍拍弄實，然後以鏟子將十字架插上去。他看著大衛，兩人相視點頭，他們懷疑這完整的墓能維持多久。不過，反正是把葬禮辦完了。

三人站起來，麥格納思開始學他在電視中看到的節目，唱起這首歌：《世界是個悲傷小島》，大衛心想：

到底了，已經到底了，這是最壞的結果了。

大衛和史圖爾各放一手在麥格納思肩上，大衛甩不開這念頭：其實他們舉行的是依娃的葬禮。

谷底，不會再壞了……

麥格納思雙手交叉胸前，然後說出這句話：「都是我的錯」。手搭在他肩上的大衛感覺到他的肩膀畏縮。

「不是，」大衛說：「當然不是你的錯。」

麥格納思點頭，「都是我造成的。」

「不是，小寶貝，這是……」

「是我，就是我，都是因為我那樣想，媽媽才會那麼做。」

大衛和史圖爾交換了個眼神。史圖爾彎腰問他：「什麼意思？」

麥格納思雙手抱著大衛臀部，臉埋入他肚子裡，說：「我把媽媽想得很不好，所以她才會那麼生氣。」

「寶貝……」大衛俯身，摟著麥格納思，「我們都知道……這不是你的錯。」

麥格納思啜泣抽搐，一股腦兒說出：

「是我，都是因為我這麼想……我心裡想著……她說話的樣子好奇怪，好像她根本不在乎……我心裡想，我不喜歡她，我心裡想，她變得好醜我討厭她雖然我不想這麼想因為我覺得她很快就會恢復正常然後她就開始那樣所以我才覺得就在我覺得……就在我這麼想時，她就做了那件事。」

大衛帶他回家，他一路上仍說個不停，直到爸爸將他抱到床上。他雙眼紅腫，眼皮沉重。

他的生日……

幾分鐘後，他閉上眼睛，沉沉入睡。大衛幫他蓋好被子，走去廚房找史圖爾，整個人癱坐在椅子上。

「他崩潰了，」大衛說：「他徹底崩潰了，這幾天來……他根本睡不好，而今天……超過他的負荷。他不能……他怎能承受這種事？」

史圖爾沒回答。沉默半晌後他說：「我想，他會熬過去的，如果你熬得過去，他就可以。」

大衛的視線在廚房梭巡，最後落在一瓶紅酒上。史圖爾看往同樣的方向，然後看看正在搖頭的大衛。

「不行，」大衛說：「不過，這……太難了。」

「是啊，」史圖爾說：「我知道。」

兩人欲言又止，穿插著長長的沉默，最後終於開口討論在西司地區發生的事，但仍沒得出結論。他們離開後，那裡似乎有了一陣騷動。看來很長一段時間都不會再開放給訪客了。大衛去房間看看麥格納思，他睡得很熟。回到廚房，史圖爾說：「醫生問的那件事。漁人。」

「怎樣？」

「這……」史圖爾一根手指在桌面上移動，彷彿在時間點上回溯，「很奇怪。或者該說很自然，我不知道應該怎麼說。」

「到底是怎樣？」

「嗯，你知道她寫的書吧。海狸布魯諾。這裡有嗎？」

家裡有個小盒子裝著出版社的贈書，大衛拿起兩本，並排放在桌上。史圖爾翻開《海狸布魯諾找到家了》，指出布魯諾本來要蓋房子的地方。不過後來布魯諾發現「水人」也住在湖裡。

「這是水人。」史圖爾說，指著水底一個模糊的身影。「她遇過他。剛剛在那裡時我本來想告訴你的，不過……」他的肩膀聳起而後垂下。「就在她差點溺水時。後來……幾天後，她告訴我們，有一個……嗯，她沉在水裡時，有一個類似的生物也在那裡。」

大衛點頭。「她說過這個，好像就是那個東西要來抓她。水人之類的。」

「對，」史圖爾說：「後來……我不知道她是否記得，或者有沒有告訴過你……她把那生物稱作漁人。」

「沒有，」大衛說：「她沒提過。」

史圖爾慢慢翻頁，「她長大後每次說起那生物，都稱它為水人，或者那個東西，所以我心想，她是不是……忘記了。」

「可是現在她卻說起漁人。」

「對，我記得……事情發生後，那段時間我們鼓勵她畫很多漁人的畫，因為我們覺得讓她宣泄情緒對她會比較好。她那時就很有繪畫天分了。」

大衛去玄關櫥櫃拿出一個盒子，裡面裝著舊紙、雜誌、圖畫，都是依娃童年時就保留的東西。有事情做、有東西研究的感覺真好。他將盒子放在餐桌上，兩人將課本、照片、美麗的小石頭、學校年刊和圖畫全拿出來。史圖爾流連在某些物品上，對著依娃的照片深深喟嘆。照片中的她大約十歲，手裡抱著一尾梭魚。

「這是她自己釣到的。」他說：「全靠她自己。我只是在旁邊拿著網子。」他抹抹眼睛，「那天……真美好。」

他們繼續翻找。許多圖畫都標示著日期，由此不難想見依娃後來會變成藝術家。她九歲時所畫的動物和人物，甚至比大衛現在能畫的好得多。

他們發現了正在尋找的東西。

一張簡圖，日期標示著一九七五年七月十三日。史圖爾迅速檢查這張圖畫的底下，沒發現其他類似的畫。

「以前有更多的，」他說：「一定被她丟了。」

他們將其他紙張推到一旁，大衛走到史圖爾那側，端詳放在餐桌正中央那張畫。

當然，在這幅畫中，依娃的風格仍相當稚趣。一條釣繩拉著一尾魚，有個小女孩，應該是依娃，小小身子上頂著一顆不成比例的大頭。從延伸至畫頁頂端的那條波浪狀的釣繩看得出來，她正在水裡。

「她在笑欸。」大衛說。

「對，」史圖爾說：「她正在笑。」

女孩的嘴巴笑得如此燦爛，完全不像孩童所能繪出的人物畫。笑容蓋住女孩大半張臉，真是個快樂的孩子。

至於女孩身邊那個東西則不容易看懂。水人，漁人。至少有女孩體積的三倍大，沒有臉，只在該是臉的地方畫了一個大橢圓。手、腳和身軀的輪廓被畫成顫抖的波紋狀，彷彿那東西被通上電或者正要溶解。

史圖爾說：「她那時曾說，那東西很難清楚描繪，因為它好像一直在變。」

大衛沒回答。畫中有個細節讓他目不轉睛。身體每個部位都故意畫得模糊，除了手之外。那東西的手指線條清晰，每指指尖都是個大鉤子，伸向正在微笑的小女孩。

「那鉤子，」大衛說：「是什麼？」

「她小的時候，我們常釣魚，」史圖爾說：「所以……」

「什麼？」

「嗯，那時候她說，就是那些鉤子想鉤住她，幸好速度不夠快。」他指著漁人的手指，「她說，那些鉤子事實上沒那麼大，不過她看得清清楚楚。」

兩人沉默地凝視圖畫半晌，直到大衛開口，「就算這樣，她還是在笑。」

「對，」史圖爾：「的確是。」

**格拉多島，下午五點四十五分**

五點四十五分，馬勒將船繫在格拉多島的碼頭，他竭盡所能地疾步趕在商店關門前兩分鐘抵達。買了牛奶、一些湯罐和醬汁，還有通心麵及義大利麵餃，以及可以保存非常久的麵包及管狀軟質起司。

他在店家後面的水龍頭將水桶裝滿水，隨後想起碼頭有印著「格拉多島雜貨店」的手推車可以用。現在他明白為什麼那裡有手推車了。他努力思索該怎麼做比較好：回碼頭拿推車，或者設法將兩桶現在重達四十公斤的水，加上兩大袋食物提回碼頭。

他決定直接提回去。

過了二十分鐘，只走了一半的路，幾乎每幾分鐘就得停下來歇口氣。剩下一半的路，他決定去碼頭取推車，再回到擱放食物和水的地方。才十分鐘，就將所有東西運到碼頭了。

已過七點，天色漸黑。太陽的禿頂仍冒出樹梢上，但正快速西沉。他得加快腳步，否則在沒地圖可循的狀況下，摸黑駕船回島嶼絕對非他能力所及。他將食物和水桶放進船裡，不過也得好好休喘一下，免得心臟急速奔騰。

祈禱過後，拉動引擎繩，開始發動船隻。將船駛往浮船塢的加油站，卻發現那兒已經歇業。他繫好船，讓引擎開著，上船塢察看加油槽。這裡沒有可以收取現金或信用卡的自助油槍，現在唯一可能的加油方式，就是再回去雜貨店。他拿高油桶搖一搖檢查，大約還有半桶。

看看回雜貨店那條路，實在沒力氣了。

他很確定這些油夠他開回小島，不過再回本土的航程可就不確定了。

或許島上小屋裡會有燃油。他記得廚房流裡臺下方有個汽油桶，不過當時沒確認裡頭是否有油料。水桶的確空空無水，但汽油再久都能保存。

桶子裡非常可能會有汽油。他們會備用汽油以應付像他這樣的狀況，對，絕對會，他敢保證桶子裡應該會有油。就算沒有，也可用槳來划船。

但他不想這麼做。他應該回雜貨店。沒有汽油，他就只能任憑……

什麼？

任憑大自然，命運的宰割。

反正那桶子裡應該會有汽油的。

他回到船上，駛離本土和正常世界。

九點半，他駛抵該轉南的水域，但發現自己不認得周遭環境。已落到地平線的太陽只見深紅色邊緣。薄暮讓島嶼全變了樣。曼史卡島的電臺發射塔仍可見，但總覺得位置太過右邊。

一定是駛過頭了。

他將小艇轉向，回到原來的航道，仍搞不清楚自己身在何處。光線黯淡，愈來愈難判斷距離，也分不清哪個是單一大島，哪些又是蕞爾小島聚集。

他啃咬指關節。

沒地圖，沒多餘汽油，現在只能靠他僅知的一些地標來認路，但此刻又沒一處看得見。

他將油門關到不至於熄火的最小程度，並打到空檔。努力讓自己平靜，瞭望島嶼，回想之前走過的航徑。只要知道商船航道，他就不會迷路。環顧四周，一艘燈飾裝點如遊樂場的芬蘭渡輪正從奧蘭海域駛出，加速朝他趨近。

他不想離開商船航道，但渡輪逼他離開。他以低速靠近島嶼，空出航道。若被渡輪撞上，船長完全不用負責，因為馬勒的船上很多地方都該點上燈，但他完全沒做到。

渡輪從旁邊經過。馬勒透過艙窗看見裡頭那些不在乎世界的人。他渴望成為他們的一分子，從船窗飛進去，降落在酒吧，一杯杯點來喝，直到掏空皮夾。聽著無趣音樂，偷瞄那些三十年前才有資格碰觸的辣妹。或許傾聽某個寂寞的愛沙尼亞人訴說悲慘的人生，讓酒精將寬恕的面紗罩在一切之上。

渡輪走了，光線消失，馬勒又被獨自拋棄在闇黑中。

他看看時間，超過十點了。感覺一下汽油容量，快空了，搖晃後引擎噗了幾聲，將油桶放正後，引擎又慢慢運轉。

不會那麼慘的，他告訴自己。

若真的不行，他可以在任何一個小島上岸，等待短短幾小時的黑夜過去，隔早再出發，若有必要划槳也行。或許最好現在靠岸，趁著油量還夠明天的航程。

安娜和伊利亞思一定會焦慮，不過他們應付得來的。

不過老實說，他們真的會擔心嗎？

更可能是鬆口氣吧。

他轉身，慢慢駛入最近的島嶼，準備度過這一夜。

**西司地區，晚上八點五十分**

小窗外的天色漸入深灰，佛蘿拉和彼得認為應該可以開門了。已經好幾小時沒有意識流動的聲音或跡象，不過他們仍無法完全確定。

彼得打開門迎接她時，佛蘿拉嚇了一跳。他以前看起來是有點營養不良，但現在簡直可用憔悴來形容。兩人一進屋，彼得就迫不及待撲向她背包裡的水果。屋裡好臭。佛蘿拉才這麼想——尿屎味臭死了——彼得就邊吃水果邊說：「我知道，對不起，不過沒辦法清理。」屎桶上蓋的那塊布上還覆了毯子加強掩蓋力，但臭味仍飄散四溢。

「彼得，你不能這樣過日子。」

**不然還能怎麼辦？**

佛蘿拉笑了出來。現在沒其他人的聲音干擾，她腦袋裡的彼得聲音響亮又清晰。只要在這區域，他們就不需要開口說話。

**我不知道。**她這麼想。

**不行，我們今晚得出去。**得到這種回答。

兩人等待，玩牌打發時間，不過這幾乎變成誰比誰更能掩飾自己思想的競賽遊戲。一開始兩人都知道對方手中的牌，但過沒多久，兩人就得在用來掩護的歌聲和數字靜電干擾聲中，找出對方所沒有的順牌。就在他們善於掩飾之際，卻開始出現幾乎穿透鼻梁的劇烈頭痛。他們試圖關閉思考，努力不去解讀對方的想法。

「哪張牌？」彼得問，將一張牌的背面朝著佛蘿拉遞出去，他自己看著牌面。

立刻就知道了：梅花七。兩人試了幾次，沒有用。不管佛蘿拉多努力在她和彼得的腦袋間釋放出不同的靜電，她就是無法阻止心電感應。只要意念發送者沒有刻意扭曲想法，就不可能不接收到。

在地下室這幾小時，她對彼得的了解程度前所未有。而他也開始了解她。她知道他對自己所看到的東西有什麼想法，而他也知道她對所見有何看法。不到八點，兩人開始難以忍受，在這般狹窄的地下室，心電感應簡直是折磨。他們愈來愈常瞥向窗外，想看看天色是否暗到可以外出。

八點五十分，房間陷入漆黑，長形窗影籠罩在他們頭上。彼得說：「可以出去了吧？」

「好。」

說話可以讓人喘口氣，交談的語言有界限，話語不像思考那樣承載太多的明意和隱喻。現在他們幾乎快要因為赤裸訊息氾濫而開始憎恨對方，這點兩人心知肚明。她現在對他隱而不顯的同性戀傾向瞭若指掌，還有他對別人的吝嗇與對自己的蔑視。另外，她也感受到他為了克服自己弱點所做的努力，他渴望溫柔又害怕溫柔，也渴望與他人接觸。這些都表現在他強加給自己的疏離中。

讓人無法忍受的不是蔑視或鄙棄，而是過度親近。兩人走到外頭放置單車的地下室，她問彼得，「彼得？我們可以忘記這些嗎？」

「我不知道。」彼得說：「試試看吧。」

確認過院子沒人後，兩人在此道別分手。彼得去清理屎桶，尋找清水。佛蘿拉則走向她剛剛看見自己的中庭。

在兩人的心電交談變得難以忍受之前，他們聊過佛蘿拉見到的東西。一開始彼得不懂她的意思，但她將伴隨幻影出現的哀鳴聲學給他聽之後，他就這麼說，或這麼想著：「我見過它，那不是妳，那是一匹狼。」

「狼？」

「對，一隻很大的狼。」

他一說，她立刻接收到畫面。這畫面應該來自彼得的童年。

搖搖晃晃騎單車在碎石路面上，兩旁雲杉夾道。前方拐彎處有匹狼站在我前方，離我約五公尺遠。黃眼睛、灰皮毛，身形巨大，比我大得多。我雙手緊握著單車把手，嚇到連尖叫聲都出不了口。牠靜靜站在那裡，我知道我小命快沒了。牠隨時可以往前躍兩步撲向我，但牠只是望了我一會兒，接著奔入樹林中。我感覺褲襠濕熱，我嚇到尿褲子了。幾分鐘動彈不得。可以移動後，我掉頭往回騎，不敢經過那匹狼剛剛所在的位置。

畫面如此鮮明，她甚至覺得自己的括約肌也嚇鬆了。幸好意識及時介入，控制住肌肉，才沒跟著尿褲子。

對我來說，死亡就是狼。彼得心裡這麼想。佛蘿拉這才了解，她以為自己見到的東西不過是她自己基本信仰的想像結果：她自己即是死亡。

有各種將死亡視為人形事物的想像，譬如拿著大鐮刀的死神、駕馬車的幽魂、睨視的骷髏人或者非洲老婦。但對佛蘿拉來說，死亡是孿生姊妹。這種觀念源於數年前，有一天她站在鏡子前，拿著蠟燭想召喚「黑暗夫人」，卻只看見自己。從那時起，她自己就是死亡的想法如影隨形。

中庭靜謐空蕩。幾條臨時的電纜將電力運送到這地方，每個院子都架立兩盞燈。她戰戰兢兢移動，努力躲在陰影處，不過這番小心翼翼顯然多此一舉。放眼望去沒半個人，連窗戶都沒影子閃過。整個區域比之前更像一座鬼城。

鬼城。

名副其實。死人在黑暗的房屋中。坐著、站著、躺著，或走動著。奇怪的是她竟不害怕，甚至有相反的感覺。她的腳步聲在小徑上悄然迴盪，這種靜謐只會出現在寧靜夜晚的墓園。現在周遭有好多朋友呢。唯一擔心的是那哀鳴聲又會出現。

她已經放棄尋找外公，就連要找到她想找尋的號碼：17C，都很困難。標示著號碼的通道沒有燈，她實在搞不懂他們這套標示中庭的方法。此刻她所處的中庭正是號碼起始處，看來這裡應該是她下午進來時第一個走到的中庭，最靠近圍籬的那個。

突然，有道門打開，她楞住，趕緊縮往牆壁。一開始她不明白為什麼「力量」沒有先提醒她，但隨即了解因為從門裡出來的是死人。雖然她感受到一股同志的溫暖，但心臟還是怦怦跳。她用力貼緊牆壁，彷彿這可以讓自己更藏身於陰暗，更加隱形。

這死人——或者女死人，反正難以分辨——就站在建築物外，身體搖擺。往右兩步，頓住，往左兩步，頓住。四下張望。更遠處另一道門開啟，另一個死人現身。這人直直走往中庭，站在一盞路燈下。

佛蘿拉身邊那扇門突然開啟，她嚇了一大跳。出來的死人是女性，從那頭灰色長髮即可判讀。她身上的病服鬆垮，像塊裹屍布披在她瘦骨嶙峋的身軀上。她走離房門數步，步伐謹慎，彷彿鞋底踩的是滑溜的薄冰。

佛蘿拉屏住呼吸。女死人猛然轉身，眼神（佛蘿拉將這視為眼神）從空洞的眼窩射往她蹲坐之處，但她的存在其實沒被注意到，而且也無關緊要。吸引女人的是站在街燈下的死人。女人著迷於那個死人，宛如飛蛾受燈光吸引。佛蘿拉瞠目結舌地看著那女人的神情彷佛見到摯愛，整個人被一股遠大於死亡的力量驅使，奔迎向街燈下的死人。

更多死人加入，有些屋門只出來一個，有些則出來兩、三個。十五個聚在燈下，接下來的事情讓佛蘿拉更驚訝。她目睹到一樁難以言喻的原始儀式。

看不出是誰起頭的，只知道他們開始慢慢地以順時針的方向移動。沒多久，一個圍繞著燈柱的不規則圓圈形成。偶有人跌在另一人身上，或踉蹌跌倒，但都迅速回到圓圈裡頭。他們一圈一圈走，影子滑過一幢幢建築物。死人在跳舞。

佛蘿拉突然想起曾讀過被俘的猴子或猩猩的故事。據說若在牠們當中插根柱子，沒多久之後牠們就會圍繞柱子移動。這是所有儀式當中最原始的一種，對中央軸心敬仰膜拜。

她熱淚盈眶，視野變得狹窄模糊。她彷佛被催眠般坐了好久，看著那些死人圍起的圓圈，看著它們那沒有中斷但毫無變化的動作。倘若當下有人告訴她，地球就是靠這支舞才得以旋轉，她也會點頭稱是：對，我知道。

魔幻神醉的感覺消褪，她環顧四周，圍繞中庭的許多窗戶出現之前未有的蒼白橢圓身影。旁觀者，都是些虛弱到無法外出，或者不想參與的死人。但她無法得知真正原因是哪一種。

原來如此。

她出現這個念頭，卻不知是什麼意思。

她起身，準備移動，或許此刻每個中庭都正上演著相同的情景。走沒幾步，她隨即打住。

有人正接近，她感覺到了。其他活人。幾個？四個，或許五個。他們從外面過來，從她中午進來的方向走來。

她腦裡清楚地感受到其他活人的鮮明聲音，這些聲音驀然證實她之前所懷疑的：除了彼得和她，以及正在接近的那些人，鐵絲網裡沒有其他活人。連警衛也沒有。

她退回剛剛藏身的位置，專注讀取正走來的那些人的心思。她感受到的東西形成一團恐懼深深駐在她心底。她感受到的是激動和驚駭。就在她試圖解開混亂思緒，辨認哪些思緒屬於這五個人時，他們進入中庭了。

五個年輕男子，手中握有東西，但佛蘿拉離他們太遠，看不清楚。樹枝或……不。佛蘿拉抱緊肚子，因乍然的明白和驚惶而感到噁心。他們握著球棒！他們的思緒激動混亂，她幾乎無法將畫面一個個釐清。就在這時，她看出來了，他們醉醺醺。

死人繼續跳舞，顯然不察有新觀眾加入。年輕人之一說：「他媽的，他們在幹麼呀？」

「哪曉得，」另一個說：「好像在跳迪斯可。」

「殭屍迪斯可！」

這些傢伙哈哈大笑，佛蘿拉心想，*他們就要……他們不能……*但她知道他們的確想著這件事，而且做得到。其中一人左右張望，步伐踉蹌，就跟那些從建築物走出來的死人一樣。

「喂，」他說：「這裡還有別人，對不對？」

其他人停止交談，四下掃視。佛蘿拉咬住下唇，坐著一動也不敢動。這種狀況對她來說，前所未有：在她讀到別人的心思時，別人也同樣清晰地知道她的念頭。她努力不思考，發現沒效果後，她開始使用曾在彼得身上試過的靜電干擾。

「幹，」其中一人指著自己腦袋說：「有東西。」

他們靠近死人。一個傢伙猛然一扯背包，說：「要不要來點亮光，照清楚他們什麼的？」

「不用啦，」另一個揮舞手中的球棒，「先體驗一下氣氛嘛。」

「見鬼了，他們有夠醜。」

「還會變得更醜呢。」

這些傢伙在離死人兩公尺之處駐足。死人停下舞步，轉身看他們。年輕人散發出的憎恨及恐懼愈來愈強，愈來愈烈。

「哈囉，美女帥哥們！」一人喊道。

「啊～～哈～～」另一個大叫。電玩遊戲「惡靈古堡」裡的殭屍身影在佛蘿拉腦海閃過，她抓住那畫面後，其他類似的畫面也跟著出現。電影裡的殭屍，電玩裡的怪物。這些傢伙的目的就是這個：嘗嘗真實版的感覺。

我不能……

她無法有意識地決定該怎麼做，因為這些傢伙躁動的思緒在她腦袋劈哩啪啦爆開，讓她很難思考，但她還是起身大喊：「哈囉！」

五個年輕人同時轉頭朝往她這個方向，若在其他情境下，這畫面肯定很有喜感。佛蘿拉走出陰影，雙腿晃抖，沒一絲意志力可以停止抖動。她渾身打顫地往燈柱移去，停在半途。

「我一直盯著你們，」她說：「你們應該早就知道。」

她只能說出這句話，這是她唯一可以用來揮舞的威脅工具。不過她知道她的聲音和思緒背叛了她。他們這些人只有毀滅的想法，絲毫沒有半點人性考量。

「小妞！」其中一人喊出聲，佛蘿拉感覺自己全身上下被五個人打量著，感受到他們蠢動的色欲，想狠狠操她的衝動，在他們開始或辦完眼前這事的之前或之後。她本能地往後退一步。

「回家睡覺！」她對著那個看似帶頭的傢伙大喊。他對著她揮舞球棒。「動動腦，別只用下體思考。你們不能這麼做！」

那傢伙咧嘴大笑。他的頭髮往後梳，那笑容……很專業。他穿著淺藍色襯衫和乾淨的牛仔褲，他們都做相同打扮，看起來不像處私刑的暴民，倒像商專的社團成員，剛剛開完會，決定出來找樂子。

「翻出法條給我看啊……」那傢伙說。這時佛蘿拉看見有個較年長的男人，應該是年輕人的父親，西裝打扮，坐在餐桌旁，說：除非修法，否則這些復活人就無法得到辯護，因為在法律上他們已經被判定為死亡。這傢伙沒朝她進逼，因為他的朋友大喊：「馬庫思，小心！」

就在這些人盯著佛蘿拉時，復活人開始滿懷怨恨地逼近他們。有個瘦如火柴、最靠近馬庫思的老人伸手抓住他的襯衫，雖然老人比馬庫思矮上一個頭。

馬庫思往後踉蹌，衣服撕裂聲清晰可聞。他低頭看著衣服的裂痕，「你這個王八蛋，竟然想撕裂我的衣服。」然後揮出球棒砸向死人的頭。

這一棒正好打在耳朵上方，砸出的清脆聲響正如在膝蓋上壓折一截乾燥樹枝。揮棒力道將死人甩出幾公尺之外，他在空中旋轉半圈後，頭先落地，往相同方向滾了半圈，整個人趴在水泥地上。

馬庫思舉手炫耀勝利，有個同伴還跟他擊掌叫好。五個人往獵物一步步逼近。

佛蘿拉動彈不得。把她雙腳釘在地上的不止是恐懼，那些人強烈的嗜血衝動和滿腔恨意，足以麻痺她的心智。她無法掌控自己的身體，她的心智被他們可怕的思想淹沒。她只能站在一旁觀看。

死人不是這五個精實男子的對手。他們一個一個上前，伴隨著勝利的歡呼。就算死人已經倒在地上，這五個傢伙仍繼續踢踹，彷彿要把一道牆砸成可以裝在麻袋裡扛走的碎片。死人無力保護自己，就算腿斷了，他們仍繼續爬向攻擊者，繼續承受更多棒擊。骨頭碎裂的聲音持續不斷，但死人就是不死心，繼續慢慢往前爬。

年輕人放下球棒，離開腳邊爬行的那團東西。其中一個傢伙拿起一盒菸，遞給其他人。他們抽菸，欣賞他們的傑作。

「可惡，」有人說：「我好像被咬了。」

他伸出手臂，給大家看淺色布料上一個深色污點。其他人假裝害怕地往後退，舉手揮舞，喊著：「啊！他被感染了！」

被咬的那人苦笑著說：「別鬧了，你們想，我是不是該去打個破傷風之類的？」

其他人得知他開始擔心，故意不斷嘲弄，說他很快就會變成要吃人的殭屍，哄鬧不停直到男子叫他們閉嘴。他們繼續笑他，他冷冷地在最靠近他腳邊那具也曾是個活人的骨骸旁蹲下。那是個小老太太，一隻手臂嚴重斷裂，彷彿能抓起來癱掛在脖子上。男子伸出被咬傷的那隻手遞到她嘴巴前，說：「好吃唷，好吃唷，快來吃點心喔。」

老婦露出僅存的幾顆牙齒，稀巴爛的雙唇一開一闔，活像擱淺在河岸的殘喘魚兒。男人笑笑，抬頭看其他人，這時佛蘿拉強烈期盼的事情發生了：老婦伸手抓住男人，牙齒深深戳入他的肌膚。

他尖叫，失衡踉蹌，趕緊站穩腳步。牙齒緊咬不放，老婦掛在他手上，像個破布娃娃被拖行在地上。「誰來幫幫我啊，他媽的。」年輕人大喊，猛甩手臂，雖然老婦不過是罩著一層肌膚的幾根斷骨，但她的下顎卡得緊緊的，整副身軀跟著他的動作懸晃。

被她牙齒扣住的男人痛苦地甩手，一大塊肉被咬下時，發出不協調的厭惡哀號。他跺步跳開，彷彿沒想還擊，只想離這裡遠遠的，去任何地方，除了這裡之外。

男子手臂流血，他朋友馬庫思脫下自己的衣服，撕開已經裂掉的袖子，「來，得用壓的……」他被咬傷的朋友彷彿沒聽見，只顧發瘋似地拉開背包，掏出兩只塑膠瓶，扭開瓶蓋，將裡頭液體潑灑在那堆仍在顫抖蠕動的死人身上。

「王八蛋，給你們嘗嘗這個！」他沿著這群死人走動，將兩瓶液體均勻潑灑，直到瓶底見空。「有本事再咬啊！」

緊攫住佛蘿拉的麻痹感消失了，其他四個人也冷靜下來，只覺全身虛脫力竭。現在只有那個受傷男人的歇斯底里停留在她腦袋裡，像一把鋸子不斷鋸著她……

不……

這是她聽到的另一個聲音，除了那男人之外的聲音。她已無計可施，沒法阻止那些人。環顧四周，就在中庭另一頭，她看見自己走向燈柱。很難看清楚，但她知道有股力量告訴她撇頭別看。然而，彷彿早已司空見慣，她將那哀鳴聲推到腦袋後頭，讓自己的思緒自由馳騁。

做點什麼啊，做點什麼啊，她對著那個與她如此相像的身影呼喊。瞬間，那身影移動到屍體堆邊，而那群男人正站在那裡，從背包裡掏出一盒火柴。他們沒看到那身影，但顯然聽見聲音，從眼角餘光瞥了一眼。他們的頭颼地快速轉動，開始大叫：「這是什麼鬼東西，到底是什麼……」

死神張開雙手，神情彷彿被催眠，迎接擁抱他們，佛蘿拉也跟著做出相同動作。她成了鏡中影像。男人想點燃火柴，死神跨前兩步到那堆死人旁，她俯身伸出手，微微做出採拾的動作，彷彿正在摘草莓或撿東西。

火柴飛過半空，佛蘿拉尖叫：「小心，快走！」

火柴一落地，死神抬頭與佛蘿拉四目交接。兩人一模一樣。她的眼裡沒有什麼令人畏懼或黑暗的東西，不過就是佛蘿拉的眼睛。片刻中，兩人彼此凝視，分享祕密。汽油爆成烈焰，一道火舌擋在她們之間。

男人楞住不動，呆望著熊熊烈火。最高的焰舌幾乎舔到屋頂，但不過幾秒，火勢燃盡，只剩下燃料周圍的一點威力。醫院病袍和肉體肌膚在焦黑的過程中劈哩啪啦響。

「來吧，我們離開這裡！」

年輕人凝視火焰的時間稍久，彷彿要將這場烈火永遠烙印在回憶裡，接著轉身慢跑離開中庭。那個叫馬庫思的傢伙赤裸著身軀，停頓半晌，看著佛蘿拉，並舉起食指，彷彿想說些什麼，不過隨即決定算了，跟著其他人離開。幾分鐘後，他們的思緒就離開了她的腦袋。

火焰漸熄，佛蘿拉從自己無波無動的心思知道死神已離去。她走到篝火旁，現在只剩分散孤立的小火舌和奔湧竄天的一陣陣濃煙。或許因為死人的肌肉如此少，如此扁薄，所以火焰燒不起來。

一切都焦黑了。兩個死人蜷縮起來，手肘頂住身側，拳頭往外伸直，彷彿想一拳揮向黝暗。屍堆發散出的臭味令人作噁，佛蘿拉提起外套的一角掩住口鼻。

半晌前他們還在跳舞的。

她胸臆壅塞，被悲傷填滿，如深淵般的巨大哀慟。這感覺與剛剛死人之舞帶給她的驚奇感受截然不同。這哀慟是所有人類在世必走的路。之前盤據她心頭的那個思緒現在又回來了，只是呈現的角度截然不同。

原來如此。

**「諾拉・布魯恩」俱樂部，晚上九點**

大衛讓自己被史圖爾說服，決定到俱樂部看看，但這會兒已經後悔了。俱樂部老闆里歐果然取消他的演出，並在答錄機裡留了言，只是他沒聽見。他拿了罐啤酒，進廚房和其他人聊天。哀悼的沉默氣氛。玩笑和笑聲半晌前慢慢褪去。

這裡不是進行嚴肅討論的地方。不能開玩笑的事，就不會被說出口。喜劇諧星全都是人，和所有人一樣，具有相同的能力去感受喜悅和悲傷，但只要聚在一起，他們就變得輕率放肆，沒本事處理任何無法以俏皮話來表達的東西。

就在表演快開始前，班尼來找他，說：「大衛，我希望你不介意……我今晚要表演的內容與復活人有點關係。」

「不會，不會介意，」大衛說：「儘管表演吧。」

「好，」班尼的臉色開朗起來，「這是件大事，很難不拿來講，你知道的。」

「我懂。」

大衛看見班尼舉高手中腳本，對他致意，所以他也舉起酒杯，祝他好運，然後離去。班尼隱約皺起眉頭。這一行通常不會在人上臺表演前祝人家好運，而是要說「祝你跌斷腿」③之類的。這一點大衛早就知道了，而班尼也知道大衛明白這一點：直接說祝人好運反而有點侮辱的意思。

大衛走到吧臺，那裡的員工跟他點頭，但沒人上前攀談。大衛灌下啤酒，要里歐再倒一杯給他。

「還好嗎？」里歐邊倒邊問。

「還好，」大衛說：「反正就這樣。」

里歐將啤酒放在桌上。沒必要詳細回答。里歐在毛巾上抹乾雙手，然後說：「等她好一些，請替我向她問候。」

「我會的。」

大衛感覺自己又快淚水潰堤了。他轉身面向舞臺，貪婪地將自己埋入酒杯裡。現在好多了。既然獨自一人，就不會有旁人需要假裝了解他的心情。

死亡讓我們彼此成了陌生人。

③原文break a leg，也就是祝人好運的意思。

舞臺燈光亮起，里歐透過隱形麥克風熱烈歡迎嘉賓，並請大家鼓掌歡迎今晚的主持人班尼。座無虛席的觀眾，伴隨著班尼上臺的掌聲和口哨聲，讓大衛升起一股衝動。他好想回到舞臺，回到這個虛幻的真實世界。

班尼快速鞠躬，掌聲漸歇。他調整麥克風架，往上一點，再往下一點，最後還是固定回原來的地方。他說：「嗯，我是不知道你們啦，不過我有點擔心西司地區發生的事。那個郊區現在可都是死人啊。」

鴉雀無聲，空氣中懸著緊張的期望情緒。大家都擔心西司地區的事情，或許最後整件事會出現大家沒料到的轉折。

班尼彷彿思索難題般皺起前額。

「而且有件事我真的想知道……」

誇張地停頓，製造效果。

「冰淇淋攤車會想開去哪裡嗎？」

觀眾爆出鬆了一口氣的笑聲。還沒趣味到足以贏得掌聲，但也不算太差。班尼繼續，「如果去那裡，會賣些什麼呢？」

「若要賣冰淇淋的話，要賣什麼口味呢？」

班尼的手揮向天空，畫出一個要大家注視的隱形螢幕。

「想想看，幾百個死人從屋裡被吸引出來……」班尼開始哼唱起冰淇淋攤車通常會播放的英格蘭民謠《綠袖子》，然後迅速將自己變成殭屍，平伸手臂，踉蹌僵直地往前走。班尼喊起：「冰淇～～淋喔，冰淇～～淋喔……」把大家逗得哈哈笑。

大衛喝下最後一口啤酒，從吧臺後方溜走。他無法面對這種場面。班尼和其他人有權利開這種玩笑，事實上他們也有義務這麼做，但他又不是非聽不可。他快速穿越吧臺，推開門走出街道。身後又爆出一陣掌聲，他疾步遠離。

痛苦的不是他們拿這開玩笑。玩笑非開不可，否則人無法繼續活下去。讓他感到痛苦的是這玩笑開得太快了。渡輪「愛沙尼亞號」沉沒之後六個月，才有人拿救難或艄門來開玩笑，但並沒引起什麼發噱效果。美國世貿大樓被恐怖分子劫機摧毀一事被拿來開玩笑的速度更快，才不過兩天，就有人說起阿富汗塔利班航空該推出折扣優惠票，把大家逗得捧腹大笑。空間距離夠遠，讓人覺得悲劇並沒真的發生。

顯然復活人也落入相同的悲劇類型：這些活死人不是真實的，不必給予任何尊重。這就是為什麼大衛的現身讓其他脫口秀諧星很難接受。因為他讓這事變得真實了。說白點，復活人對他們來說，不過是個笑話。

他疾步走過瑟布魯恩斯街那些挨擠停放的車輛，眼前浮現依娃大腿上擱著巴薩扎那副無頭的兔軀，開始納悶自己是否還有辦法看見任何事物的趣味面。

從俱樂部走路回家耗盡他的力氣，而倉卒灌下的啤酒在胃裡攪動，讓他每一步都得靠意志力撐下去。他現在好想窩在附近人家的門邊，將這可怕的一天給睡過去。

他倚在自家入口處的牆壁休息幾分鐘，調整好情緒才爬上樓梯。他不想表現得很悲慘，讓史圖爾覺得自己必須留下來照顧他們父子。他現在只想獨處。

史圖爾沒說要留下來。他告訴大衛，麥格納思一直在睡覺，之後就說：「我想我該回家了。」

「當然，」大衛說：「謝謝你。」

史圖爾搜尋的視線在他臉上遊移。

「你可以嗎？」

「沒問題。」

「確定？」

「確定。」他好累，說話樣子開始像依娃，只能重複對方說的話。大衛主動上前擁抱，跟他道別，這次他讓自己的頭枕在史圖爾胸口幾秒鐘。

史圖爾離去後，他在廚房呆立半晌，凝視著酒瓶，卻發現自己累到連喝酒的力氣都沒有了。他進房看麥格納思，看看這個熟睡已久的孩子。這睡姿幾乎跟大衛離開時的睡姿一模一樣：手枕在臉頰下，眼球在眼皮底下慢慢轉動。

大衛輕輕爬上床，擠入麥格納思和牆壁之間的狹窄空間裡。本想躺個幾分鐘，凝視毯子底下露出的這個消瘦滑順的肩膀。他閉上眼，想著……什麼都沒想。然後沉沉睡著。

**多瑪士考柏島，晚間九點十分**

馬勒踏上距離最近的這座島嶼，才發現標示牌上的島嶼名字完全陌生。他在漆黑大海中無法看見這塊已褪色的標示牌，直入小灣後才發現它。他決定爬回船上，發動引擎。轟隆過後，噗噗數聲，然後停止。

他搖晃汽油桶，將新油加進去，這次引擎運轉的時間足夠他離開這座陌生島嶼。他手撐在膝蓋上，凝視夏夜裡呈現絲絨藍的島嶼面貌。近端小島上孤樹佇立，襯著天空的剪影看似非洲景象。唯一的聲音是附近渡輪駛過的遙遠引擎聲響。

這樣還不算太慘。

他寧可認得周遭環境，就算沒汽油也沒關係。現在，至少他認得眼前這片水域。靠槳划動，大約半小時就能抵達避居的小島，倘若水面平靜的話。沒問題，如果他放輕鬆，應該會沒事的。

他將槳櫓放入叉洞中，開始划槳。划了幾下，深深吸入溫煦的空氣，數分鐘後就抓到划槳的節奏，甚至不認為這是費力的工作，反倒覺得像某種冥想。

嗡嘛呢叭彌吽，嗡嘛呢叭彌吽……

一槳槳划過他身後的海水。

划了約二十分鐘，彷彿聽見鹿鳴的聲音。把槳抽出水中，屏神聆聽。聲音又來了，不是鹿，比較像……尖叫。難以判斷來自何方，因為聲音在各小島間迴盪。若要他猜，他會說好像來自……

把槳放回手中，更用力划出更長的幅度。沒再聽見尖叫聲了，但的確來自雷柏史卡島的方向。他的後背已淌出一片汗水，平靜情緒瓦解，他不再是個冥想者，現在成了一具該死的馬達，全力啟動。

我應該備好燃料的……

嘴裡黏液聚集，他朝引擎吐口水。

「可恨的死引擎！」

事實上是他的錯，就是他，不是別人。

他連船都不繫，直直划上岸，倉皇爬出船外。走回小屋途中，海水滲入鞋子，浸濕腳底。沒半盞燈亮著，這棟小屋只是襯著深藍天空的一抹輪廓。

「安娜！安娜！」

沒有回應。前門關著，他推門，感覺有強烈的阻力擋著，突然那股抗阻的力量放棄了，門啪地甩開，他嚇了一跳，以為會有什麼東西迎撲而來，本能地迅速伸手保護頭部。稍後發現不過是鬆開的帚柄往前掉，摔在地上。

「安娜？」

裡頭更陰暗，幾秒鐘後，他的視力才習慣。臥房的門關著，在廚房地上有……一堆雪。他眨眨眼，那堆雪開始成形，變成一張毯子，然後變成安娜。她正坐在地上緊抓著毯子。

「安娜，怎麼了？」

安娜的聲音彷彿嘶吼過後般沙啞。

「它在這裡……」

馬勒左右張望。從敞門瀉入屋內的月光提供不了什麼照明，於是他專注凝聽另一個房間的動靜。沒聲音。他現在才知道安娜這麼怕動物，嘆了口氣，略顯惱怒地說：「老鼠啊？」

安娜搖頭，說些他聽不懂的話。他轉身，想進房間看看，安娜壓低聲音，以氣聲告訴他：「拿著這個。」一指指她腳邊那把小斧頭。然後她手裡抓著毯子，爬到門口，將門關上，背靠著門柱坐著，一手抓著門把。屋內瞬間漆黑一片。

馬勒在手中掂掂斧頭。

「這是怎麼一回事？」

「……溺死的……」

「什麼？」

安娜強迫自己放大音量，沙啞著聲音說：「死人，屍體，溺死的人！」

馬勒閉上眼，重拾這個廚房的白天回憶，腦海看見流理臺上有一把手電筒。他的手指在黑暗中慢慢摸索，直到緊緊握住沉重的手電筒。

電池……

他打開手電筒，一道圓錐形的光束射出，照亮整個廚房。他將光束移到安娜旁邊的牆上，免得害她雙眼目眩。她看起來真像鬼，汗濕的頭髮一綹綹垂在臉上，空洞的眼神凝向前方。

「爸，」她沒注視他，低聲說：「我們得讓伊利亞思……去。」
「妳在說什麼？去哪裡？」
「離……去。」
「安靜一點，我先去看……」
他將另一房間的門打開一小縫，光線透入。裡頭什麼都沒有，再將門開大一些，照入手電筒的光束。現在他看見另一側的窗戶玻璃破裂了，光線投射在地面和桌上的碎玻璃，反映出點點亮光。他瞇起眼，有東西在桌上，就在碎玻璃間。老鼠。他往前幾步。
**不，不是老鼠。**
是一隻手。被切斷的手，皮膚薄皺。食指前端的肌肉不見了，只剩一截竹枝細的指骨。
他倒抽口氣，用斧頭戳戳那隻手。它在碎玻璃間滾動，而後靜止。他哼了一聲，還以為是什麼呢？難不成這東西會跳起來，掐住他的脖子啊？他將光束照向窗外，只有岩石突出於看似毛骨悚然的杜松之上。
「好，」他回到廚房後對安娜說：「我出去看看。」
「不要……」
「那我們該怎麼辦？上床睡覺，希望……」
「……邪惡力量……」
「什麼？」
「要做壞事了。」
馬勒聳聳肩，揮舞著斧頭說：「是不是妳……」
「非得如此不可，它要進來了。」
在船上聽到安娜尖叫聲之後急竄的腎上腺素開始消退，他現在餓得全身無力。在安娜身旁坐下來，大口喘氣。一把拉過保冷箱，拿出熱狗，大口吃下兩根，將剩下的遞給安娜，她皺眉搖頭。

他又吃了兩根，卻覺得咀嚼動作反而讓他變得更餓。將嘴裡那團泥狀物吞下後，他說：「伊利亞思呢？」

安娜看看懷裡的那團毯子，回答：「他很害怕，他的聲音啞了，不過我聽得見。」

馬勒拿出一包肉桂餐包，吃了五個。吞下更多咀嚼物，又喝了幾口從箱子裡拿出的溫熱牛奶。雖然現在胃裡有一大團食物，但飢餓程度不減。他往後躺在地上，想讓沉重的感覺更平均分散。

「我們回去吧。」安娜說。

馬勒將手電筒照向流裡臺下的汽油桶。「如果有汽油我們就走，否則，沒辦法。」

「我們沒有燃料？」

「沒有。」

「我還以為你會去……」

「我沒力氣了。」

安娜什麼都沒說。他覺得這種冷漠比開口斥責讓他更痛苦。他的胸膛慢慢燃起怒火。

「我一直在忙，」他說：「整段時間沒停歇，自從我們……」

「夠了，」安娜說：「現在不是說這個的時候。」

馬勒咬緊牙根，翻身爬去汽油桶邊。提一提，很輕，因為裡頭全空了。

**該死的白癡**，他心想，**該死的白癡竟然沒儲備汽油**。

他聽見門邊的安娜不屑地哼了一聲，想起她知道他腦袋裡想些什麼。他慢慢起身，拿著手電筒和斧頭。

「妳就坐在這裡笑吧，」他說：「我要出去……」他朝門揮揮斧頭。安娜繼續蹲坐在門邊不動。

「可以讓我出去嗎？」

「那不像伊利亞思，」安娜說：「它獨自一個，它……」

「妳可以讓開嗎？」

安娜直視他的眼睛。

「我該怎麼辦？」她說：「如果……有事情發生，我該怎麼辦？」

馬勒冷笑一聲。

「原來妳擔心的是這個？」他從口袋掏出手機，壓下啟動鍵，輸入密碼，然後遞給她，「九一一，有事情發生的話，就打報案電話。」

安娜端詳手機，彷彿想確認真有訊號，然後說：「我們現在就打。」

「不行，」馬勒伸手欲拿回手機，「妳若這麼想，我就自己留著。」安娜嘆了一口氣，將手機藏在毯子裡。「妳不會打吧？」

安娜搖頭，從門邊讓開。「爸，我們做錯了。」

「沒有錯，」馬勒說：「我們沒做錯。」

他打開門，讓光束遊移在岩石、草地和莓果灌木叢上。然後舉起光束移到屋子與水域之間的那片赤楊樹，發現有個人趴在小灣開口的突岩上。手電筒其實沒必要，因為月光足以照明那個頭垂在水邊、身體趴在岩石上的白色東西。

「我看見了。」他說。

「你要做什麼？」

「把它弄走。」

他離開屋子，安娜沒如他預期地關上屋門。他往那東西走了幾步，轉身看見安娜坐在門前臺階上，懷裡抱著裹著毯子的伊利亞思，注視著他。

或許他該因此感到高興甚至感動，但他只覺得自己被監視。安娜不相信他辦得到，坐在那裡等著看他搞砸一切。

他走到岸邊，經過小船，看清楚那東西在做什麼。它正趴著喝水，僅剩的那隻手舀起海水放進嘴裡。

馬勒關掉手電筒，抓起斧頭悄悄走在滑溜的水草上。

**除掉它。**

他現在就要這麼做，除掉它。

就在馬勒離它約二十公尺遠時，它突然站起來。是個人，但也不是。月光足以讓他看見它大半副身軀已經消失。溫和南風吹來一陣腐魚的腥臭味。馬勒涉過蘆葦叢，走向那生物所在的岩石。它頭微側，彷彿不相信自己眼睛見到的。

眼睛？

它沒有眼睛，整顆頭左右移動，彷彿在嗅聞，或者聆聽他的腳步聲。離它只剩幾步遠，馬勒看見它的胸腔已被吃空，月光下只剩肋骨一根根露出。胸腔裡有東西移動，馬勒屏住呼吸，以為是那生物的心臟跳動著。

他舉起斧頭，打開手電筒，瞄準生物，當它是個有眼睛，想以光束射盲它。在黝暗海水襯托下，被光束照射的它顯得很蒼白，現在馬勒看見胸腔裡移動的東西了：一隻肥大的黑鰻，彷彿被關住，正想咬出逃脫的路。

源於人類基本的羞恥感，馬勒趁著吃下去的食物還沒從胃裡爆發、湧出雙唇的前一刻，反射性地轉過身。熱狗、麵粉和牛奶全吐在岩石上，往下流入水裡。作嘔感還沒褪去，但他趕緊轉回身，可不想背對那東西。

嘔吐物仍在他顫抖的下顎涎流，淌到下巴頂端。他看見海鰻在胸腔裡猛力拍擊。即便靜止，他也聽得見那滑溜身軀在囚籠的剩餘肌肉裡蠕動的聲音。馬勒抹抹嘴，但下顎無法停止顫動。

他燃起的厭惡感強烈到整顆腦袋只有這股意念：除掉它，消滅它，讓這噁心的東西從地球上消失。

殺死它……殺死它……

他往前一步靠近生物，同時間那生物也趨前接近他。它的移動速度好快，比他以為它那副殘軀所能移動得更快。它一身骨骸與岩石相碰，撞出兩聲喀啦。就算因盛怒而盲了理智，馬勒也知道該後退一步。是海鰻，他不要讓那隻啃齧人類肌膚而吃得肥嘟嘟的海鰻如此靠近他。

他往後退，踩到自己的嘔吐物而滑跤，斧頭從手中飛出去，身體砰的一聲落地。脖子撞擊後，抽搐一下，後腦杓撞上岩石。手電筒的亮光晃閃後隨即熄滅，他深陷一片黑暗中，然後感覺那生物的手摸到他的身體。

**雷柏史卡島，晚間九點五十分**

安娜親眼見到它發生，她看見父親倒在岩石上，聽見他的頭撞擊堅硬石面的聲音，還看見那個生物撲向他。她站起來，懷裡仍抱著伊利亞思。

神啊，不！可惡的混帳……

那生物抬頭往他們的方向，這時她聽見腦袋裡伊利亞思的聲音說：

……正面的……想些正面的……

安娜啜泣，往前走幾步。她腳邊有東西發出咯咯聲，她沒注意到，只顧著走向船隻，走向那個趴在父親無生命跡象的身軀上，而且還前後抽動的生物。

噁心的混帳……

……正面的……

她知道。內心深處她知道。之前她坐在床沿沒做什麼，沒想什麼，那生物就只會站在窗外看著他們。但是當她起身走到窗邊，咆哮要它滾開，對它發射出憎恨與噁心感，它就開始打破窗戶。是她的恐懼驅使它想進屋子。

父親對那生物和它胸腔裡的海鰻發射出憎恨意念時，她曾試圖將伊利亞思現在說的這句話傳遞給他：想些正面的。可是太遲了，他沒能接收到。

親眼見到父親被殺，她無冷靜下來思考。實在太難了。

可惡的噁心白色，噁心……

她繼續走向草地，想不出任何正面的好話。她的一切都被奪走了，一點一滴，一個接一個。她看見那生物站起來，走進蘆葦叢，跨過沙地走向小船，走向她。

她的視線在地上掠巡，找尋堅硬的樹枝，或某種可用來當武器的東西。地上的樹枝顯然已腐爛，否則不會從樹上掉下來。那生物的腳正踩過潮濕的水草，朝她而來。安娜瞥見仍晾著伊利亞思襪子的竹竿。她可以將竹竿折斷，可以用它來當……

那生物現在走到小船的位置了，而安娜則沿著海岸往上走。如果她能將竹竿折斷，如果她能——這時伊利亞思不安地在她懷裡扭動，毯子垂下拖在她腳邊——如果她能……

什麼？什麼？妳不能殺死已經死掉的人。

儘管如此，她堅持往小丘走。先將伊利亞思放在岩地上，然後往前往後扯動著竹竿，將它抽出來。風吹日曬雨淋損壞了木質，不過她的恐懼讓她變得堅定無畏，竹竿尾端啪地一聲斷裂，掛鉤上仍掛著伊利亞思的襪子。那生物已經走過草地，離她只剩五公尺遠，她將竹竿打向岩石，摔斷十字狀的板子，讓它變成一截更利落的武器。

媽媽的小歐樂，走在樹林裡……

伊利亞思的細微聲音穿透她恐懼的硬殼，瞬間，她明白了。就在那生物靠近她下方那塊大圓石底部，屍體臭味直衝她鼻腔之際，她撇開所有念頭，腦袋裡只想著這首歌：

臉頰的玫瑰和眼脣上的夕陽好小朵，藍莓好藍啊。

她無法想什麼正面的好事，但可以在心裡唱歌。那生物停步，雙腳楞止，雙手癱垂。機器突然沒燃料可以運轉。

若是我不須踽踽獨行就好了。

她看到那生物嘴邊有深紅色污跡，淚水悄悄滑落臉頰。但此刻她不能想著這是爸爸的血，或者任何會讓她生氣憤怒的事情。她只能繼續唱著：

布魯咪布朗，聽啊！誰去那裡了？

樹叢抖動，一定是小狗。

諷刺的歌詞讓她身體顫抖，但她已經不在她的身軀裡。她站在這副皮囊旁邊，看著它改變，看見它看見的，但繼續指揮控制它：指揮這身軀上的腦袋繼續唱歌。

那生物轉身，走回剛剛的足跡：走向小灣，走向那塊突岩，走向她父親的身軀。她沒想什麼，只是觀看正在發生的一切。

等了半分鐘，直到唱完歌曲。然後她將伊利亞思裹在毯子裡，走向小船。暈黃月光反射在礁石上的小水窪，小草在她腿邊低語，這時她看見——

黃色？

那種黃光不對勁。她再次看看。這黃光來自手機。手機掉了。她繼續唱著同樣一首歌，絲毫不敢停，就怕會分心，慢慢撿起手機，放在伊利亞思肚子上。抱著伊利亞思慢慢走向小船。

泰迪熊吃下幾乎所有……

她將伊利亞思放進船底，將船推出岸邊時，強迫自己不去看那生物所在的小灣。往水中走幾步，躡手躡腳爬上船。小船浮起，在顛簸的水波中滑行出去。安娜坐在中間座位上，看見那一袋袋的食物和飲水。沉默中，她聽見小灣傳來濕潤的咕嚕聲，魚被掏出內臟的聲音。她的下巴開始顫抖，抱緊自己。

他努力……心懷善意……他只想……卑鄙噁心……胖嘟嘟的小手遞出籃子……

她得繼續唱，畢竟那生物會游泳。

她顫抖的手放下船槳，將船搖向小灣另一頭。她知道這方向不對，不過她不能忍受自己靠近它，甚至看見……

她划了約五十槳，現在身後只有藍色廣袤的奧蘭海域。她放開槳，任憑它們自由地懸在槳叉上。她爬到伊利亞思的身邊蜷縮起來，什麼都不管。不再逃逸，不再歌唱，什麼都不管。

南風徐徐，將他們母子愈吹愈遠，漂過蓋思寇柏島。沒多久，在天地與大海之間，只剩索德盎燈塔那隻眨呀眨的獨眼。

**西司地區，晚間十點**

佛蘿拉佇立原地，看著那堆糾結的軀體。

那天晚上在外婆家的花園，她就希望有事情發生，當時也知道一定會發生。某些會永遠改變這個國家的事情。現在它真的發生了，但改變了什麼呢？

什麼都沒變。

恐懼孕育恐懼，憎恨招來憎恨，這一切到最後都成了一堆燒焦的屍體。不管在什麼時間或什麼地方。

屍體間有東西移動。

一開始她以為是躲過祝融摧殘的倖存手指掙扎伸出，隨後發現是毛蟲。白色毛蟲從某些屍體裡鑽出來。雖然她抓起衣角遮口鼻，餘燼的氣味仍臭不可當，她往後退了幾公尺。

只有七隻毛蟲，但這裡躺著的屍體至少有十五具。

她拿走了其他的。

她知道這些毛蟲代表人……不，代表人身上屬於人的成分，只不過化身為有形物體，好讓世界能加以理解。至於她自己的孿生影像也不算她真正的孿生姊妹，她不是人類辭彙所能理解的任何東西。佛蘿拉在和她相視的剎那，就已經知道這一點。

另一個佛蘿拉，那個穿著她最好運動鞋的佛蘿拉，只不過是一種力量，以他人所能理解的方式將自己呈現出來。唯一恆常的是鉤子，因為力量的任務就是抓取、收集。但就連鉤子都不是真實的，只是一種讓人可以理解的影像。

從那堆焦黑屍體裡爬出的毛蟲不斷蠕動，現在沒地方可去，因為宿主被摧毀了。

迷失，佛蘿拉心想，迷失。

她無計可施。它們在恐懼中逃脫，現在迷失了。就在她注視之下，它們開始膨脹，一開始變成粉紅色，而後轉紅。

隱隱約約，佛蘿拉聽見痛苦的哀號，就在這些毛蟲人明白她早已知道的事之際：它們正被無情地拉引到其他地方。那個地方不可說，什麼都不能說。

毛蟲膨脹得更大，薄膜往外伸展，尖叫聲增強。佛蘿拉頭暈目眩，她知道這一切並沒真的發生，唯一真實的是，她的注視讓這些事情變得清楚歷歷，事實上，在她眼前的這些是一齣看不見的戲碼，如人種般古老。

啪的一聲，既響亮但也聽不見，毛蟲爆開，一些透明黏液流出來，隨著尖叫聲消退，那些黏液也在焦黑骨骸的熱氣中蒸發。

*迷失。*

她遠離篝火，坐在幾公尺遠之外的長椅上，努力思考。她懂得太多，實在過多。在眼神交會的一剎那，過多的知識湧入她腦袋，讓她難以承受。

*為什麼？為什麼會發生這件事？*

她知道，她什麼都知道。雖然無法具體說出口，但宇宙秩序的確不一樣了。整個事件對我們這個小地球造成的一個小小影響，就是：在某些地方，死人甦醒了。蝴蝶翅膀的振動招致颶風。從更廣大的角度來看，這其實沒什麼，不過是偶發事件。頂多是眾神之書裡的一個註腳。

她在長椅上驟然坐直，想起今早外婆艾薇對她說的話……是今天嗎？和朋友瑪嘉出去散步的同一天嗎？……對，同一天。

她拿出手機，撥了艾薇的號碼。奇蹟似地，接電話的不是那些老太太或者那個令人作嘔的傢伙，而是艾薇本人。她聽起來很疲憊。

「外婆，是我。妳好嗎？」

「不怎麼好。事情……不太好。」

佛蘿拉聽見背景傳來高亢的聲音，有人在爭吵。今天發生的事讓他們起內訌了。

「外婆，聽著，妳記得妳今天告訴我的事嗎？」

艾薇嘆口氣，「不，我不記得……」

「電視裡的女人啊，妳告訴我她……」

「對，對，那些……」

「等等，她對妳說：他們必須歸向我，對不對？」

「我們正在努力啊，」艾薇說：「可是……」

「外婆，她指的不是活人，而是死人。」

佛蘿拉將中庭發生的事情告訴外婆，那群年輕人、大火、她的孿生影像，以及毛蟲。

就在她說話當頭，她心中另一個部分感覺到有人正接近這地區。這些人不懷善意。憤怒和怨恨正在接近，或許那些年輕人回去揩人來，也或許是有同樣可怕念頭的其他人。

「外婆，妳也曾見過她啊。妳現在必須來這裡，立刻過來。他們……否則他們就會消失。」

電話另一頭沉默片刻，然後艾薇聲音裡帶著全新的力量說：「我這就搭計程車過去。」

佛蘿拉掛上電話後，才想起她們沒約好見面地點，不過，自會水到渠成的。祖孫倆的心靈能相通，就像以對講機溝通，至少在這一區的確如此。比較大的問題是，艾薇怎麼進來，不過這點可以稍後再來煩惱。

佛蘿拉站直身子，感覺那群居心不良的人就要來到。

我該說什麼，我該做什麼？

她跑到中庭，她知道在這裡的某處有個復活人的思想跟她很接近，會出現跟她腦袋裡相同的影像。她尋找17C。

就在她奔找時，死人一個個從建築物走出來，聚集在外面，但他們現在不跳舞了。上面窗戶仍有些死人探頭看，但隨著一分一秒過去，觀看的人愈來愈少。那哀鳴，那牙科鑽具的刺耳聲音愈來愈強。她更清楚感覺遠處的活人接近。大門一定被打開了。

她驚恐地奔跑尋找，感覺災難就要到來。無法攔阻的恐懼之河就要氾濫成災了。她找到17C，往內衝進去，戛然止步。

有個死人正要爬下階梯，這個老人的雙腿被截肢，只能以腹部支撐上半身，將自己一階階往下拖。每下一階，它的下巴就砰的一聲撞在水泥地面，看得佛蘿拉的嘴巴也跟著痛起來。他靠近一樓了，她聽得見他說：

家……家……家……

佛蘿拉從他身邊走過，他伸手抓她，但她掙脫開來，繼續朝向17C房，將房門用力推開。

依娃正在玄關，準備往外走。樓梯間的燈光從門縫瀉入，照亮她半邊臉上的繃帶，昏暗燈光下，她的臉看起來只是一團蒼白的麵疙瘩。

佛蘿拉不加思索，直接走上前，抓住她的肩膀。霎時兩人之間的聯繫建立了，佛蘿拉知道該說些什麼。她緊閉心思，不管外頭發生的事，專心想著：

**出來，聽我的話。**

她掌心下的身軀扭動掙扎。仍是依娃的那個依娃回答：

**不，我想活下來。**

**妳不可能活了，門已經關閉，現在只有兩個方法出去。**

佛蘿拉傳輸兩個靈魂飄出肉身的畫面給她。一個是平靜離去的靈魂，另一個是倉皇消失的靈魂。現在這些話不是她說的，只是透過她傳達出來。

**讓它發生吧，妳就放手吧。**

依娃的靈魂浮上表層，佛蘿拉背後某處的哀鳴聲開始變強，那聲音就像搜尋海面已久的海燕。漁人現在終於要俯衝撲向那熠熠銀亮的獵物了。

我只是想……道別。

行動吧，妳夠強壯的。

在漁人有時間現身，在依娃的靈魂有時間化身成漁人的漁獲之前，依娃從她的胸口躍出，以無形靈魂才有的速度飛翔。一個生命從佛蘿拉身邊飛掠而過，一陣低語飄過她的肌膚。她腦中閃爍出意識之火，而後消失。依娃的身軀倒在佛蘿拉腳邊。

祝好運。

哀鳴聲漸遠。漁人開始追逐。

**思瓦瓦街，晚間十點三十分**

大衛睡覺，做著夢。他被關在迷宮裡，沿著廊道奔跑。有時找到門，但門總是關著。有東西追他，那東西如影隨形，藏身在角落某處。他知道那是依娃的臉，但又不是依娃。是某種東西假裝成她，為了更容易抓到他。

他用力拉門把，尖叫，不斷感覺有某種與「愛」截然相反的東西進逼。最糟糕的是，他把麥格納思留在後面，讓他待在某個陰暗房間，而那可怕東西隨時會來抓他。

他沿著無止境的廊道奔跑，跑向一道門，但他知道那裡鎖上了。這時他注意到走廊燈光有異狀。在他跑過的所有廊道中，每一盞都是冰冷的霓虹燈，但現在這個是不同光源。日光，太陽光。他邊跑邊抬頭看，廊道的天花板不見了，他看見的是夏日晴空。

手一摸上門把，他就知道這道門是開的。果然如此。敞開了，所有牆壁消失，他站在國王島岸邊的草坪上。依娃也在那兒。

他知道今天是什麼日子，感受得到這一刻。有艘橘色的大汽艇正沿著運河駛來。沒錯，他看過這艘船，視網膜裡的確有橘點。他轉身面向依娃，問她：「妳願意嫁給我嗎？」

她說願意。

「願意！我願意！」

兩人在毯子上翻滾擁抱，他們對未來有計畫，許下永永遠遠的承諾。橘色汽艇上的男人對他們吹口哨。今天就是那個日子。那艘汽艇正駛過來，一會兒他會開口求婚，但話語還沒離開他唇間，依娃雙手就捧著他的臉說：「願意，我願意，但我現在必須走了。」

大衛搖頭，他的頭在枕上左右擺動，他說：「妳不能走。」

依娃抿嘴微笑，但雙眼憂傷。

「我們會再見面的，」她說：「只是要等個幾年，別害怕。」

他甩開被子，伸出手臂朝向天花板，他要抓住在草地上的她，但一陣刺耳的尖叫聲橫擋在兩人之間。草地、運河、汽艇、燈光和依娃全都被吸入，縮成一個小點。睜開眼。他躺在麥格納思床上，雙手伸長。他聽見右手邊傳來幾乎震得他耳聾的巨大哀鳴聲。他不被允許看往那方向。一隻白色毛蟲蜷縮在他肚子上。

廉價香水味充斥房間，他知道也認得這氣味。眼角瞥見粉紅色影，但頭顱被鎖住，無法轉頭看著自己的死亡影像：圖片裡那個上超市的老婦。她一隻手進入他的視線範圍內，手腕垂掛著一只彩色手環，指尖竄出利鉤。

不！不！

他的手伸出，蓋在毛蟲上。鉤子停住，停在離他手十公分的地方。它們不能碰他，因為他是活的。毛蟲蠕動，搔得他掌心好癢。透過他手掌的皮膚，肌肉，深入骨頭，傳來一聲哀求：

放我走。

大衛搖頭，他試圖搖頭，他想要跳下床，掌心捧著毛蟲，逃離屋子，逃開這個地球，逃開這個事情只能如此發展的世界。但死神站在他床邊，他嚇得動彈不得，而且他拒絕放手。

毛蟲在他掌心裡腫脹，鉤子逐漸縮回消失。哀求變弱，依娃的聲音漸遠，在她和能聽見她聲音的他之間，蒙上一層又一層的漆黑。只剩喃喃低語：

如果你愛我……放我走……

大衛放聲啜泣，舉起手。

「我愛妳。」

他肚子上的毛蟲膨脹成粉紅色，看起來像病了，快死了。

鉤子又出現了，食指上的利鉤戳入毛蟲，將牠抓起，大衛的嘴圓張成尖叫狀，但就在發出聲音前，有事情發生了。

我做了什麼，我做了……

鉤子戳進毛蟲的地方裂開。那隻手就在他眼前懸晃，彷彿想讓他看看現在發生了什麼事。裂縫變大，他看見毛蟲不再是毛蟲，而是變成蛹。裂縫冒出一顆頭，體積不會超出大頭針的頭。

蝴蝶破蛹而出，乾殼脫落消失。蝴蝶靜靜在鉤子上停了一會兒，彷彿等著翅膀晾乾或想展示自己，然後振翅，朝天飛去。大衛視線跟著移動，看見牠消失在天花板中。

他再次低頭，發現那隻帶鉤的手消失了，而哀鳴聲也減弱。他抬頭凝視天花板，看著蝴蝶消失的地方。

消失。

躺在他身邊的麥格納思翻身，在睡夢中叫著：「媽咪……」

大衛下床，輕手輕腳，怕吵醒麥格納思。他關上房門，免得兒子聽見他的聲音。然後躺在廚房地板上，盡情哭到淚水乾涸，全身虛脫。世界又再次空洞。

我相信。

會有幸福所在的地方，有這樣的地方，這樣的時候。

**西司地區，晚間十點三十五分**

佛蘿拉改變心意。

她現在發現一個極為自然的事實：身體需要靈魂，就算是站立這樣的簡單動作，也需要透過靈魂。更讓人矚目的是，靈魂也需要身體。依娃留下來的東西可以像垃圾一樣被燒毀、被掩埋。

我們為何而生？生命的意義是什麼？

這是個大奧祕，而佛蘿拉對此一無所知。這個奧祕沒包含在死亡的科學裡。佛蘿拉仍跪在依娃那副靈魂已出清的軀體旁，聽見四周喧囂嘈雜。

我不能……

太荒謬了。今天早上她還一如往常和瑪嘉抽菸聊天，現在她卻該拯救靈魂。

拯救？

她根本什麼都不懂。關於大家會去的那個「地方」，她唯一知道的是除非去到那裡，否則什麼都不會知道。那是「另一個地方」。關於這地方，什麼都無法說，永遠不能說。

為什麼是她？為什麼是艾薇？

外婆……

從她打電話給艾薇到現在至少過了二十分鐘。她或許已經在入口處了。雖然佛蘿拉不敢走到大門，她還是決定跑下樓。頓時她又成了小女孩，外婆會教她，會告訴她該怎麼做。

可是我是那個知道……

經過這件事之後，生命再也不會一樣了。

中庭宛如廢墟。不。沒腿的老人，她在樓梯間遇到的那個，還沒前進到入口處，他仍不懈地以手臂拖著自己繼續移動。此刻四下寧靜，但她腦袋裡的喧囂難以言喻。摻混著叫喊、祈禱、憤怒、求助、怨恨吼叫的雜音。

她跑向老人，在他身旁蹲下，手放在他背部，將她的知識傳遞給他，但他拒絕接受。他就是不想離開這副殘軀。他轉身齜牙，伸手想抓她。

拜託，你這個白癡，你難道不明白……

無力的憤怒在她內心翻騰，老人的憤怒與痛苦與她自己的這般情緒交融，餵養彼此，她趕緊往後跳開。她很想朝他臉狠狠踹一腳，但終究克制住。放任他留在原處。

她跑向中庭另一端的入口，戛然止步。

所有死人都離開自己房間所屬的院子，走向圍籬。整片空地擠滿了人。大門敞開，霹靂小組已經開車進來。就在她注視的當下，有更多警力抵達。警察跳下車，手裡拿著武器。死人仍試圖朝出口移動，但被警察喝止。雖然未有一彈一炮發射，但看來遲早必然。目前大約一個警察負責對付三十名死人。

必須……

佛蘿拉跑向激動的群眾。那無腿的老人移向她，對她齜牙，她看見他裡頭的東西。飢餓。他已經消耗完自己的肌肉，需要更多糧食來維持他的非存在狀態。若非外界燃起他的憤怒，驅使他想讓自己飽足，他很有可能讓自己餓到死。現在他竭盡所能快速地爬向憤怒之源。

佛蘿拉走向一名被死人團團包圍的年輕警察，就在她感覺到他的意識之後一秒，她整個人往前撲，避開警察瞄向她四周那些死人所發射的子彈。

乾脆用玩具槍算了，反正得到的效果也一樣，而且聲音還能更震撼。子彈射進死人時，只對他們的肌膚稍作拉扯，他們的步伐甚至沒一絲踉蹌。幾秒內，那警察就淹沒在一群消瘦手腳和藍袍之間。

現在四面八方發射出更多子彈。佛蘿拉跑到大門，經過一組霹靂隊員。有位女警在警車前座對著無線電呼叫，請求更多支援之類的。佛蘿拉往街上跑了一百公尺，見到艾薇正沿著泥濘小徑急奔過來。

槍彈聲音拉遠，隱約的爆裂聲現在聽來竟像身後遠處有人在開新年派對。她上前抓住外婆的手，說：「快來。」

祖孫倆手牽手，急切回到大門，但佛蘿拉心裡有股聲音說：*太遲了*。

艾薇將她的手抓得更緊，說：「總得有人。只要我們……我怎麼能……」

*我們不知道*。佛蘿拉回應她。

這時另外兩輛霹靂警車朝大門方向顛簸駛來。其中一輛在她們身邊停住，前面車窗搖下。

「喂，妳們！不准在這裡！」

佛蘿拉盯著大門看。死人已經湧出，沿著街道朝向市區方向。

「拜託，」車裡傳出聲音，「快上車，立刻！」

佛蘿拉看了艾薇幾秒，兩人的想法交流，她終於讀懂艾薇那股心中的大遺憾，可惜之前一直未能了解。她沒做好該做的事，她不在乎自己會怎樣，反正她已經老了，這是她最後一次有機會把事情匡正。至於佛蘿拉，她知道自己第二次進入死亡，就不可能回歸正常生活了。

兩人走離武裝巴士，朝向死人，這時車門打開，兩名警員衝出來抓住她們。

她們得試一試。

「妳們耳聾啊？不准留在這裡！」

她們被粗暴地推入大巴士裡，轉身之後，被更多等著她們的手臂抓上車。車門關上鎖住。武裝巴士後退幾公尺，司機旁邊那個警察說：「繞一圈。」

司機問這是什麼意思，旁邊的警察朝著接近巴士的那群死人比劃一圈。司機明白後哼了一聲，踩下油門。

武裝大巴士直接衝撞死人，碰撞出一陣金屬鏗啷聲，並將他們撞飛開來。從車窗望出去，佛蘿拉看見那些被車撞上的死人旋即站起來。

她手摀住耳朵，趴在艾薇大腿上。每次車子一撞上死人，她就感覺得到那砰砰的重擊聲。

結束了，她心想，結束了。

**奧蘭海，晚間十一點三十分**

安娜不在乎身在何處。放眼所及見不到島嶼，就連索德盎燈塔也消失在地平線下。母子浮盪在一片無垠汪洋的銀色月河上。奧蘭島在遠方某處，芬蘭則在奧蘭島之外。不過這些地名都不重要了。反正他們身處汪洋，四周只有海水。

輕柔水波撞擊船身。伊利亞思躺在她身旁。就是這樣，若非這樣，那也無所謂。他們處在世界以外的地方。他們可以這樣漂流下去，永永遠遠。

劃破寂靜的聲響如此不協調，一開始安娜還以為這是宇宙贈與的玩笑：莫札特「G大調弦樂小夜曲」。她從毯子底下掏出手機，就算她帶著手機是為了眼下這種狀況，恐怕也沒人能找到她現在所在的位置。四周無物可辨尋方向哪。

那聲音好吵，有那麼一會兒，她真想將手機丟出去。隨後恢復理智，壓下通話鍵。

「喂？」

另一頭傳來斷續的緊張聲音，或者只是收訊不良。

「嗨，我叫大衛・札特柏。我要找古斯塔夫・馬勒。」

安娜環顧四周。手機螢幕的亮光干擾了她的夜間視力，現在她沒法分辨海與天的界限。他們母子遊蕩在太空中了。

「他……不在這裡。」

「不好意思，我得找人談一談，他有個外孫，他……我有些事情必須告訴他。」

「你可以告訴我。」

安娜聽著大衛說，感謝他之後關閉手機，坐在原處凝視伊利亞思良久，然後將他抱上大腿，將自己的前額靠在他額頭。

伊利亞思……我要告訴你一件事……

她感覺到伊利亞思正在聆聽，她開始講述剛剛在電話中聽到的。

你不必害怕……

他的聲音在她腦袋響起：妳確定嗎？

對，我確定，就在這裡等待……時間到來。留在我腦海裡。

透過毯子的變化，她感覺他的身體整個癱垮，靜止不動。他進入她腦裡。
媽咪？那裡會是什麼樣？
我不知道。我覺得你……好輕。
妳想，我能飛嗎？
或許會。對，我想你會飛。
哀鳴聲音愈來愈強，劃過水面，彷彿渡輪駛經，只不過現在唯一的亮光來自月亮和星星。哀鳴聲愈來愈近，愈來愈強，安娜改變心意了。她要伊利亞思跟她在一起，像一開始那樣存在她的腦海裡。她不想放棄他。這念頭一起，她就感覺伊利亞思開始脫離她。
不，我的寶貝，留下來，留下來。對不起。
媽咪，我好害怕。
別怕，我在這裡陪你。
現在哀鳴聲進入船裡了。從左眼餘光她瞥見有個影子滑過月亮，有東西坐在划手座上。但她沒辦法看那裡。
媽咪，我們還會再相見嗎？
會，我的寶貝，我們很快會相見。
伊利亞思還想說些什麼，但他的話飄遠了。有隻毛蟲從他胸口鑽出，一團黑色東西觸及毛蟲所在的位置。那團東西的尾端是個鉤子。
安娜雙手捧起毛蟲，停留幾秒鐘。
我會永遠想念你的。
然後，放他走。

思緒，好細膩，充滿希望
如光橫過天空
朝北的旅程
輕柔的光閃
如蝸牛足跡
或河蚌感觸海底
在胸臆、嘴和手
心，跳動的心
腦袋的呼喊。

——米雅・傑維德（Mia Ajvide），〈一陣哭喊〉

斯德哥爾摩復活人 / 約翰・傑維德・倫德維斯特
（John Ajvide Lindqvist）著：郭寶蓮譯.--
初版. -- 臺北市 : 小異出版 :
大塊文化發行, 2010.04
面； 公分. -- (SM ; 12)
譯自 : Hanteringen av odöda
ISBN 978-986-85847-1-6(平裝)

881.357 99002516

Trans+

Trans+

Trans+

Trans+